BEDROHT

FBI-AGENTEN JULIA STEIN UND HANS FREEMAN N°1

RAÚL GARBANTES

INHALT

TEIL I

1

IHR KOPF WAR MIT REIßFESTER, undurchsichtiger Plastikfolie bedeckt. Aber sie war noch am Leben.

Er wartete darauf, dass sie aufwachen und ersticken würde. Dann sah er sie sterben und verglich sie mit einem Fisch. Mit dem kleinen Sonnenbarsch, den er im Eisenhower State Park gefangen hatte. Den er oft aus dem Wasser gezogen und wieder zurückgeworfen hatte, um das Gefühl auszukosten, über Leben und Tod des Tieres zu bestimmen. Doch diesmal wollte er die Plastikfolie nicht vom Opfer entfernen. Es war besser, ihr Leben endete ein für alle Mal. Außerdem hatte er noch eine Menge mit ihrem Körper vor.

Ein paar Stunden zuvor hatte er an die Tür des Hauses geklopft, in dem Elaine Sue Perales wohnte. Sie ließ ihn ohne jegliches Misstrauen herein, und als sie kurz nicht aufpasste und sich umdrehte, um ein Papier zu unterschreiben, stach er ihr eine Nadel in den Hals. Die Frau bekam sofort Herzrasen und fiel zu Boden. Er kramte in ihrer Brieftasche nach ihrem Ausweis und steckte ihn ein, dann suchte er im Fahrzeug nach dem Rollstuhl und setzte das bewusstlose Opfer hinein. Nachdem er sie zum Auto gebracht hatte, das in einer Gasse in der Nähe des Hauses geparkt war, schob er sie mit einem Ruck in den Kofferraum. Das Adrenalin gab ihm die nötige Kraft, die Aufregung überflutete ihn. Doch er achtete immer noch darauf, dass niemand ihn sehen konnte. Dann brachte er die Frau zu einem unbewohnten Haus, betrat einen der Räume und legte sie auf eine Metalltrage.

Nachdem er sie erstickt und entkleidet hatte, setzte er mit Geschick eine kleine chirurgische Säge unter ihren Waden an. Das Geräusch des Geräts erinnerte ihn zuerst an seinen ersten Besuch beim Zahnarzt. Doch dieses Mal lächelte er zufrieden und stolz, denn jetzt hatte er die Situation unter Kontrolle und wurde nicht von jenem Monster begleitet, das er als verängstigtes Kind auf Schritt und Tritt mit sich nahm, und das daran Freude hatte, ihn leiden zu sehen.

Während er die Knochen zerschnitt, dachte er daran, dass es darauf ankam, geordnet vorzugehen. Ohne Überraschungen. Deshalb musste man mit einem toten Organismus arbeiten, so vermied man den Widerstand eines Körpers im Todeskampf und die Unfälle, die dieser mit sich bringen würde. Er hatte kein Interesse daran, den Opfern Schmerzen zuzufügen. Von Ausnahmen, wie es sie überall gibt, einmal abgesehen. Diese Motivation hatten in seinen Augen nur minderwertige Wesen. Er hingegen wollte den Tod zu einem Akt der Sühne und der persönlichen Gerechtigkeit machen.

Er trug eine Spezialbrille, einen Anzug, der ihn fast vollständig bedeckte und Operationshandschuhe. Er wollte sich nicht schmutzig machen. Während er mit der modernen

Säge hantierte, summte er das Lied ‚*I'm Not the Only One*‘ von Sam Smith. Seit dem Morgengrauen bekam er es nicht mehr aus dem Kopf. Als die Hälfte der Arbeit erledigt war, schaltete er die Säge aus, um sich auszuruhen. Vor allem aber wollte er das Gefühl noch ein wenig genießen, das Ende des Vergnügens hinauszögern. Denn dies war, wie er vierzehn Tage zuvor bei einer anderen Frau festgestellt hatte, der Höhepunkt seines Rituals. Oder zumindest einer davon. Danach sagte er sich, dass er der beste aller Chirurgen in Wichita hätte sein können.

Er dachte daran, wie einfach es heutzutage war, die richtigen chirurgischen Instrumente zu bekommen, und wie schwierig es hundert Jahre zuvor gewesen wäre. Und dann fragte er sich, wie wohl die Menschen in der Vergangenheit mörderische Pläne geschmiedet hatten. Er musste nur eine Website besuchen, auf ‚Bestellen‘ klicken, fünfzehnhundert Dollar per PayPal überweisen und einige Tage später die Lieferung erwarten. Er brauchte nicht einmal mit jemandem vom Versand zu sprechen, denn als er nach Hause kam, wartete die Kiste mit den chirurgischen Geräten bereits auf ihn. Er war sich nicht sicher, ob das legal war, aber - so oder so − es war einfach zu machen. Wieder lächelte er.

Nachdem er Schienen- und Wadenbein von beiden Beinen vollständig abgeschnitten, die Fußwurzel von beiden Knochen komplett abgetrennt und sich an dem Anblick der beiden menschlichen Füße in dem Behälter berauscht hatte, den er extra für diesen Zweck aufgestellt hatte, war er zufrieden mit der Symmetrie, die er im nackten Körper der Toten Gestalt annehmen ließ. Er ging zu dem Tisch mit den von ihm sorgfältig aufgereihten Instrumenten und nahm den Bohrer in die Hand. Dann hinterließ er einige

Löcher in vier Bereichen des Körpers. Er kannte genau die richtigen Stellen: die erste zwischen den Rippen, die zweite in der Nähe des Schulterblatts, die dritte im linken Oberschenkel und die letzte im rechten Knie. Dieser Moment war für ihn von größter Bedeutung. Denn wenn er das Abschneiden der Füße auch genoss – erst das Durchbohren der Körperstellen machte aus allem einen magischen Augenblick.

Als er fertig war, zog er sich um, steckte den Ausweis des Opfers ein, legte die Leiche in den Kofferraum und fuhr zwanzig Minuten lang mit dem Auto durch die Gegend. Dabei wechselte er den Radiosender, bis er einen Song fand, den er seit mehreren Jahren nicht mehr gehört hatte. Dann drehte er die Lautstärke hoch und begann, leicht auf das Lenkrad zu trommeln. Seine Laune war hervorragend. Er erinnerte sich genau an den Moment, in dem die Frau an der Plastikfolie erstickt war, und genoss ihn wieder, als handele es sich um eine romantische Affäre zwischen ihr und ihm. Wenn er die nächste hübsche Frau tötete, würde er versuchen, die Inszenierung etwas weniger kalt wirken zu lassen. Vielleicht mit ein paar weißen Kerzen und ein paar kleinen Blumen, um dem Raum eine warme Atmosphäre zu geben. Mit Stil und ohne in Kitsch zu verfallen.

Schließlich erreichte er die einsame Gasse und machte sich daran, die Leiche an den Baum neben dem Bürgersteig zu hängen. Neben die Laterne, die er zuvor vorsichtshalber zerstört hatte, falls jemand ihn sehen würde. Ein Zeuge hätte so nicht genug Licht, um ihn zu beschreiben. Das war der Augenblick, in dem er die Plastiktüte entfernte, die ihren Kopf bedeckte, und erst jetzt konnte er ihr Gesicht wieder sehen. Er verspürte einen unkontrollierbaren Drang zu weinen. Ihm kamen die Tränen. Er atmete tief ein, hielt sich die Verpackung an die Nase, um ein letztes Mal den Duft des Mädchens wahrzunehmen und spürte die Melancholie des Abschieds von jemandem, den man liebte. Er nahm ein Stück Seil aus seiner Hosentasche und wickelte es um den Hals der Leiche. Einen Tag zuvor hatte er vorausschauend zwei Nägel in den Stamm geschlagen. Solche, die Kletterer verwenden. Dann zog er das Seil fester an und band es über die Nägel. Die Leiche hing, wenn auch sehr tief am Boden. Mit zwei ausgestreckten Händen bewegte er den Kopf, so dass sie nach oben schaute. Seine eigene Stärke brachte ihn zum Staunen, das Fitnessprogramm zahlte sich aus. Das Bild, das er geschaffen hatte, gefiel ihm, und er lächelte. Er ließ den Ausweis in der Nähe des Körpers liegen und ging fort. In einigen Metern Entfernung sah er ein Leuchten und dachte, dass es die Lichter der Bäckerei sein müssten. Doch es bestand keine Gefahr, denn sie würden ihn nicht sehen können.

Auf dem Heimweg dachte er, dass Elaine die Hübscheste von den dreien war. Vielleicht konnte er ihren Daumen behalten und damit die Fotos auf dem Mobiltelefon des Opfers bewundern. So würde er sein eigenes Fotoalbum bereichern. Er wusste nicht, warum er nicht schon früher auf diese Idee gekommen war. Vielleicht war es Elaines Schönheit, die ihn anregte. Sie war fast perfekt für ihn.

2

Ich schlief im Flugzeug auf dem Rückweg nach Hause in die Stadt Wichita.

Fast nie schlafe ich in Flugzeugen. Nicht, dass ich Flugangst hätte oder so, aber ich muss in meinem Bett sein, damit ich mich ausruhen kann. Selbst in Jimmys Bett konnte ich die Nacht nicht durchschlafen. Auch wenn es nur für einen kurzen Moment ist, fast immer gegen drei Uhr morgens wache ich auf, als würde mich jemand rufen, um mich vor einer drohenden Gefahr zu warnen. Gott sei Dank glaube ich nicht an Geister. Ich finde es schwer genug, an Gott zu glauben, nach allem, was ich in den anderthalb Jahren, die ich im Sozialamt der Stadtverwaltung arbeite, gesehen habe.

Ich gebe zu, dass ich in meinen Albträumen immer noch von den Dämonen meiner Vergangenheit heimgesucht werde. Sie wurden nicht weniger, im Gegenteil, sie nahmen zu, und nicht einmal die Sitzungen bei dem netten Psychologen, den Jimmy mir empfohlen hatte, haben mir geholfen. Es macht mir nichts aus, Dr. Lipman alles zu erzählen. Er ist ein netter Kerl, scheint ein guter Mensch zu sein, hat ein schönes Büro und bietet mir unübertreffliche Kaffeebonbons an. Ich finde das sehr nett, denn ich glaube, er stellt sie nur heraus, wenn ich da bin, weil er weiß, dass ich den Geschmack von Kaffee liebe.

Auch im Flugzeug hatte ich den gleichen schrecklichen Albtraum. Ich fand mich im Kleiderschrank meines Elternhauses eingesperrt und versteckte mich vor Richard, meinem älteren Bruder, der für mich der Inbegriff des Bösen war. Wie es das Schicksal so will, wurde ich in eine Familie hineingeboren, die ich in tausend Jahren niemals freiwillig gewählt hätte. Weder ich noch je ein anderer. Mein Bruder misshandelte mich auf jede erdenkliche Weise, er schlug mich und demütigte mich. Als ich ihn einmal zur Rede stellte, weil er dabei war, die Katze des Nachbarn zu quälen, erstickte er mich fast, indem er mir eine Tüte über den Kopf zog. Er hatte gewartet, bis ich eingeschlafen war, dann tat er es und band sie am Hals zu. Vielleicht ist das der Grund, warum ich geschlossene Räume hasse, und vielleicht deshalb kommt mir mein Leben in Wichita so vor, als befände ich mich in einer Tüte ohne Sauerstoff, wenn auch in einer größeren. Immer wollte ich woanders leben. Und ich dachte, dass ich es zusammen mit Jimmy schaffen würde. Entkommen könnte. Aber genau jetzt war ich auf dem Rückweg von Washington, wo wir uns getroffen hatten, um uns voneinander zu verabschieden. Es funktionierte nicht, egal wie sehr wir uns darum bemühten. Am Ende waren wir uns nicht böse, zumindest von meiner Seite aus.

Die Sache ist die, dass ich in dem Albtraum bei meinem kleinen Bruder Patrick war und ihn beschützte, damit Richard ihm nichts Böses antäte. Doch Richard holte uns ein. Ich wachte schweißgebadet vor Angst auf, und mein Mund fühlte sich sehr trocken an. Ich hoffte, ich hatte beim Aufwachen nicht geschrien. Dann, nachdem ich mich beruhigt hatte, tröstete ich mich. Ich bin dreiundzwanzig Jahre alt und unabhängig, und die meiste Zeit habe ich das Gefühl, es sei mir gelungen, ein gutes Bollwerk gegen diese Vergangenheit aufzubauen, die mich in meinen Träumen heimsucht. Irgendwie glaube ich, ich habe sie besiegen können. Hätte ich ein wenig mehr Aufregung in meinem Leben, könnte ich die Last dieser Jahre vermutlich noch schneller abwerfen.

Als ich aufwachte, fand nur wenige Meter von meinem Platz entfernt ein Kampf zwischen zwei Männern statt. Dann wurde mir klar, dass es der Aufruhr war, der mich geweckt, und nicht Richard, der mich eingeholt hatte. Ich hörte die Kommentare der anderen Fahrgäste. Einer der in die Auseinandersetzung verwickelten Männer war betrunken und hatte ein unruhiges Kind geschlagen, das gegen die Rückenlehne des Sitzes, auf dem er saß, getreten hatte. Der andere Gegner in diesem Kampf war der Vater des Jungen. Inmitten des Konflikts erschien der Kapitän des Flugzeugs, übernahm die Kontrolle über die Situation und ordnete an, nach Washington zurückzukehren, um die beiden Männer dort festzunehmen. Ich konnte es nicht glauben. Wie konnten zwei Personen den normalen Ablauf des Lebens von Dutzenden Passagieren stören, die zu einer bestimmten Zeit am Zielort ankommen wollten? Dann kam mir ein immer wiederkehrender Gedanke: Gewalt ist wie eine Krankheit, die viele Menschen infiziert, wie ein Bazillus oder ein Virus, der umherflattert und von dem wir nicht einmal annähernd wissen, wie wir ihn bekämpfen können.

Mich in die doppelten Flugstunden ergebend und um mich abzulenken, warf ich einen Seitenblick auf das, was der bärtige, langhaarige, hippieartige Mann neben mir auf seinem Schoß hatte. Es sah aus wie ein Dossier. Ich konnte nicht anders, als hinzuschauen. Der Mann ging konzentriert den Inhalt durch, und ich konnte ein Foto sehen, das fast auf den Boden fiel.

Es war das Gesicht von Gail! Meiner lieben Freundin, die vor acht Jahren brutal ermordet worden war. Mir wurde eiskalt und meine Beine begannen zu zittern.

Warum sollte sich dieser Mann ein Bild von Gail ansehen?

3

ICH GING ZU MEINEM AUTO, das auf dem Parkplatz des internationalen Flughafens von Kansas City geparkt war. Er wirkte einsamer als sonst und war nur schwach beleuchtet. In diesen Augenblicken fühlte ich mich nicht sicher, und ich wünschte mir, ich wäre endlich zu Hause. Die Wahrheit ist, ich war nervös. Während ich das Auto lenkte, erlebte ich wieder das schreckliche Ereignis, den Tod meiner Freundin vor acht Jahren. Auch die Traurigkeit, die ich empfand, als ich die Nachricht hörte, den Schmerz, als ich ihre Mutter, Misses Emma, bei der Beerdigung sah. Das war vielleicht das erste Mal, dass ich jemanden sah, der wie ein Zombie umher wandelte. Kein Wunder, denn Gail war alles für sie gewesen. In der Tat dachte ich immer, dass sie sie zu sehr verwöhnte. Sie war wie eine ständige Anwältin für ihre Wünsche und Rechte gewesen. Manches Mal beneidete ich Gail um diese Aufmerksamkeit, denn ich hingegen war für meine Mutter ohne Bedeutung, fast unsichtbar. Ich erinnerte mich an die Nachricht in der Zeitung: „Die siebzehnjährige Gail Whitman wurde in einer dunklen Straße in

Platte City tot aufgefunden." Keiner ihrer Freunde konnte sich erklären, warum sie zu Tode geprügelt worden war. Geschweige denn, warum zum Teufel sie sich überhaupt an diesem Ort aufgehalten hatte.

In der gleichen Nacht, in der Gail gestorben war, hatte ich das Problem mit Frank gehabt. Frank Gunn, der Liebe meines Lebens, seit wir Kinder waren. Immer war er mein Kamerad gewesen und bei Schulexkursionen gingen wir weiter als alle anderen. Uns verband etwas Gutes. Das habe ich immer geglaubt, bis zu diesem schrecklichen Moment. Ich erinnerte mich an das Blut, an das Glas, das meine Stirn traf, an den Stoß, an den Sturz gegen die Wand und an den harten Schlag gegen meinen Kopf. Wieder sah ich mich, wie ich fast atemlos rannte, um diesem verwandelten Frank zu entkommen. Ich sagte mir, dass es besser sei, es zu vergessen … Und es gelang mir halbwegs. Aber als ich Gail auf dem Foto sah, das der Typ im Flugzeug hatte, erlebte ich diese schreckliche Nacht erneut. Es schien, als wollte Gail nicht, dass ich es vergesse, als wollte sie mir etwas sagen. Schließlich beginne ich wohl doch an einen Geist zu glauben. An ihren.

Als ich zu Hause ankam, fühlte ich mich sicher, meine Laune heiterte sich auf und ich dachte, ich sollte die Vergangenheit dort lassen, wo sie war. Ich stellte den Koffer neben die Tür am Eingang eines Zimmers, das ich nicht mehr nutzte, in der Absicht, ihn später auszupacken, und schenkte mir ein Glas Rotwein ein, um die Flasche zu leeren, die ich auf dem Esszimmertisch stehen gelassen hatte. Ich zog meine Schuhe und Hose aus, ließ aber meine lange weiße Bluse an. Eine von denen, die ich besonders mag. Ich habe die Angewohnheit, mich fast immer in Schwarz und Weiß zu kleiden. Ich mache das nicht freiwillig. Ich gehe einfach in ein Geschäft und die Kleider, die mir gefallen, sind entweder weiß oder schwarz. Ich kann nicht anders. Schon war ich so weit, Dr. Lipman zu fragen, ob das irgendeine Bedeutung hat, ob ich mir selbst eine seltsame Trauer auferlegt habe, wie es die Frauen im letzten Jahrhundert taten. Es ist erstaunlich, was man entdeckt, wenn man mit einem Psychologen spricht, denn es können sogar unheimliche Aspekte von einem selbst zum Vorschein kommen.

Dann überlegte ich, ob ich sofort auf mein Zimmer gehen sollte, entschied mich aber, noch ein wenig zu bleiben. Ich durchquerte das Wohnzimmer in Richtung der neuen Lampe, die ich ein paar Tage zuvor gekauft und neben das Fenster gestellt hatte. Ich überlegte, ob ich sie einschalten und einfach nur dastehen, den Vorhang beiseiteziehen und nach draußen schauen sollte, während ich mein Glas Wein austrank. Aber plötzlich verspürte ich den Drang, mir anzusehen, was im Fernsehen lief. Manchmal sind Nachtsendungen mein Schlafmittel, besonders wenn ich unruhig bin. Ich drehte mich um und setzte mich auf das Sofa. Stellte das Glas Wein auf den Beistelltisch, suchte die Fernbedienung zwischen den Kissen, wo ich sie immer liegen lasse, und war überrascht, dass ich sie nicht fand. Ich schaute zum Fernsehschrank hinüber, und dann sah ich sie. Müde stand ich auf, ging ein paar Schritte, nahm die Fernbedienung in die Hand, setzte mich wieder aufs Sofa und schaltete den Fernseher ein. Es lief ein widerliches Programm, und ich wollte gerade umschalten, aber dann traute ich meinen Augen nicht: Sie zeigten den Mann aus dem Flugzeug! Denselben Mann, der das Bild von Gail hatte. Sie sagten, er sei ein FBI-Ermittler, der auf kriminelles Verhalten spezialisiert sei. Dass er nach mehreren

Jahren nach Wichita zurückgekehrt war, um mit den örtlichen Strafverfolgungsbehörden zusammenzuarbeiten. Er war gekommen, um das Monster zu fangen, das Frauen ermordete, sie amputierte, und sie mit einem Strick um den Hals an Bäumen in einsamen Straßen aufhängte. Die Stadt war erschüttert von diesen Ereignissen, und die örtliche Polizei war seit Dennis Ryder nicht mehr mit einem so beunruhigenden Fall konfrontiert worden.

Ich hörte dem Nachrichtensprecher zu und schaute auf den Bildschirm. Und ich weiß nicht genau, wo mein Blick landete, aber in Gedanken blieb mir das Foto von Gails lächelndem Gesicht vor Augen. Auch wenn sich dieses plötzlich in das ihres leblosen Körpers verwandelte, der in fleckige Kleidung gehüllt war.

Unwillkürlich ließ ich das Weinglas los. Es fiel herunter und zerbrach in Scherben. Es kam mir vor, als hätte ich einen Schatten hinter der Milchglasscheibe der Eingangstür gesehen. Ich war sicher, ganz in der Nähe ein Geräusch gehört zu haben. Und ich wusste, dass ich mir das nicht eingebildet hatte.

4

HANS FREEMAN, der FBI-Ermittler, ist überrascht von der Nachricht, dass das Flugzeug bald landen würde. Zu schnell schien ihm die Zeit vergangen zu sein. Der Streit im Flugzeug, der dazu führte, dass die Maschine zur Verhaftung der Beteiligten nach Washington zurückkehrte, um dann erneut nach Kansas zu fliegen, war zwar unangenehm, erlaubte ihm aber, ein wenig mehr an dem Fall zu arbeiten: Ideen in seinem Kopf zu sortieren und die passende Rede auszuarbeiten. Für den Moment, in dem er vor dem Team stehen würde, das ihn bei der Ergreifung des Serienmörders unterstützen sollte, der im letzten Monat bereits zwei Opfer gezählt hatte. Plötzlich kam ihm der Gedanke, dass die junge Frau neben ihm auf dem frustrierenden Flug nach Kansas das Foto, das er von dem Mädchen Gail Whitman besaß, mit zu viel Interesse betrachtet hatte. Er tat es ab und dachte, dass es vielleicht nur eine seiner Ideen war, weil es viele Menschen gab, die sich in ihrem eigenen Leben langweilten und ohne Grund zur Seite schauen mussten. Das passierte in Flugzeugen oft, sagte er sich, weil die Sitze so eng sind. Er spielte die Tatsache herunter, weil er über viele Dinge nachdenken musste. So sagte er sich, dass er das Mädchen neben sich wegen ihrer schönen grünen Augen und ihres zweifellos interessanten Gesichts bemerkt haben musste, obwohl er so in seine Arbeit vertieft war.

Nach wenigen Minuten durchquerte Hans das Abflugtor des internationalen Flughafens von Kansas. Das Treiben auf Flughäfen war seiner Meinung nach immer absolut wechselhaft. Er erinnerte sich daran, dass er das letzte Mal in Wichita war, als er seine Mutter nach Washington brachte. Damals war der Platz überfüllt, die Sicherheitsvorkehrungen waren streng, der Betrieb verzögert, und die Schnellrestaurants - von denen es nicht viele gab - waren überfüllt mit weinenden Kindern und unzufriedenen Eltern. Aber so waren die Flughäfen, sagte er sich, als er sich an seine Mutter erinnerte, die an jenem Tag in ihrem Rollstuhl saß und vom Klang der Stimmen benommen war. Dennoch war es ein glücklicher Tag für Hans gewesen, denn von jenem Augenblick an konnte er ihr die Liebe zurückzahlen, die sie ihm und seinen jüngeren Geschwistern gegeben hatte. Er stellte sich vor, wie seine Mutter in diesem Moment schlief, ruhig und bequem. Und er fühlte sich gut dabei.

Eine zierliche Frau mit asiatischen Gesichtszügen, die eine bequeme beigefarbene Hose und ein hellblaues T-Shirt trug, riss ihn aus seinen Grübeleien. Es war Anne Ashton, die Leiterin der Abteilung für Mord und Komplexe Fälle in Wichita. Der erste Eindruck, den sich Hans von Anne machte, als er sie mit dem kleinen Schild mit seinem Namen in der Hand sah, war angenehm, und er spürte intuitiv, dass die Mission an ihrer Seite gut laufen würde.

Um das Gespräch zu beginnen, stellte Anne ihm die übliche Frage: „Wie war die Reise?" Und dann, ohne eine Antwort abzuwarten, verurteilte sie den Streit der Passagiere, über den Hans sie per WhatsApp informiert hatte. Sie wollte ihn auch fragen, warum auf seinem Profil ein Eichhörnchen abgebildet war, denn das war wirklich das erste Mal, dass sie so etwas sah. Einige ihrer Freundinnen machten Fotos von ihren Hunden oder Katzen, aber ein Eichhörnchen ging Anne etwas zu weit. Sie erinnerte sich daran, dass exzentrische Züge und brillante Köpfe oft miteinander einhergingen, und sie sagte sich, dass dies der Fall sein musste. Anne war sich jedoch sicher, dass Hans ein Mann war, der nicht viel Wert auf sein Äußeres legte, im Gegensatz zu denjenigen, die normalerweise im Büro arbeiteten, denn er trug einen ziemlich ungepflegten Bart und sein rötliches Haar lang und ungekämmt. Sie bemerkte, dass der Agent wie ihr Großvater roch, nach einer frischen Zitronen-Everbena-Lotion, von der sie immer geschworen hatte, es sei Rasierwasser. Sie hatte gerade festgestellt, dass der Eindruck, der sich ihr eingeprägt hatte, falsch war, denn Agent Hans Freeman hatte sich schon lange nicht mehr rasiert. Aber wenigstens war er sauber, sagte sie sich.

Sie erreichten die Stelle, an der das Auto geparkt war, und in diesem Moment veränderte sich die Atmosphäre und es wurde still. Anne suchte weiter das Gespräch, als sie den Parkplatz verließen, und fragte Hans, ob er die Unterlagen mit den Informationen über die Morde an Megan Zing und Alice Copperfield erhalten habe. Es war eine dumme Frage, denn kaum hatte sie sie gestellt, fiel ihr auf, dass Hans sich nicht von einer schäbigen braunen Ledermappe trennen wollte, die er nicht in den Kofferraum hatte legen wollen, um sie bei sich zu behalten. Anne war bereit, alles darauf zu wetten, dass es sich bei dem Inhalt um die Unterlagen zum Serienmörderfall handelte, die sie ihm selbst per E-Mail und in Papierform geschickt hatte.

Hans nickte, ohne darauf zu achten, dass es sich um eine Frage mit einer offensichtlichen Antwort handelte, denn er wollte sich nicht vorschnell ein Urteil bilden. Er wusste, dass er es mit einer guten Beamtin zu tun hatte. Er hatte die Akte von Agent Ashton gelesen, die vor nicht allzu langer Zeit ihr Studium der Kriminalpsychologie mit der Bestnote abgeschlossen hatte und dafür bekannt war, dass sie den Fall Buchanan und den Fall Tomasso schnell gelöst hatte. Wichtige Fälle, die sie berühmt gemacht und zu ihrer jüngsten Beförderung beigetragen hatten. Alle hielten es für ein großes Glück für das Department, dass sie die Leitung innehatte. Anne überraschte ihn, als sie ihm sagte, dass sie sich nicht zum ersten Mal begegnet waren.

„Ich habe eines der Seminare besucht, die du letzten Sommer in New York gegeben hast", sagte sie.

Hans interessierte sich jedoch nicht dafür, wie Officer Anne Ashton sein Wissen einschätzte, und er lenkte sich ab, indem er aus dem Fenster auf die Lichter der Stadt starrte, in der er aufgewachsen war. Er tat es sowohl mit Nostalgie als auch mit Wut. Aber nach ein paar Sekunden kam es ihm unhöflich vor.

„Welches Seminar meinst du?", fragte er sie.

„Das vom vorigen Jahr in der Polizeistation von Addison."

„Ja. Nun, ja, wir haben die strafrechtlichen Ermittlungen im ganzen Land durch das Programm, das diese Seminare für Polizeikräfte fördert, weiter gestärkt. Aber ich bin die pädagogischen Gespräche langsam leid." „Ich verstehe dich. Das ist etwas, was ich schon immer gesagt habe. Schließlich werden wir Polizisten, um Bösewichte zu fangen, nicht, um Unterricht zu geben."

Hans fragte sich, ob Anne das wirklich dachte oder ob sie es nur sagte, um nett zu sein.

„Glaubst du, dass er die Opfer in dieser Position lässt, um eine Kreuzigung zu simulieren?", fragte Hans wie aus dem Nichts.

„Ich habe nicht darüber nachgedacht. Ich weiß es nicht. Ich glaube nicht. Ist dir das gerade eingefallen?", antwortete Anne erstaunt.

„Ich habe gerade die katholische Kirche und das Kreuz gesehen. Diese Art, die Körper zu hinterlassen, ich weiß, dass sie der Schlüssel zu allem ist, aber ich verstehe sie noch nicht. Die Perforation in der Seite könnte mit der Wunde zusammenhängen, die in der Schrift auftaucht, aber nicht die anderen. Nein, ich glaube nicht. Das war nur eine Idee", sagte Hans spontan.

‚Dieser Typ ist wirklich einzigartig, die ganze Zeit in Gedanken bei den Morden!' dachte Anna im Stillen.

Hans stand einige Minuten lang schweigend da und betrachtete die Straßen der Stadt. Er erinnerte sich daran, dass seine Kindheit sehr schwierig war, als er durch diese Straßen wandelte, die er jetzt so anders wahrnahm. Die Stadt mochte dieselbe sein, aber er hatte neue Augen. Er dachte an das Haus, in dem er gewohnt hatte, und sagte sich, dass dort sicher nichts mehr zu finden wäre, keine Spur würde mehr von diesem harten Abschnitt seines Lebens geblieben sein. Dieses Haus, wo sie sein Vater verlassen hatte, als er vierzehn Jahre alt war, und seine Mutter ihn und seine Geschwister durchbringen musste, in der Tiefkühlfabrik, in der sie ihre Gesundheit aufs Spiel setzte. So hatte er gelernt, gefrorene Erbsen und Karotten zu hassen. Er vermied sogar ihren Anblick im Supermarkt. Deshalb hatte sich sein Lebensmittelkonsum verändert. Er bevorzugte solche, die so wenig wie möglich von der Industrie beeinflusst waren.

„Glaubst du an Gott, Anne?" … fragte er, einfach so.

„Natürlich tue ich das. Übrigens, ich bin katholisch", antwortete sie genauso selbstverständlich, wie er die seltsame Frage gestellt hatte.

„Gut. Das könnte ein Pluspunkt für uns sein, falls wir herausfinden, dass der Mörder ein religiöses Motiv hat."

Hans sah sie an, dann drehte er sich um und schaute auf die Rücksitze. Er fand, was er erwartete. Eine Rassel. Und eine kleine Tasche. Er stellte sich vor, dass sich darin Kinderkleidung oder Schuhe befanden. Anne musste mindestens zwei Kinder haben, und Familie musste für sie ein zentraler Wert sein, Familie und Sicherheit. Das waren die beiden zentralen Säulen für Agent Ashton, seiner Charakterisierung zufolge. Er stellte sich vor, wie sie als Kind an den politischen Aktivitäten der Schule teilnahm und ihre Stimme erhob.

„Wie viele hast du? Kinder …"

Sie lächelte.

„Zwei: Matthäus und Albert. Fünf Jahre und ein Jahr." Ihre Stimme wurde weicher, als sie die Namen sagte.

Hans hatte den Eindruck, dass Agentin Anne Ashton eine starke und mutige Frau war, die gleichzeitig einen süßen, angenehmen Tonfall beherrschte. Letzteres lag an den Kindern im Haus. Sie würde wahrscheinlich lange mit ihnen reden, wenn sie zurückkam, auch wenn sie müde war, um die Stunden wettzumachen, in denen sie nicht zu Hause war. Und so hoffte sie, dass ihre Kinder in einer geeigneten, sicheren und freundlichen Umgebung aufwachsen würden. Daher würde kein Kind von Anne ein Serienmörder werden. Hans war davon überzeugt, dass alles, was man ist, seinen Ursprung in den ersten Jahren des Lebens hat. Deshalb gehörte er auch zu denjenigen, die behaupteten, dass die Kenntnis der Kindheit von Serienmördern für die forensische Wissenschaft der Zukunft von grundlegender Bedeutung sei, so wie die forensische Linguistik das Tor zu den Köpfen und Erinnerungen von Mördern. Er setzte sich dafür ein, dass Ermittler Serienmörder, die in den Gefängnissen des Landes ihre Schuld bezahlten, befragten und Aufzeichnungen von ihnen machten, wann immer sie konnten. Bis zu dem Zeitpunkt, an dem ihre Lebensgeschichten vollständig festgehalten worden waren, bis ins geringste Detail.

Anne hüllte sich in Schweigen, weil sie bemerkte, dass Hans abgelenkt war. Sie dachte sogar, er wäre müde und würde jeden Moment einschlafen.

Er hingegen erinnerte sich in diesem Moment an die Schulzeit, an die Jahre seiner Jugendkrise und an die Verbrechen, die er zusammen mit Terence Goren begangen hatte, der nun hinter Gittern saß. Der verabscheuungswürdige Terence Goren, der ihn in jenen Jahren in seinen Bann gezogen, der sein Leben geprägt hatte … Aber er dachte auch an Harold Winter, den Polizisten, den er kennengelernt hatte, als er auf krummen Wegen wandelte, und der ihm später ein guter Vater wurde. Dem er bis zu seinem Tod dankbar sein würde, weil er ihm eine andere Lebensperspektive gegeben hatte. Er versuchte, Goren aus seinen Gedanken zu vertreiben, und sagte sich, dass er den alten Harold besuchen sollte, weil er ihn schon lange nicht mehr gesehen hatte. Diesmal wurden seine

Gedanken an die Vergangenheit von Annes süßer, verständnisvoller Stimme unterbrochen.

„Wohin soll ich dich bringen?"

„Ich dachte, wir gehen sofort zum Department", antwortete Hans.

Anne stimmte erstaunt zu. Es war Sonntagnacht, Zeit, zu Hause zu pokern und einen besonderen Gin zu genießen. Ihr Schwager Tom hatte ihr dieses Geburtstagsgeschenk gemacht - eine wunderbare Flasche London One. Aber sie verstand, dass Hans Freeman sich sofort an die Arbeit machen wollte, denn er war nicht umsonst einer der vielversprechendsten Köpfe auf dem Gebiet der Analyse kriminellen Verhaltens, wie einige ihrer Bekannten sagten. Sie hielt es für eine gute Karrierechance, an seiner Seite zu sein. Daher bereitete es ihr keine Probleme, die Spielkarten zu vergessen. Diese riesige Flasche blauen Gins konnte auf sie warten, und die Jungs schliefen jetzt sowieso.

An der roten Ampel machte sie zwei Anrufe mit ihrem Mobiltelefon. In beiden Fällen waren ihre Worte identisch.

„In zwanzig Minuten im Büro."

Danach kamen sie in das Department für Mord und Komplexe Fälle. Es war ein modernes, diskretes Gebäude, sehr ruhig und etwas kalt. Sie fuhren direkt in den fünften Stock. Dort gingen sie durch zwei Türen und betraten einen Raum mit Glaspanelen anstelle von Zwischenwänden und Fenstern voller grauer Jalousien. Für Hans sah es eher nach einer Zeitungsredaktion als nach einem Büro der Kriminalpolizei aus, und er fragte sich, wie sie denken konnten, wenn die Schreibtische so dicht beieinander standen. Die Geräusche, die Stimmen, sie brachten ihn manchmal aus dem Konzept und ließen ihn den Faden verlieren. Außerdem schien ihm, dass die Schreibtische zu ordentlich waren, ohne Papiere, ohne Notizen. ‚Wie arbeiten sie hier?‘, wollte er fragen, aber er hielt sich zurück. Er hoffte, dass sie wenigstens eine ausreichend große Tafel hatten, denn sonst müsste er auf die Fensterscheiben schreiben und in dem Fall spezielle Stifte für diese Flächen kaufen. Sich an neue Arbeitsbereiche anzupassen, war eines der Dinge, die Hans am schwersten fielen. Zumindest war dieser besser als der letzte Platz, den man ihm in Wimberley angeboten hatte, diesem Dorf in der Nähe von Texas, das er nicht einmal kannte. Wäre es nicht so wichtig, Tatorte aufzusuchen, würde er immer von seinem Büro aus arbeiten, denn dort hatte er gelernt, am besten zu denken.

Anne zeigte ihm den Bereich, den sie für ihn reserviert hatte, und Hans seufzte erleichtert auf. Es war ein großes Büro mit einem großen Whiteboard. Hans hatte den Eindruck, dass jemand aus dem FBI-Team Anne über seine Marotten informiert hatte. Vielleicht hatte sie danach gefragt, um dafür zu sorgen, dass er sich wohlfühlte. Das bedeutete, dass Anne Ashton über eine hohe emotionale Intelligenz verfügte, und das war gut.

Dann stellte sie ihn Agent Cotten vor, der von Anfang an mit dem Mordfall Megan Zing und Alice Copperfield betraut war. Hans machte sich einen flüchtigen Eindruck von dem Agenten: Ende dreißig, überdurchschnittlich intelligent, mit einem Denken, wie es für Ingenieure typisch ist, computerbewandert, sozial unbeholfen, vielleicht ein teures Hobby, vielleicht ein Sammler …

Während Hans seine Analyse beendete, hörte er Annes feine Stimme sagen, dass Cotten ein Spezialist für Informationssysteme, aber auch einer der vielseitigsten Mitarbeiter der Abteilung war. Hans lächelte, denn er mochte es, Recht zu haben. Dann wurde er Juliet Rice vorgestellt, die die Agentin war, die Anne bei der Organisation der Indizien unterstützte. Sie war eine ausgesprochen große und schlanke Frau. Hans empfand sie als methodisch, besonnen, vielleicht nicht so schnell schlussfolgernd, aber hartnäckig und fleißig. Obwohl er sich dachte, dass es noch etwas anderes gab, weswegen sie so nahe bei Anne war, nicht nur ihre Fähigkeit, die Ermittlungen zu organisieren.

Nachdem sie sich vorgestellt hatten, setzten sich die vier um einen runden Tisch in dem Büro, das für Hans vorgesehen war. Sofort legte er ihnen seine Sichtweise auf den Fall dar, so wie er es im Flugzeug geplant hatte. Hans erläuterte, dass er die Angelegenheit mit den Leuten des Programms zur Untersuchung von Serienmördern und Komplexen Fällen, dem er beim FBI angehörte, besprochen hatte und dass diese die These vertraten, man müsse, um den Mörder zu fassen, zu einem Geschehnis zurückgehen, dass sich vor acht Jahren zugetragen hatte. Er bezog sich auf den brutalen Angriff und auf den Tod der jungen Gail Whitman.

5

DIESE INFORMATION SCHLUG ein wie eine Bombe. Das verblüffte Team verstand den Zusammenhang nicht und argumentierte mit dem Unterschied zwischen den jüngsten Anschlägen und dem, was der jungen Gail Whitman geschehen war. Hans erwartete diese Reaktion und konterte, indem er einige Fotos auf den Tisch legte. Diese zeigten den Körper einer jungen Frau, die geschlagen worden war, mit verschiedenen Spritzern auf ihrer Kleidung und kreisförmigen Blutflecken an vier bestimmten Stellen des Rocks und der Bluse, die sie trug. Juliet Rice sagte, dass sie sich daran erinnerte, dass der Fall Whitman gelöst wurde, weil ein Süchtiger gestanden hatte, dass er dafür verantwortlich war. Hans antwortete, dass dies tatsächlich der Fall war, und zeigte dann die Fotos der nackten Körper von Megan Zing und Alice Copperfield, wobei er auf die Bohrlöcher in denselben Bereichen hinwies, an denen die Blutflecken auf Gails Kleidung zu sehen waren.

Er hoffte, dass das Team die Ähnlichkeit erkennen würde, aber er hatte es noch nicht überzeugen können.

„Es könnte ein Zufall sein, dass sich die Blutflecken auf Gails Kleidung in der Nähe der Stellen befinden, wo der Serienmörder die Knochen der Opfer durchbohrt", sagte Cotten.

„Der Fall Gail Whitman ist geschlossen.", fügte Anne hinzu.

Hans verstand, dass der Polizeipräsident nicht im Geringsten darüber erfreut war, einen Fall neu aufrollen und sich mit der Staatsanwaltschaft auseinandersetzen zu müssen. Aber er fuhr mit seiner These fort und kam zu der Reihe von Überfällen auf Prostituierte, die sich in der Umgebung von Wichita in den fünfzehn Jahren vor Gails Überfall ereignet hatte. Er sagte, der Fall sei schlecht gelöst worden, weil diese Vorgeschichte von Angriffen eine falsche Vorstellung vom Motiv des Mordes und vom Typ des Mörders erweckt habe, denn das Mädchen sei nach Angaben der Behörden fälschlicherweise für eine Prostituierte gehalten worden.

Hans zeigte ihnen erneut das Foto von Gails Körper, so wie er aufgefunden wurde. Und dann verstand Anne: Gails Rock war sehr lang, und die Bluse hatte lange, locker sitzende Ärmel. Es war unmöglich, dass jemand sie mit einer Prostituierten verwechselte.

Juliet ließ einen Kugelschreiber fallen, den sie in der Hand gehalten hatte, schaute Anne an und fragte sich, wie es möglich war, dass dieses Detail zu jenem Zeitpunkt nicht von Bedeutung gewesen war. Als würde Hans die Gedanken von Juliet Rice lesen, erzählte er ihr, dass die Inzidenzwerte der Gewalt in den Straßen und Familien in Kansas sehr hoch waren.

„Gail Whitmans Fall wurde schnell aufgeklärt, weil man die Schuld auf die beiden süchtigen Schläger schob, die in der Gegend tätig waren, wo ihre Leiche gefunden wurde. Dasselbe Paar wurde für die Übergriffe auf Prostituierte in den Vorstädten verantwortlich gemacht, die seit Jahren andauerten. Die angegriffenen Frauen beschrieben lediglich zwei schwarz gekleidete Männer, deren Gesichter mit Skimasken bedeckt waren. Es wurde argumentiert, dass Gail mit einer von ihnen verwechselt worden und dass es dieses Mal außer Kontrolle geraten sei. Aber wie du gerade gemerkt hast, konnte sich bei dem Mädchen in dieser Aufmachung niemand vertun", sagte Hans.

„Warum hörten die Angriffe auf Prostituierte auf, nachdem der Fall Whitman abgeschlossen war?", fragte Anne mit dem typischen Tonfall einer Person, die weiß, dass sie ein gutes Argument vorbringt.

Hans gab zu, dass er es nicht wusste, bestand aber darauf, dass der Mörder des Whitman-Mädchens derselbe war wie der Mörder der anderen Mädchen, Zing und Copperfield. Dass der immer noch auf freiem Fuß war, und dass er sicher war, dass dieser weiter morden würde.

Eines der schlimmsten Dinge für Hans war es, oft eine so feine Intuition zu besitzen, dass er fast wusste, was andere dachten. Dies war eine Fähigkeit, die er zur Hälfte in seiner Universitätsausbildung entwickelt und zur Hälfte in seiner schwierigen Jugendzeit ausgebildet hatte. Tatsächlich konnte diese Fähigkeit manchmal als Geschenk und manchmal als Fluch angesehen werden. Mehr als einmal hätte seine Ex-Freundin Fatima gewollt, dass Hans nicht erführe, was in ihr vorging, was sie bedrückte. Aber er war sehr gut darin, Menschen zu lesen. In diesem Fall wusste Hans, dass jeder in diesem Raum der Meinung war, dass es für die Mitarbeiter des Serienmörderprogramms des FBI notwendig wäre, Ermittlungen zu erschweren und in den Augen anderer auf zweifelhafte Ursprünge zurückzuführen, um sich selbst zu rechtfertigen. Es wäre nicht das erste Mal, dass er mit einer solchen Situation konfrontiert würde. Hans beschloss daher, dass es an der Zeit war, sie nachdenken zu lassen. Um ihnen die Möglichkeit zu geben, ihre Vorurteile gegenüber seinem Programm zu überwinden und die Richtigkeit der von ihm aufgezeigten Forschungsrichtung zu erwägen. Keineswegs schlug er vor, die Untersuchungen zu den jüngsten Opfern aufzugeben, sondern den Fall von Gail Whitman hinzuzufügen und sie als das erste Opfer desselben Themas zu betrachten.

Dann teilte er plötzlich allen mit, dass er sich ausruhen und sie am nächsten Morgen weitermachen würden. Er wusste, dass selbst für Anne Ashton und den Rest des Teams diese neuen Morde noch immer nichts mit den früheren Ereignissen zu tun hatten, aber er wusste auch, dass er sein Ziel erreicht hatte: Zweifel in ihren Köpfen zu wecken.

Er verließ abrupt das Büro. Juliet sah Anne an, und die lächelte. Sie war bereits vor den unerwarteten Reaktionen gewarnt geworden, die Hans Freeman zu zeigen pflegte. Auf dem Weg zur Dienststelle hatte sie befürchtet, dass Hans aus seinem Auto aussteigen und weiter durch die Stadt laufen würde, ohne ihr eine Erklärung zu geben. Dieser Abgang des FBI-Agenten erschien ihr daher nicht so beunruhigend.

HANS HIELT ein Taxi vor dem Gebäude an und bat darum, man möge ihn zum AVA-Hotel bringen. Er hatte darum ersucht, ihm dort ein Zimmer zu reservieren, weil es ihm ruhig und friedlich erschien und ihm die Bilder an den Wänden in den Fluren, die zu den Zimmern führten, gefielen. Es waren Schwarz-Weiß-Fotos von Seevögeln mit ausgebreiteten Flügeln, und es gab auch einige, die Klippen und Leuchttürme zeigten. Als er sie das erste Mal sah, hielt er diesen Verweis auf das Meer für Unsinn, da es weit von Kansas entfernt ist. Aber dann sagte er sich, dass das, was man nicht hat, das ist, wonach man sich am stärksten sehnt. Dann dachte er an den Mörder und fragte sich, was dieser wollte, was er meinte, wenn er die Frauen so zurückließ. Er war überzeugt, dass es sich um eine Botschaft handelte, die vielleicht in gewisser Weise mit einem traumatischen Erlebnis in Bezug auf eine Frau zusammenhing, die ihm wichtig war. Er sah in diesem Fall jedoch keinen Frauenhass, wie er im jüngsten Fall des Schlächters von Oregon das Motiv war. Jener Frauenmörder quälte seine Opfer immer und immer wieder. Es waren ältere Frauen, die er mit seiner eigenen Mutter verglich, die herrschsüchtig und manipulativ war. Megan und Alice waren jedoch erstickt und die Amputationen und Bohrungen post mortem vorgenommen worden. Nur im Fall von Gail Whitman hatte er ihr mehr Schmerzen zugefügt, sie zu Tode geprügelt, auf eine andere Weise in der Straße hinterlassen. Wie ein Wrack, wie Abfall. Bei Megan und Alice hingegen spürte er, obwohl sie nackt, durchlöchert und ohne Füße zurückgelassen wurden, eine andere „Behandlung“, eine andere Art von Respekt.

Könnte es sein, dass für den Mörder die Art und Weise, wie er seine Opfer hinterlässt, eine Art Tribut an sie ist? Mit diesem Gedanken im Hinterkopf nahm er eine Dusche und legte sich ins Bett. Erst da wurde ihm bewusst, wie müde er war. Das passierte ihm oft. Er merkte nicht, dass er erschöpft war, bis er sich hinlegte und seine Beinmuskeln zu schmerzen und sein Kopf zu stechen begannen.

Nach ein paar Stunden wurde er durch das Klingeln seines Mobiltelefons geweckt. Es war Anne, die ihm mitteilte, dass eine weitere Leiche gefunden worden war. Es handelt sich um eine 25-jährige Frau namens Elaine Sue Perales.

VIERZIG MINUTEN später befand sich Hans am Tatort. Die Leiche war in der gleichen Position aufgebahrt wie die beiden vorangegangenen: ohne Füße, durchbohrt, hängend, mit ausgestreckten Händen, den Kopf nach oben gerichtet. Er fühlte sich dem Mörder näher, weil er zum ersten Mal an dem Ort war, an dem dieser das Opfer persönlich zurückgelassen hatte. Hans war überzeugt davon, dass es sich nicht um eine Kreuzigung handelte, sondern um etwas anderes. Aber der saubere, nackte Körper war für ihn ein Akt der Reinigung; vielleicht bedeutete das Entfernen der Füße dasselbe, nämlich das Entfernen des Teils des Körpers, der durch das Gehen beschmutzt und verdorben ist. Er betrachtete das Gesicht des Mädchens, das Kinn erhoben, wie in einer Position der Würde, der Überlegenheit. Dann sah er, dass die Handflächen nach oben zeigten, und er fragte sich, was das bedeuten könnte …

Er ging ein paar Schritte weg, um das Wesentliche der Botschaft des Attentäters zu erfassen. Dabei stieß er mit

Anne zusammen und nahm einen schwachen Hauch von Gin wahr. Er hörte sie sagen, dass der Bastard nicht aufhören würde. Hans nickte und starrte auf das Gesicht des toten Mädchens. Noch immer fragte er sich, was der Mörder damit sagen wollte, indem er sie so zurückließ. Dies war eine Frage an sich selbst, doch ohne es zu wollen, stellte er sie laut.

6

NEULICH ABEND FÜHLTE ich mich beobachtet. Ich machte mir Sorgen, weil ich nicht wollte, dass mich die Paranoia ergreift. Schlaftabletten wollte ich nicht nehmen. Die Geräusche mussten aus der Wohnung neben mir kommen. Ich hörte Schritte im Korridor und dann ein Klopfen an meiner Tür. Mir stockte der Atem. Um diese Zeit machte man unmöglich Besuche. Nicht einmal Madison, die manchmal ein wenig verrückt war. Ich ging zur Tür und fragte, wer dort war. Man antwortete mir nicht und klopfte noch intensiver. Ich blieb bewegungslos, schwieg und wartete. Hörte einige Stimmen, Gelächter und jemanden, der sagte, dass dies nicht die Wohnung sei. Dann wieder Gelächter und eine Tür, die sich schloss. Alles deutete darauf hin, dass die Nachbarn eines ihrer üblichen Saufgelage hatten und jemand, nicht ganz bei Sinnen, an die falsche Tür gegangen war.

Ich atmete erleichtert auf und beschloss, in mein Zimmer zu gehen, zu duschen und mich ins Bett zu legen. Nachdem ich eingetreten war, schloss ich vorsichtshalber die Tür ab. Dabei lehnte ich mich mit dem Rücken dagegen und atmete tief ein, als wäre ich dem Rachen eines hungrigen Tieres entkommen. Ja, ich fühlte mich ausgesprochen unwohl, seit ich in das Auto eingestiegen war, und meine Beine zitterten zeitweise noch immer.

Das heiße Bad beruhigte mich. Ich ging ins Bett, aber ich konnte nicht schlafen. Ich wälzte mich hin und her. Es war eine dieser verhassten Nächte, in denen nach einem Schreck all die Zweifel und Frustrationen wieder hochkommen. Ich war nicht mehr verängstigt, sondern gelangweilt. Ich vermutete, dass das große Problem darin bestand, dass ich etwas Aufregenderes in meinem Leben brauchte. Ich wollte unbedingt aus dieser Stadt herauskommen und etwas ganz anderes machen als bisher. Also dachte ich daran, die Zeit irgendwie zu nutzen, um mich abzulenken. Ich überlegte, ob ich zum x-ten Mal meinen Lieblingsroman von Agatha Christie, „Gegen Null", lesen sollte, den ich auf dem Nachttisch liegen hatte (das gleiche Exemplar, das ich zum ersten Mal gelesen hatte, als ich zwölf Jahre alt war). Oder ob mich noch einmal mit der Akte von MacArthur befassen sollte, dem abscheulichen Mann, der seinen Sohn misshandelt und den wir von ihm getrennt hatten. Dies ist der letzte Fall, den ich im Sozialamt bearbeitet habe. Tief in mir drin wusste ich, dass ich mich nicht für die MacArthur-Akte entscheiden würde, da sich die Arbeit in letzter Zeit für mich nicht gelohnt hat. Ich bin jedes Mal traurig, wenn ich eine Akte in die Hand nehme. Ich werde frustriert und denke wieder über meine Entscheidung nach, und so möchte ich mich nicht wieder fühlen. Manchmal denke ich, dass bei der Arbeit alles schiefläuft, obwohl man mir das Gegenteil sagt und mich für sehr fähig hält.

Wenn ich an meine Mutter denke, spüre ich eine Wut,

die mir weh tut. Dr. Lipman sagt, dass ich diese Wunde endlich schließen muss. Es ist, als ob man viele Jahre auf eine Entschuldigung gewartet hat, oder zumindest darauf, dass die Wahrheit anerkannt wird, und das nie passiert. Meine Mutter wusste, was Richard tat, und sie akzeptierte es immer. Sie zog es vor, ein Auge zuzudrücken und seine Komplizin zu sein. Und ich verstand und verstehe immer noch nicht, wie es möglich war, dass sie mich nicht verteidigte. Man geht immer in dem Glauben umher, dass Gerechtigkeit ein Prinzip für alle ist, aber das stimmt nicht. Wegen dieses fatalistischen Denkens sagt Dr. Lipman, dass ich über meine Beziehung zu meiner Mutter hinwegkommen muss. Irgendwann werde ich das vermutlich tun.

Ich lag da, unentschlossen, irgendetwas zu tun, und verwarf sogar, Christie zu lesen. Ich erinnere mich, dass ich die Figur des Mörders an diesem Buch sehr mochte. Ich glaube, ich verliebte mich sogar sofort in ihn. Es muss etwas sehr Schlimmes sein, sich in einen so gefährlichen Mann zu verlieben, aber ich tat es. Zumindest, während ich die Seiten verschlang.

Aus irgendeinem Grund musste ich wieder an Frank denken. Ich hatte ihn vor genau einem Monat in der Othello-Bar gesehen, als ich versuchte, mich mit Jimmy zu versöhnen, mit dem ich meinen eigenen Rekord im Bezug auf die Dauer einer Beziehung gebrochen hatte. Doch schließlich beendete ich sie ohne jegliches Bedauern. Ich erinnerte mich noch einmal genau an diese Begegnung in der Nacht in der Bar, als ich unter dem Vorwand, eine Zigarette rauchen zu wollen, allein hinausging. Jimmy rauchte nie. Und dort traf ich zufällig auf Frank. Nach dem, was vor acht Jahren zwischen uns passiert war, wollte ich Frank nie wieder sehen, aber ich musste zugeben, dass die Begegnung mit ihm die alte Anziehungskraft wieder aufleben ließ.

Ein paar Tage später schreckte mich das Klingeln des Telefons auf, und ich erinnere mich, dass ich tief in meinem Innersten wünschte, es wäre Frank Gunn. Und dieses Mal ging der Wunsch in Erfüllung. Er war es, der mich anrief. Ich konnte es nicht glauben. Ja, ich hatte ihm beim Treffen im Othello absichtlich meine Handynummer gegeben. Aber es war ein außergewöhnlicher Zufall, dass er mich genau dann anrief, als ich an ihn dachte.

„Julie, ich kann die Situation mit meinem brutalen Vater nicht länger ertragen. Jetzt hat er die Cousine seiner zweiten Frau geschickt, um mich um Geld zu bitten! Dieser Taugenichts James, der seit einigen Jahren bei ihm wohnt, hat es gewagt, mich im Büro zu besuchen, und ich habe ihn sofort weggeschickt, aber ich kann die Unverschämtheit nicht ertragen, nach allem, was er meiner Mutter angetan hat …! Und ich dachte, dass der einzige Mensch auf der Welt, der mich verstehen kann, du bist, auch wegen deiner eigenen Vergangenheit in deinem Haus, wegen dem, was wir zusammen erlebt haben. Ich weiß nicht, warum ich das tue, Julie, aber ich musste mit dir reden. Ich weiß, dass ich die Chance verpasst habe, dich zu haben, und dass du jetzt mit jemand anderem zusammen bist, aber da du mir deine Handynummer gegeben hast, dachte ich, es würde dir nichts ausmachen, wenn wir uns gelegentlich unterhalten, wenn wir es brauchen. Wenn ich es brauche."

Das waren einige der Worte, die ich hörte. Und dann wurde ich von einem Meer von Gefühlen überrascht. Es war Franks Stimme, die gleiche wie seit fast einem Jahrzehnt. Die gleichen Höhen und Tiefen. Ich fühlte mich ihm so nahe. Ich erinnere mich, wie ich ihn tröstete und ihm sagte, er solle die verzweifelten Versuche seines Vaters, Schuldgefühle zu säen, weil er ihn allein gelassen hatte, nicht beachten. Ich habe ihm viele Dinge erzählt, als Freundin, als jemand, der sich noch kümmert. Ich wollte ihm gerade sagen, dass ich nicht mehr mit Jimmy Randall zusammen war und dass es mit uns offiziell vorbei war, aber das tat ich in diesem Moment nicht.

Später, als wir unser Gespräch beendet hatten, betrachtete ich zwei Kratzer, die meine Katze Bernarda auf meinem Arm hinterlassen hatte, und dachte, dass Misshandlung immerwährende Wunden verursacht. Und dass ich Frank deshalb nahestand, weil die Vergangenheit uns hoffnungslos zusammengebracht hatte. Tief im Inneren fühlte ich mich Frank immer noch sehr nahe. Viel näher, als ich es Jimmy jemals gewesen war. Ich kann nicht leugnen, dass ich gerührt war.

Ich glaube, mich überkam endlich der Schlaf, und das Letzte, woran ich dachte, war dieser ungepflegte Agent mit dem Gesicht eines Hippies mit schlechtem Benehmen, der sich Gails Bild im Flugzeug ansah. Vielleicht habe ich es getan, weil ich seine Arbeit aufregend fand und etwas brauchte, dass mich aus der Ruhe brachte.

7

HANS UND ANNE erreichten das Haus von Elaine Sue Perales, dem letzten Opfer.

Hans blieb stehen und nahm die Straße unter die Lupe. Es handelte sich um ein Wohngebiet, in dem es keine Geschäfte gab. Nur einen kleinen Laden an der Ecke. Auf den ersten Blick konnte niemand von dort etwas sehen. Das müsste jedoch noch genauer untersucht werden. In der Ferne konnte man Hunde bellen hören. Ein rasendes Auto ließ Hans aufblicken und etwas bemerken, das ihm zuvor nicht aufgefallen war: die Container. Vielleicht war jemand nach einem Besäufnis hinausgegangen, um den Müll zu entsorgen ..., dachte er bei sich.

Hans hatte den Verdacht, dass der Mörder sich die Frauen aus ihren eigenen Häusern holte. Es war etwas, das ihm nicht aus dem Kopf ging, obwohl er keine Beweise dafür hatte. Im Fall der anderen Mädchen hatte niemand etwas Seltsames gesehen oder gehört. Aber jetzt hatte er den Vorteil, innerhalb weniger Stunden nach einer Entführung, die sich zu einem Mord entwickelt hatte, vor Ort zu sein.

Cotten rief Anne über ihr Mobiltelefon an. Es war bestätigt worden, dass die letzte Person, die Elaine lebend gesehen hatte, ein Mitarbeiter war, der sie vom Flughafen nach Hause gefahren hatte. Sein Name war John Skinner und es passierte um 19.40 Uhr an jenem Abend. Elaine war zurückhaltend gewesen und es war nicht viel über sie bekannt, nur dass sie aus Arizona kam. Ihr Vorgesetzter hatte sie um 21.20 Uhr auf ihrem Handy angerufen, weil er sie wegen eines unvorhergesehenen Vorfalls mit einem Flug bitten wollte, am Nachmittag nach Miami zu fliegen, aber Elaine hatte nicht geantwortet. Sie arbeitete für Easy Panam, die neue Billigfluggesellschaft, die vor sechs Monaten ihren Betrieb aufgenommen hatte. Das Mobiltelefon des Opfers hingegen war ausgeschaltet und konnte nicht geortet werden. Der Triangulation zufolge wurde es zuletzt in ihrer eigenen Wohnung eingeschaltet. Elaine hatte weder Instagram noch Facebook. Nur Twitter, mit 122 Followern, die meisten davon mit den Nachnamen Perales und Jefferson. Überwiegend gehörten sie zur Familie und lebten tatsächlich in Arizona. Allerdings fiel Cotten auf - und er machte Anne darauf aufmerksam -, dass einer der Twitter-Follower der Sohn von Matt Busch war, einem Großaktionär von Easy Panam, der vor sieben Monaten zufällig in Phoenix war. Sein Name war Justin Busch.

„Aber das ist noch nicht alles. Der Personalleiter von Easy Panam hat mir bestätigt, dass die Empfehlung, Elaine Perales einzustellen, vom Vorstand selbst kam", so Cotten.

„Ich verstehe. Ich lasse Rice Justin Busch einen Besuch abstatten", antwortete Anne.

Hans bemerkte eine gewisse Belustigung in ihr. Er hatte den Eindruck, dass Anne es mochte, mächtige Leute in Verlegenheit zu bringen. Er wusste, wer die Buschs waren, und er wusste, dass sie ihr Vermögen mit zweifelhaften Dingen gemacht hatten. Das FBI hatte daher seinerzeit gegen sie ermittelt.

Anne brachte Hans, über das, was Cotten gesagt hatte, detailliert auf den neuesten Stand, und er willigte ein, Busch zu interviewen. Auch wenn der Mord an Elaine nur als ein weiterer in der Serie behandelt werden sollte, die mit Megan Zing begonnen hatte. Es wäre nicht das erste Mal, dass ein Mann mehrere Menschen ermordete, um die Ermittler zu verwirren und sie glauben zu lassen, er sei ein Serienkiller, obwohl er nur einen von ihnen töten wollte. Aus Erfahrung wusste er, dass kein Bereich ohne Ermittlungen bleiben sollte, auch wenn es noch so unwahrscheinlich erscheinen mochte.

Sie klopften an die Haustür, aber niemand antwortete. Insgeheim wünschten sich beide, dass diese Tür sich nicht öffnen möge. Sie wollten einem zufällig anwesenden Verwandten nicht die schreckliche Nachricht überbringen müssen und hofften, dass Elaine wirklich allein lebte, ebenso wie Megan und Alice.

Nach einer Weile beschlossen sie, hineinzugehen. Anne hatte die Befugnis, dies auch ohne Spurensicherung in Begleitung von Hans zu tun, wenn sie selbst das Protokoll führte. Sie reichte Hans ein Paar Handschuhe und ein paar Schuhüberzieher aus Plastik. Hans schlug die Scheibe des Seitenfensters neben der Eingangstür ein und griff hinein, um sie zu öffnen. Es war ein einfaches Unterfangen, und sie brauchten nicht auf das Team zu warten. Sie traten ein, gingen einen schmalen Gang entlang und hörten den Fernseher laufen. Noch aufmerksamer gingen sie weiter und kamen zu einem kleinen Wohnzimmer mit einem Sofa, einem kleinen Tisch, einer Stehlampe und, etwas weiter entfernt, einem runden Tisch mit drei hellen Holzstühlen. Auf dem Tisch fanden sie Reste eines Abendessens, das nur zur Hälfte aufgegessen war, ein halbiertes Auberginen-Sandwich neben zwei Stangen Sellerie und einem Glas, dessen Inhalt wie Tomatensaft aussah. Hans fragte Anne, ob die Häuser von Megan und Alice ebenfalls so deutliche Anzeichen dafür aufwiesen, dass sie vorzeitig verlassen worden waren. Sie antwortete, dass dies nur bei Megan der Fall war. Auch dort standen die Reste eines Abendessens auf dem Tisch, der Geschirrspüler war geöffnet und ein Kaffee war in der Maschine zurückgelassen worden.

„Ich glaube auch, dass er sie aus ihren Häusern holt, dass er sie zuerst entführt. Aber es gibt keine Anzeichen für einen Kampf", sagte Anne und ahnte, was Hans im Sinn hatte.

Er nickte und zeigte zum ersten Mal so etwas wie ein Lächeln.

„Megan Zing war eine ausgesprochen methodische und ordentliche Frau. Das haben wir bei den Ermittlungen nach dem Fund der Leiche gesehen. Ich setzte eine Heerschar von Ermittlern auf die Untersuchung ihres Lebens und auf das von Anne an. Ich musste verstehen, worin sie sich ähnelten, also befragten wir Freunde, Geschwister, Kollegen und Nachbarn. Sie empfehlen in Ihren Seminaren, im Umfeld der Opfer rasch zu ermitteln, und dem folge ich tatsächlich. Obwohl wir keine Gemeinsamkeiten gefunden haben, kann ich Ihnen sagen, wie sie waren. Und nicht in tausend Jahren hätte jemand wie Megan Zing das Haus verlassen und dabei die Spülmaschine offen und das Geschirr auf dem Tisch stehen lassen.

„Vielleicht würde sie so nicht aus dem Haus gehen, aber sie würde schon, wenn jemand hartnäckig klopfen würde, die Tür öffnen und die Küche in diesem Zustand lassen. Richtig?", fragte Hans.

„Ja", antwortete Anne, „vor allem, wenn es jemand Unerwartetes ist. Ich meine, wenn ich – Megan - einen geplanten Besuch erwarten würde, dann würde ich versuchen, alles in Ordnung zu bringen, bevor ich ihn empfange, und dazu gehört auch, den Tisch abzuräumen."

„Es sei denn, der Besucher war zu früh dran", schloss Hans.

Anne nickte nachdenklich.

Sie gingen durch das Wohnzimmer, das Esszimmer und die Küche. Hans machte mehrere Fotos mit seinem Handy.

„Ich rufe die Spurensicherung an, damit sie eine visuelle Bestandsaufnahme durchführt", sagte Anne zu ihm, als wolle sie ihn auffordern, keine Zeit mit dem Fotografieren zu verschwenden.

Hans öffnete die Kühlschranktür. Der Inhalt bestätigte, was er von Elaine gedacht hatte, nachdem er den Tisch gesehen hatte. Gemüse, Obst, Sojamilch. Keine tierischen Produkte, keine Milchprodukte.

Dann ging er durch die Tür neben der Küche, hinein in ein Zimmer. Anne blieb zurück und durchsuchte einen Schreibtisch, der sich gleich neben der Tür befand, die zu einer kleinen Terrasse führte.

8

HANS FREEMAN VERSPÜRTE dieses zwingende Bedürfnis, sich in die Köpfe der Opfer hineinzuversetzen, das er nie ganz loswerden konnte.

Er sah sich im Zimmer von Elaine um. Bewegte einige Gegenstände und konnte nichts entdecken. Es ist von Wert, zu wissen, wie man das Zuhause des Opfers, seinen Komfortbereich, seinen Geschmack und seine Gewohnheiten entschlüsselt. Und das kann man am besten in seinen Räumen. Also begann Hans, sich ein Bild von Elaine zu machen. Sie war jemand, der sich nicht gerne mit vielen Gegenständen umgab. Sie war praktisch veranlagt, ging ihren Geschäften nach. Außerdem war sie erst kurz in der Stadt. Wenn sie so zurückhaltend war, wie Cotten sagte, dann deshalb, weil sie sich auf ihre Ziele konzentrierte und nicht darauf, Freunde zu finden. Sie war eine hübsche Frau, und vielleicht hatte sie diese Eigenschaft zu ihrem Vorteil genutzt. Vielleicht hatte sie eine Beziehung zu Matt Buschs Sohn, aber in ihrem Zimmer gab es keine Bilder oder Erinnerungsstücke. Es gab hochwertige Kleidung, zwei in

Plastik verpackte Uniformen der Fluggesellschaft, ein französisches Parfüm, mehrere Paare eher klassischer Schuhe, eine lackierte Holztruhe, in der kleine goldene Ohrringe und ein Swarovski-Armband aufbewahrt wurden.

Auf dem Bett sah er einen geschlossenen Laptop. Hans dachte, hier würden schon die Jungs von der Spurensicherung kommen und alles Notwendige tun, um ihn zu überprüfen.

Er schaute an die Decke und bemerkte eine weiße Lampe, deren Form ihn an eine Weintraube erinnerte. Er stellte sich vor, wie Elaine vor dem Einschlafen darauf schaute, froh, zu Hause zu sein und nicht zu fliegen … Aber vielleicht tat sie das auch gerne, weil sie noch nicht lange genug bei der Fluggesellschaft war, um es leid zu sein, auf die Launen der Passagiere einzugehen. Sie war nur ein ganz normales Mädchen, das aus einer anderen Stadt kam, und hier bot sich ihr eine Arbeitsmöglichkeit, für die sie vielleicht nicht ganz so qualifiziert war. Sie würde die Chance nicht ausschlagen, mit oder ohne Unterstützung des Busch-Jungen.

„Warum hast du sie ausgewählt? Warum sie? Was hat sie getan?", fragte sich Hans, als würde er mit dem Mörder sprechen. Die drei Opfer sollten sehr unterschiedlich sein. Megan war eine Frau in ihren Dreißigern, zierlich und sehr schlank, weiß, mit braunen Augen und braunem Haar. Sie war Verkäuferin in einer Apotheke. Alice hingegen war verhältnismäßig groß, stämmig und hatte dunkle Haut. Sie arbeitete an der Universität als Verwaltungsangestellte des Rektors. Und jetzt Elaine …

Vielleicht ging es nicht um das, was sie waren. Sondern um das, was sie nicht waren, oder was sie nicht hatten. Keine von ihnen schien in einer festen Beziehung zu sein, oder wenn doch, dann mit verheirateten oder verlobten Männern. Zumindest gab es keine Beziehung, aus der Gegenstände auf ein Zusammenleben hindeuteten. Dies verschaffte dem Mörder einen Vorteil, da nachts niemand nach Hause kam. Es war möglich, dass der Mörder ein geduldiger Mensch war, der seine Beute seit einiger Zeit beobachtet hatte. Vielleicht hatte er versucht, sie kennen zu lernen, und sie hatten ihn alle abgelehnt, und zwar aus unterschiedlichen Gründen. Was für einen Mann würde Elaine ablehnen, fragte sich Hans. Jemand Gewöhnliches, antwortete er sich selbst. Der Geschmack des Mädchens, die einfarbigen Laken, die in keinem Geschäft leicht zu finden waren, das gedämpfte Blau ihrer Schlafzimmerwände, die diskreten Accessoires in ihrer Truhe, sprachen von einer Person, die der Meinung war, dass „weniger mehr ist". Sie musste ein gutes Selbstbild haben. Alice, die es gewohnt war, in einem akademischen Umfeld Beziehungen einzugehen, würde einen unintelligenten Mann ablehnen. Und Megan, die in einer Apotheke arbeitete und so ordentlich war, wie Anne sagte, würde sich nicht mit einem unordentlichen Mann abgeben.

Hans erinnerte sich an Unterrichtseinheiten an der Universität und später beim FBI, als sie Fälle untersuchten, um Opfer zu vergleichen und mögliche Muster zu erkennen.

Plötzlich empfand er tiefe Trauer um Elaine und um ihre Familie, als diese die Nachricht erfahren haben mochte. Mitleid mit dieser Frau, die gerade zu leben begann. Und dann, ohne dass er es wollte, kam dieselbe schreckliche Erinnerung zurück, die ihn oft betäubte: das Gesicht des Jungen, den er unter der Führung von Terence Goren verprügelt hatte und der fast gestorben wäre. Die

Erinnerung an ihn selbst, wie er ihn trat und schlug, ohne aufzuhören, und dann, nicht wissend, was er tun sollte, neben Goren stand, als er sah, dass der Junge nicht mehr reagierte. In jenem Moment dachte er, der Junge wäre tot und er ein Mörder. Das war das letzte Mal, dass er sich an den Schlägen beteiligte; das war das Ende einer Liste von Aktionen, die mehrere Überfälle auf Geschäfte und Häuser reicher Leute sowie weitere Schlägereien umfasste. Seine Existenz danach bestand in dem verzweifelten Versuch, die Tat wiedergutzumachen, die den Jungen, der ihnen nichts getan hatte, fast das Leben gekostet hätte.

Für Hans waren alle Opfer von Serienmördern ein bisschen wie das Kind, das er fast getötet hätte. Dann legte er die Hände auf die Brust, während er weiter im Raum stand, und schloss die Augen. Er wollte denken wie Elaine, sehen, was Elaine sah, wissen, warum der Mörder sie ausgewählt hatte. Und warum dieser so sehr darauf bedacht war, die Identität der Opfer sofort zu offenbaren, wofür er den Ausweis neben den Leichen zurückließ.

9

Hans verließ den Raum und stellte Anne eine Frage.

„Was meinst du?"

Sie verstand die Frage so, dass er wissen wollte, was sie von Elaine Perales hielt. Sie begann zu begreifen, wie Hans Freemans Verstand funktionierte, und antwortete.

„Sie ist eine ordentliche, methodische Frau, alle ihre Rechnungen sind nach Datum geordnet, auch die für Hausreparaturen und Ausräucherungen. Wenn sie etwas mit Busch oder jemand anderem zu tun hatte, gibt es dafür keine Anzeichen. Sie war diskret ..."

Während Anne über Elaines Profil sprach, schaute Hans ein wenig abgelenkt auf die Eingangstür und die Wand im kleinen Flur daneben. Er sah zwei dünne schwarze Flecken auf dem weißen Lack, wie von einer Art Reibung. Er kannte sie, konnte sie aber nicht zuordnen und hörte Anne weiter zu.

„Juliet untersucht ihre Bankkonten. Dort werden wir erfahren, ob sie über ihr Gehalt hinaus eine ,zusätzliche finanzielle Unterstützung' erhalten hat. Darüber hinaus folgen sie dem Protokoll für die Untersuchung von Opfern in komplexen Fällen: medizinische und berufliche Vorgeschichte. Das haben wir auch bei den beiden anderen Frauen gemacht, aber wir haben nichts Handfestes gefunden."

„Hast du den Eingang der Dachterrasse überprüft? Ist es möglich, dass jemand von dort hineinkam?"

„Nein. Die Sicherung war eingeschaltet. Außerdem hätte sie den Eindringling direkt gesehen. Es gäbe einige Kampfanzeichen, aber alles ist in bester Ordnung. Es sei denn, der Täter hätte sich die Mühe gemacht, aufzuräumen, aber das glaube ich nicht."

„Ich auch nicht. Ich glaube, der Typ hat an die Tür geklopft. Dass sie ihm im Vertrauen öffnete. Vielleicht kannte sie ihn. Sie ließ ihn herein, und als er drinnen war, injizierte er ihr eine Nadel mit Ethorphin in den Hals, wodurch sie bewegungsunfähig wurde, genau wie er es laut der Autopsien bei Megan und Alice getan hatte. Wie konnte der Mörder drei so unterschiedliche Frauen kennenlernen, die nichts gemeinsam haben, außer der Stadt und der Tatsache, dass sie allein lebten?", fragte Hans ein wenig für sich selbst, ein wenig, damit Anne es hörte.

Er wollte den Satz noch ergänzen, indem er sagte, dass auch Gail Whitman in die Liste aufgenommen werden sollte, aber er wollte keinen Punkt ansprechen, über den sie noch keinen Konsens erzielt hatten.

„Sind wir hier fertig? Die Jungs sind bereit, zusammen mit dem forensischen Koordinator hineinzugehen."

„Sag der Spurensicherung, dass ich Filmmaterial von den Wänden am Eingang brauche. Das ganze Zeug hier drin, in der Küche, im Wohnzimmer, im Esszimmer, im Badezimmer und auf der Terrasse. Diesmal sollen sie die

Leichenhunde mitbringen. Ich glaube nicht, dass er sie in ihren Häusern tötet, aber wir müssen sichergehen. Ich möchte, dass du mir die Durchsuchungsberichte von Megans und Alices Häusern gibst."

Anne erkannte, dass es ein Fehler gewesen war, ihm die Berichte über die Besuche in den Häusern der anderen Opfer nicht zusammen mit dem Dossier geschickt zu haben, aber sie hatte darin nichts Wichtiges gesehen.

„Hast du dich nicht auch schon gefragt, warum er die Ausweise der Opfer danebenlegt? Vielleicht hinterlässt er uns in ihren Häusern etwas, das wir entschlüsseln sollen. Etwas, das wir nicht auf den ersten Blick verstehen können", sagte Hans, als das Haus verließen.

Draußen angekommen, sagte er laut: „Ich bin sicher, du warst hier, du Mistkerl. Ich bin sicher, dass du sie hier betäubt herausgeschleift hast. Warum wolltest du, dass wir hierherkommen? Oder beobachtest du uns gerade?"

Anne fand den Gedanken beunruhigend, und so sah sie sich überall auf der Straße um.

10

DEN GANZEN VORMITTAG über war ich mit meinen
Gedanken ganz woanders. Mehr als üblich. Madison,
meine Freundin und Arbeitskollegin, wies mich darauf hin.
Mehr als je zuvor hatte ich das Gefühl, dass mir das Büro
die Luft nahm. Als ich meine zweite Tasse Kaffee
getrunken und schon ein paar geröstete Kaffeebohnen
gegessen hatte, fasste ich einen Entschluss: Ich wollte Frank
suchen und ihm sagen, dass ich mit niemandem mehr
zusammen war. Was er mir in jener Nacht gesagt hatte, war
wahr. Wir waren in der Lage, einander viel besser zu
verstehen als andere Personen. Zumindest war das bei mir
so. Ich glaube, zum Teil wollte ich auch jemanden haben,
mit dem ich über Gail sprechen konnte. Ich hätte Madison
alles erzählen können. Sie wusste sogar, was Frank mit mir
gemacht hatte. Einmal, bei einem Drink, sagte ich es ihr.
Sie war nicht beunruhigt. Das ist das Gute an Madison: Sie
lässt sich durch nichts aus der Ruhe bringen. Du kannst ihr
sagen, dass du ein Terrorist bist und vorhast, tausende von
Menschen zu töten, und sie wird dich nur ungerührt

ansehen und nach einer weiteren Margarita fragen. Aber Madison hätte mir dieses Mal nicht genutzt, weil sie Gail nicht kennengelernt hatte. Und wenn man die Opfer nicht kennt, weckt das nicht dasselbe Interesse. Außerdem hatte ich die Schulzeit nicht mit ihr geteilt. Mit Frank hingegen schon, und vielleicht hätte er mir etwas erzählt, woran ich mich nicht mehr erinnerte. Ich war mir sicher, dass der FBI-Agent eine Verbindung zwischen dem Serienmörder und Gail herstellen würde. Und ich wollte herausfinden, warum. In gewisser Hinsicht hatte ich einen Vorteil ihm gegenüber. Ich war bei ihrer Geschichte dabei gewesen, ich hatte ihr Haus besucht, wir waren spazieren gegangen, wir hatten gefeiert, wir hatten uns gegenseitig Geheimnisse erzählt. Auch wenn ich es nicht offen zugab, war ich begeistert von dem Gedanken, dass der Serienmörder auch der Mörder von Gail gewesen war. Vielleicht kannte ich ihn sogar selbst. Das beängstigende Gefühl, dass ich seit meiner Rückkehr zu Hause beobachtet wurde, kehrte zurück, aber damals verstand ich nicht, in welcher Gefahr ich mich befand.

Madison ging wieder an mir vorbei und machte eine Geste, wie immer, wenn sie etwas Schelmisches entdeckte. Sie bewegte ihren Kopf hin und her und lächelte. Dann signalisierte sie mir, dass die Koordinatorin in der Nähe sei und ich wenigstens so tun solle, als würde ich arbeiten.

Um die Mittagszeit wollte ich meine Entscheidung nicht länger hinauszögern, und um es später nicht zu bereuen, machte mich auf den Weg zu Franks Arbeitsplatz. Ich wollte ihn überraschen. Er arbeitete jetzt für Otto Dupont, den Besitzer des Bekleidungskaufhauses, der sein Vermögen in Kansas gemacht hatte. Ich wusste das, weil er mir es in der Nacht im Othello sagte. Wir waren beide Klassenkameraden von Otto Duponts Sohn Klaus an der Wichita Heights High School.

Die ganze Fahrt über dachte ich darüber nach, wie ich Frank ansprechen und was ich ihm sagen würde. Ich beschloss, mich ganz natürlich zu verhalten und ihm das zu sagen, was mir gerade in den Sinn kam.

Ich kam bei einem protzigen Gebäude an. Das ist meiner Meinung nach das treffendste Wort für alles, was mit den Duponts zu tun hat. Eine Mischung aus einem römischen Requisitengebäude mit der besten Ausstattung, aber ohne jeden Hauch von Würde; Marmor, Palmen, die von woher auch immer hergebracht wurden, riesige Brunnen, die besser auf einem Platz gestanden hätten. Der Mann am Empfang, ein typischer Polizist im Autoritätswahn, musterte mich von oben bis unten und fragte mich, wohin ich wolle. Ich sagte ihm, dass ich Frank Gunn aus einem persönlichen Grund aufsuchen würde. Dann nahm er das Telefon auf dem Tresen in die Hand, wählte ein paar Nummern, fragte nach meinem Namen und kündigte mich an. Dann, als hätte er einen Kampf verloren, streckte er die Hand aus und griff nach einer Besucherkarte. Er hielt sie mir hin und bat mich, die Anmeldung zu unterschreiben. Ich glaube, wir würden viel über die menschliche Natur verstehen, wenn wir Studien über Menschen mit kleinen Machtbereichen durchführten. Die Wächter zum Beispiel erschienen mir immer als düstere Gestalten.

Der Mann gab mir eine Wegbeschreibung zu Franks Büro. Ich folgte ihr ein wenig unsicher, denn es handelte sich um ein Labyrinth aus Marmor und Palmen. An manchen Stellen hatte ich das Gefühl, im ‚Overlook‘ Hotel zu sein, wenn auch in renovierter Version. Ich bin sehr fantasievoll und Horrorfilme wie ‚*The Shining*‘ gefallen mir.

Nachdem ich einige Gänge hinuntergegangen und aus dem Blickfeld einer eleganten Frau, die mich ansah, als wäre ich eine Bedrohung, herausgekommen war, konnte ich im elften Stock Frank ausmachen. Er streckte mir in der Tür des letzten Büros die Hand aus. Ich sah ihn lächeln, und ich lächelte auch. Beschleunigte meine Schritte und erreichte ihn. Zur Begrüßung küsste er mich fast auf die Lippen. Er lud mich ein, hereinzukommen und mich zu setzen. Sein Büro war fantastisch. Es gab ein großes gewölbtes Fenster, das einen großen Teil der Stadt zeigte. Das Büro war ganz anders, als ich erwartet hatte, voller Farben und in viel Licht getaucht. Es war groß und hatte mindestens vier Nähtische, von denen zwei mit Stoffen gefüllt waren, einer mit Mustern und einer mit Papieren. Es war beeindruckend. Ich gratulierte ihm zu seiner hervorragenden Arbeit.

Frank bat mich, auf die Terrasse des Büros zu gehen. Wir lehnten uns an das Geländer, und er nahm sich eine Zigarette. Mir bot er auch eine an, aber ich lehnte ab. Ich sah zu, wie er sie anzündete und sich auf vertraute Art bewegte. Eine schöne Erinnerung an Frank kam mir in den Sinn, wie ich ihn bewunderte, weil er sensibel, kreativ und aufrichtig war. Er war das Gegenteil von den anderen Jungen, die ich in der Schule kannte. Ich glaube, das ist der Grund, warum wir so schnell zusammenkamen. Wir waren unzertrennlich. Es war nicht zu leugnen, Frank war, auf das Gute bezogen, die wichtigste Person aus meiner Vergangenheit. Er sagte mir einmal, dass er mich von dem Moment an liebte, als er mich das erste Mal sah, und da war ich gerade sieben Jahre alt. Ich dachte, das wäre Unsinn. Aber so war Frank, intensiv und anders. Und ich fand es wunderbar, dass diese Intensität belohnt wurde, denn ich sah, dass es ihm gut ging, dort im Netz Dupont. Ja, dieses Gebäude war wie ein großes, teures Spinnennetz, das über Wichita wachte.

Wir waren einige Minuten lang still. Ohne nachzudenken, griff ich nach der Kette, die er mir zu meinem sechzehnten Geburtstag geschenkt hatte. Ich hatte sie am Morgen angelegt. Sie hatte einen Anhänger in Form einer Schlange, klein und gewunden. Ich hatte sie aufbewahrt. Er sah sie um meinen Hals hängen und wurde nachdenklich.

Später sagte ich ihm, dass ich Gail gesehen hatte. Er war ungerührt, als er mich hörte, und das sollte etwas heißen. Vielleicht dachte er, ich würde verrückt, also erklärte ich ihm, dass es sich um ein Foto handelte. Dann erzählte ich ihm, wie ich später herausfand, dass der Mann auf dem Flug der Ermittler Hans Freeman war, der kam, um den jüngsten Mordfall aufzuklären.

„Warum sollte jemand vom FBI, der die Morde an diesen armen Frauen untersuchen will, ein Bild von unserer Gail haben?" ... fragte ich ihn.

Frank wusste nicht, was er mir antworten sollte. Er starrte nur auf den Horizont und stieß die letzte Rauchwolke aus.

Dann kam unerwartet Klaus Dupont. Er überraschte uns beide. Wie eine stumme Katze hatte er sich uns genähert, und als wir ihn bemerkten, war er direkt hinter uns. Ich konnte die Emotionen, die ich auf seinem Gesicht sah, nicht entziffern. Er wirkte auf mich immer unausstehlich und selbstgefällig. Ich dachte, er könnte einen Teil des Gesprächs zwischen mir und Frank mitbekommen haben und warf mir gleichzeitig vor, paranoid zu sein.

Klaus begrüßte mich mit übertriebener Ehrerbietung, als wolle er seinen Unmut verbergen, sagte etwas zu Frank über eine neue Produktion von Freizeitkleidern und ging davon.

Ich sagte Frank, dass ich nie gedacht hätte, dass er einmal für Klaus Dupont arbeiten würde, da wir ihn beide in der Schule nicht leiden konnten. Er lächelte und umarmte mich, als wolle er mir sagen, dass ich noch ein naives Kind wäre. Er fragte mich, wann wir uns wiedersehen würden. Bald, sagte ich ihm, und dass nun er an der Reihe sei, mich zu überraschen.

Als ich das majestätische Gebäude verließ, sah ich den alten Otto Dupont ankommen. Er schien kleiner zu sein, als ich ihn in Erinnerung hatte. Und ich sah auch, dass Klaus herauskam und an der Treppe stehen blieb. Da bemerkte ich, dass er mich anstarrte.

Dann nahm er sein Mobiltelefon in die Hand, um zu telefonieren, ohne seinen bedrohlichen Blick von mir zu wenden.

11

HANS WAR im Department und ging die Fälle von Megan und Alice durch.

Er verglich sie mit dem, was sie bis jetzt über Elaine wussten, beschloss, noch einmal von vorne anzufangen, und begann, die Merkmale der Opfer an die Tafel zu schreiben. Dann trat er zurück und sagte mit lauter Stimme:

„Es handelte sich um voneinander unabhängige Frauen mit unterschiedlichen Berufen, in verschiedenen Stadtteilen und ohne gemeinsamen institutionellen Hintergrund. Wenn sie sich in dem, was sie taten oder besaßen, so gut wie gar nicht ähnelten, sollte ich vielleicht daran denken, dass die Ähnlichkeit verborgen ist, dass sie in etwas liegt, das keine von ihnen zu tun bereit war."

Er erinnerte sich an die Gespräche, die er mit seiner befreundeten Anthropologin an der Universität geführt hatte. Sie sagte, es gäbe stille Ähnlichkeiten zwischen den Völkern, die vieles erklärten. Vielleicht war das bei den Opfern der Fall.

Am liebsten wäre er auf das Dach gegangen und hätte

eine Zigarette geraucht, aber er verjagte das Verlangen, so gut er konnte.

Er rief Juliet Rice an, die er als Erste ankommen sah. Manchmal musste Hans reden, um zu neuen Erkenntnissen zu gelangen. Er bat sie, sich auf denselben Stuhl zu setzen, auf dem sie am Abend zuvor freiwillig gesessen hatte. Er war der Meinung, dass sie sich auf diese Weise wohler fühlen würde, denn er wusste, dass Menschen eine bestimmte Art haben, sich den Raum anzueignen, und dass wir das, was wir beim ersten Mal getan haben, gerne wiederholen. Er fragte sie, ob sie etwas gesehen habe, das ihr aufgefallen sei, da sie dabei war, als das forensische Team die Häuser von Megan und Alice betreten hatte, und da sie für die Film- und Fotoaufnahmen des Tatorts verantwortlich gewesen war.

„Ja, ich habe die Befehlskette mit Anne aufgezeichnet. Und dann war ich dafür zuständig, das Zimmer von Megan Zing und Alice Copperfield zu filmen. Es wurden Proben entnommen, aber es wurden weder DNA noch Fingerabdrücke von anderen Personen als den Opfern gefunden. Wir haben nichts Handfestes herausbekommen. Auch nicht an den Orten, an denen die Leichen zurückgelassen wurden."

„Aber ich frage dich, ob dir am Tatort etwas aufgefallen ist. Was immer es sei."

„Es tut mir leid. Nichts", antwortete Juliet bedauernd.

Sie wusste, dass sich Agent Hans mehr von ihr erhoffte, und sie war sich nicht sicher, ob sie in der Lage war, seine Erwartungen zu erfüllen. Also wagte sie es, etwas anderes zu sagen.

„Beide Frauen hatten Laptops zu Hause. Zuerst fiel mir auf, dass er sie nicht mitgenommen hatte. Wenn der

Mörder, wie Sie und Anne glauben, die Frauen aus dem Haus mitgenommen hat, dann hat er sie dort gelassen, weil wir nicht in der Lage wären, ihn durch die Analyse der Laptops zu finden. Wir würden keine Hinweise auf ihn finden, keine Bilder, keine E-Mails, nichts. Und das war auch so. Die Jungs im Computerlabor haben nichts Brauchbares gefunden. Aber es ist mir aufgefallen, weil ich denke, dass diese technischen Geräte viel über die Benutzer aussagen, und so dachte ich, dass es dem Mörder nichts ausmacht, sich in das Leben der Opfer zu vertiefen, und angesichts der ganzen Zeit, die er mit den Leichen verbringt, sollte man meinen, dass er eine nicht unerhebliche Verbindung zu ihnen aufbaut. Ich sehe da einen Widerspruch, den ich nicht so recht erklären kann."

„Ich habe den Eindruck, dass wir nicht richtig hinschauen, aber ich verstehe, was du meinst. Und das ist ein guter Punkt, diese Widersprüchlichkeit. Sie hat mir geholfen, etwas klarer zu sehen. Wenn der Mörder nicht an der von dir genannten Prämisse interessiert war, dass ‚technische Spielereien viel über die Benutzer aussagen‘, sollten wir es sein. Könnte ich dich bitten, eine gründlichere Analyse der Laptops und Netzwerke von Megan, Alice und Elaine zu koordinieren, um die möglichen Aktivitäten und Interessen zu rekonstruieren, die sie in den letzten sechs Monaten entwickelt haben könnten? Das heißt, dass wir jedes Opfer als eine separate Untersuchungslinie betrachten, bis wir ein umfassendes Verständnis davon haben, wie sie waren. Dann suchen wir nach versteckten Ähnlichkeiten, falls es welche gibt. Beschäftige so viele Analysten, wie du willst. Hast du mich verstanden?

„Ja."

„Wie du weißt, hat Anne mich ermächtigt, die bisherigen Ermittlungen aus einem anderen Blickwinkel noch einmal zu überprüfen. Sie wird es dir sagen, sobald sie ankommt. Ich muss mir auch die Interviews ansehen, die ihr mit den Personen geführt habt, die den Opfern nahestanden. Ich habe gehört, dass ihr die Rekonstruktion der engen Verbindungen mit gebührender Aufmerksamkeit durchgeführt habt, aber ich möchte wissen, wie viel von diesem Untersuchungsradius abgedeckt ist. Ich möchte mir auch die Aufnahmen ansehen, die ihr in den Wohnungen der Opfer gemacht habt. Könntest du sie mir besorgen?"

„Sicher. Ich gehe sofort zur Forensischen Analyse", antwortete Juliet, ließ den Stift fallen und verließ das Büro, um alle Aufgaben zu erledigen.

Hans sah ihr hinterher und starrte dann auf die Tafel. Er schüttelte sein Haar mit beiden Händen, als ob er versuchte, die Gedanken in seinem Kopf zu bewegen.

Einem Detektiv, der ihn von draußen diese Bewegung machen sah, erschien das ziemlich merkwürdig. Zu Recht, so sagte er sich, sagte man den FBI-Leuten nach, anders zu sein.

12

HANS KAM von einem Fragezeichen zum nächsten, je weiter der Tag voranschritt. Er verbrachte Stunden damit, sich die Bilder der Opfer im Analyseraum anzusehen, während sich das Gebäude leerte.

Warum schneidet man ihnen die Füße ab, bohrt Löcher in diese Bereiche und lässt sie dann nackt hängen? Und warum die Position ihrer Hände und Köpfe?

Er liebäugelte wieder mit der Theorie einer religiösen Motivation, obwohl er der Meinung war, dass bei einer Kreuzigung der Kopf nach unten und nicht nach oben zeigen würde und die Handgelenke verwundet werden müssten. Er konzentrierte sich auf die Gesichter der Frauen und stellte fest, dass der Rest des Körpers sauberer aussah, während die Gesichter geschminkt und verschmiert waren. Er erinnerte sich daran, dass man Elaines Haare verschwitzt aufgefunden hatte. Dann sah sie sich die Fotos von der Schlinge um Elaines Hals an und rief sofort nach Anne, die noch im Department war.

„Ich möchte Zugang zu den Gegenständen haben, die

bei den Leichen von Megan Zing und Alice Copperfield gefunden wurden, und mit dem zuständigen Gerichtsmediziner sprechen."

„Die Gegenstände werden in der Forensischen Abteilung aufbewahrt und können jederzeit eingesehen werden, und ich kann dir die Liste der verschlüsselten Beweismittel zusammen mit dem Bericht zusenden, von dem ich dachte, dass ich ihn in die Akte aufgenommen hätte. Doch der für die Fälle zuständige Gerichtsmediziner Jeremy Jobs ist bereits nach Hause gefahren. Du kannst gleich morgen früh mit ihm sprechen", antwortete Anne.

Hans schnaubte verärgert und zog sein linkes Ohrläppchen nach unten, wie er es immer tat, wenn die Dinge nicht nach seinem Willen liefen.

„In Ordnung", antwortete er resigniert.

Dann stellte er fest, dass es bereits nach zehn Uhr abends war.

Anne lud ihn zu einem Drink ein. Sie war der Meinung, er quälte sich zu sehr. Es war nicht gesund, sich so besessen an seine Arbeit zu klammern. Hans nahm die Einladung an. Doch sobald er in der Bar war, konnte er nicht aufhören, über die Fälle zu sprechen. Beharrlich verwies er auf die Ähnlichkeit der kreisförmigen Blutflecke auf der Kleidung, die Gail Whitmans Körper bedeckte, mit den Löchern in den Körpern der anderen ermordeten Frauen. Er nahm einen Bierdeckel vom Tresen, holte seinen Stift heraus, zeichnete eine Silhouette, eine Frauengestalt, und zeigte auf die Stellen, an denen die Körper durchbohrt worden waren. Anne, die einige Gin-Cocktails intus hatte, zeigte sich stur und hielt sich nicht zurück.

„Warum diese Verbissenheit, die Fälle unbedingt

miteinander zu verbinden?", fragte sie mit einer Stimme, die viel schriller klang als sonst.

Hans versteifte sich, stellte seinen fast vollen Bierkrug ab und verließ den Raum, ohne zu antworten. Er hatte keine Lust, die gleiche Sache noch einmal zu erklären.

In der Ecke der Bar zündete er sich eine Zigarette an, löschte sie aber sofort mit den Fingern, weil er mit dem Rauchen aufhören wollte. Er bemerkte, dass er Asche an den Händen hatte und wischte sie an der karierten, altmodisch wirkenden Jacke ab, die er trug. Dann strich er sich eine Haarlocke, die ihm über das Auge fiel, aus dem Gesicht und hatte das Gefühl, dabei sein Gesicht mit Asche verschmiert zu haben. Er fluchte leise und beschloss, sofort zum Haus von Gail Whitman zu gehen.

Er dachte nicht daran, sich von der Überzeugung zu verabschieden, dass der Tod dieses Mädchens, acht Jahre zuvor, der Anfang von allem war.

13

MITTEN in der Dunkelheit stieg der Mann aus dem Auto und wusste, dass er seinen Flug verpassen würde. Mit einem der Räder war etwas nicht in Ordnung. Er nahm sein Telefon, aber bevor er die Nummer wählte, sah er die Lichter eines Fahrzeugs, das sich langsam näherte. Als es neben ihm war, hielt es an. Eine Sekunde lang hatte er das Gefühl, in Gefahr zu sein, und richtete unwillkürlich seine Aufmerksamkeit auf die winzigen Tautropfen auf der Motorhaube. Ihm wurde kalt. Das Fenster wurde heruntergekurbelt. Zum Glück war es eine Person, die er kannte.

„Was ist Ihnen passiert?"

„Ich weiß nicht, irgendetwas am Vorderrad". Er verbarg die Erleichterung, die er verspürte, weil er nicht gerne zu dieser frühen Stunde auf der einsamen Autobahn festsaß.

„Ich werde Ihnen helfen", sagte der Mann mit einem Lächeln.

Er parkte weiter vorne und stieg aus. Einen Kreuzschlüssel in der Hand. Er ging langsam zu der Stelle, an der sein Opfer stand. Seit dem Vortag fragte er sich, ob er in der Lage sein würde, sich seiner endlich zu entledigen. Vollständig und auf eine ganz andere Art und Weise, auf kleiner Flamme. Schließlich hieß es, dass man sich den Tod von Würmern nicht nur einbilden, sondern absichtlich herbeiführen sollte.

„Na du reist ja gut vorbereitet! Ich wusste nicht, dass du ein Autofan bist. Wie lange haben wir uns nicht mehr gesehen …?"

Mit einer schnellen Bewegung schlug er ihm auf den Kopf, voller Vitalität. Der Schlag verwirrte den Mann, und dann spürte er einen weiteren, noch schmerzhafteren. Für den Mörder fühlte sich das Metall des Schlüssels an, als wäre es ein Teil seiner Hand, eine Prothese, die ihn stark machte. Er hatte nicht gewusst, dass er diesen Moment so sehr genießen würde; seine Schläfen pochten und ein leichtes Frösteln machte ihm Gänsehaut. Er spürte ein fast sexuelles Vergnügen und einen starken Druck in seinem Unterleib. Erneut schlug er zu, diesmal härter, und fuhr dann mit einem Ende des Kreuzkopfes über das geschlossene Augenlid und die Haare des Mannes, der auf der Straße lag.

Er musste sich beeilen. So zerrte er ihn zur offenen Autotür und lauschte dem Geräusch des Körpers, der auf dem Asphalt aufschlug. Er schaffte es, aber er musste schneller sein. Ein Auto könnte vorbeifahren, obwohl, wie er herausgefunden hatte, um diese Zeit nur alle fünfzehn Minuten eines vorbeifuhr. Mühsam packte er ihn an den Armen und zog ihn auf den Rücksitz. Er hielt leichte Polizeihandschellen bereit, legte sie ihm um die Handgelenke und fesselte seine Füße mit einem Seil. Der Mann blieb bewusstlos. Er wusste, dass das für einige Stunden so bleiben würde. Wenn er aufwachte, begönne er mit seiner Rache. Er war ihm jetzt überlegen, auch wenn dieser Schwachkopf ihn seinerzeit verachtet und gesagt hatte, er sei zu nichts zu gebrauchen. Gerade deshalb wollte er die Verblüffung in dessen Augen genießen, wenn er wieder zu sich kam. Und dann die Hilflosigkeit, die er bis zu seinem Tod spüren würde. Das Erste, was er entfernen würde, wäre die Hälfte seiner Zunge, wegen all der idiotischen Dinge, die Leute wie er so frei heraus sagten.

Nach anderthalb Stunden Fahrt kam er zu einer verlassenen Anlage, die nach Weizen und Kuhmist roch.

ALS DAS OPFER ERWACHTE, wusste es, dass man es hingelegt hatte. Seine erste Wahrnehmung war dieser unangenehme Geruch. Dann spürte es einen scharfen Schmerz in seinem Kopf. Es wollte ihn berühren, aber dann wurde ihm klar, dass das unmöglich war, und es begann zu leiden. Dies sollte der neue Zustand sein, in dem es sich die nächsten dreihundertsiebzig Tage befinden würde. Es war in einer Art Rüstung aus Holz und Leder gefangen, die seinen ganzen Körper bedeckte und es völlig bewegungsunfähig machte. Es glaubte, seine Finger- und Zehenspitzen befänden sich außerhalb des Wahnsinnsanzugs, denn dort spürte es die feuchte Hitze dieses Gefängnisses nicht. Vergeblich versuchte es, sich zu befreien, die Rüstung abzuschütteln, aber nach einigen Minuten gab es auf und blieb in völliger Dunkelheit zurück, ohne zu wissen, was es tun sollte. Wenigstens konnte es atmen. Es versuchte, ruhig zu bleiben. Vielleicht war es allein, denn es war nichts zu hören. Dann näherten sich Schritte. Der Entführer lachte und deckte es auf, indem er eine Art ledernes Klappfenster hochzog, das seine Augen bedeckte.

„Was hältst du von meiner Erfindung?", fragte er jubelnd. „Diese Rüstung hat nicht die Vorzüge einer Metallrüstung, und vielleicht ist es anmaßend von mir, sie so zu nennen, aber es war nicht meine Absicht, dir Mobilität zu verleihen, sondern sie zu beeinträchtigen. Man könnte es vielleicht eine einzigartige Zwangsjacke nennen, aber eine sehr elegante, so dass du, wenn du dich sehen könntest, sagen würdest, du siehst aus wie ein *Stormtrooper*. Deine Fingerspitzen sind das Einzige, was draußen ist. Du wirst schon sehen, warum. Ich glaube nicht, dass du in Zukunft Handschuhe oder Socken brauchen wirst."

Jetzt wollte der Mann in der schrecklichen Rüstung sprechen, aber er konnte seine Zunge nicht gut spüren, und er stellte sich vor, dass man ihm irgendeine Substanz verabreicht hatte, die ihn betäubt, benommen machte.

„Es tut mir leid, ich habe vergessen, dass du von nun an nicht mehr so gut sprechen kannst und es schwierig sein wird, dich zu verstehen. Es ist nur so, dass ich dich eingeschläfert und einige Veränderungen an dir vorgenommen habe."

Dann zeigte er ihm ein kleines Stück Fleisch in einem Ziploc-Beutel. Er bewegte die Tasche vor seinen Augen hin und her, näher und weiter, mit einem kindlichen Schwung voller Grausamkeit. Als der gefangene Mann begriff, was sich darin befand, weiteten sich seine Augen vor Entsetzen.

Das war der Moment, auf den der Mörder gewartet hatte, dieser Ausdruck von Panik und Unterwerfung. So oft hatte er sich ihn vorgestellt! Er genoss es, wenn unangenehme Menschen verschwanden. Dieser Blick des Schreckens tat ihm sehr gut, es machte ihn schwindlig, auf eine angenehme Weise.

„Du weißt, dass man die Zunge nicht nur zum Sprechen und Küssen braucht, sondern auch, um gut kauen zu können. Also musst du jetzt sehr vorsichtig sein, wenn du schluckst, denn wir wollen nicht, dass dir etwas so Endgültiges wie der Tod passiert. Im Moment noch nicht, mein guter Freund", sagte er und schüttete sich aus vor Lachen.

Dies geschah genau ein Jahr bevor der Mörder von Wichita Megan Zing tötete.

TEIL II

1

HANS HIELT vor einem Haus in einer kleinen Straße zwischen Clarendon und Danbury, ganz in der Nähe des Denise Park. Er erinnerte sich, dass er in diesen Park schon ein paar Mal gegangen war, weil dort ein Mädchen namens Molly wohnte, das ihm gefiel. Er schaute überall hin und hatte das Gefühl, dass jeder Teil der Stadt eine große Flut auslöste, die über ihn kam. Vielleicht war es auch keine gute Idee gewesen, so viele Biere mit Anne zu trinken, denn das konnte ihn melancholisch machen.

Er stellte den Wagen ab, strich sich mit einem Blick in den Spiegel die Haare zurück, stieg aus und ging langsam auf eines der beiden Häuser zu. Sie säumten die Straße auf beiden Seiten einer großen Pappel, die wie ein Aussichtspunkt aussah. Er brauchte nicht auf die Nummer zu schauen, denn er wusste, das richtige Haus war das mit dem ungepflegten Zaun. Das andere war ordentlich und voller Leben. Hans sah sich um, bevor er das kleine Tor öffnete, als ein bunter Ball gegen den Zaun am Eingang rollte. Es schien ihm, als hätte der Wind ihn zu Gails Haus geweht, und er hatte den Eindruck, dass es nichts Unpassenderes geben könnte als ein solches Symbol der Freude und der Bewegung in der Nähe eines so tristen und grauen Gebäudes. Als er weiterging, bemerkte er, dass der Weg zur Tür voll Staub war. Als ob seit langem niemand mehr ein- oder ausgegangen wäre.

Er läutete an der Tür. Es war kein Geräusch zu hören. Er starrte einige Sekunden lang auf die Wand neben der Tür, weil sie Spuren von abblätternder blauer auf einigen Resten ockerfarbener Farbe aufwies, und erinnerte sich daran, dass er als Kind gerne nach Figuren an Wänden gesucht hatte, die so verfallen aussahen. Dann hörte er Schritte im Inneren des Hauses. Langsam und müde.

Eine verwirrt aussehende Frau öffnete die Tür. Sie war wie ein ätherisches Wesen. Aber das Seltsamste war, dass sie sich benahm, als ob sie auf ihn gewartet hätte. Sie bat ihn herein, ohne zu fragen, wer er war oder woher er kam. Die Selbstverständlichkeit, mit der sie ihn behandelte, jagte ihm einen Schauer über den Rücken. Dazu kam ihr geisterhaftes Gesicht.

„Sind Sie Valerie Crawford?", fragte er und versuchte, das Gefühl abzuschütteln, das ihre Erscheinung auf ihn machte.

„Ja", antwortete sie mit einer Stimme, die wie eine feine Kristallglocke klang.

„Guten Abend. Ich bin Hans Freeman, FBI-Agent." Er zog seinen Ausweis aus der Innentasche seiner Jacke und zeigte ihr ihn. „Wir untersuchen einige neue Entwicklungen, die mit dem Tod Ihrer Tochter Gail in Zusammenhang stehen könnten."

Gails Mutter schaute nicht einmal auf das, was Hans ihr zeigte. Sie wandte den Blick nicht von seinen Augen, lächelte und wies ihm mit der Hand den Weg. Durch einen schmalen Gang hindurch gelangten sie in einen dunklen kleinen Raum, in dem eine Tischlampe brannte. Sie schien das Auge des Hauses zu sein. Ihr Schirm war ganz mit gelben und grünen Glasscheiben ausgefüllt, was an die zusammengesetzten Augen von Fliegen erinnerte.

Hans stellte sich vor, dass er ein Gebäude betrat, in dem sich die ganze Traurigkeit der Welt verdichtet hatte. Es passierte ihm oft, dass er in seiner wilden Fantasie einen furchterregenden Tunnel durchquerte, in dem man laufen musste, um das Licht am Ende zu sehen. Das war Hans' große Tugend: eine toxische Vorstellungskraft, die sich aus einem feinen Einfühlungsvermögen in die Angehörigen der Opfer und manchmal auch in die Mörder speiste, und die es ihm ermöglichte, wie seine Mutter zu sagen pflegte, die Spreu vom Weizen zu trennen und nur das zu behalten, was ihn zur Lösung der Fälle führen konnte. Wenn er die Häuser der Opfer besuchte, fragte er sich, ob der Mörder dort gewesen war. Und jetzt, als er die Gegenstände betrachtete, die wie Schatten in Valeries Haus aussahen, kamen ihm beunruhigende Dinge in den Sinn: ‚Hast du diese Lampe angesehen wie ich, hast du in diesem Sessel gesessen, hattest du Lust zu töten, als du hier warst?‘, fragte er sich im Stillen, während die Frau ihn musterte.

Jetzt konnte Hans das Leiden von Valerie Crawford und die Traurigkeit in dem stillen Raum nachempfinden.

„Meine Tochter Gail ist nicht tot“, sagte die Frau, und ein neues Lächeln erschien auf ihrem Gesicht, aber für Hans war es bittersüß, schwer von Melancholie. Er war sich sicher, dass sie den Tod ihrer Tochter nicht verkraftet hatte. Man spürte es an diesem dunklen und stillen Ort, der so sehr einem Grab glich.

Gails Mutter sprach mit sanfter Stimme und wirkte entgegenkommend, aber sie hatte auch eine gewisse Strenge an sich. Er konnte nur nicken, um ihr zu sagen, dass er sie verstanden hatte.

„Halten Sie mich nicht für verrückt, aber ich wünschte, ich wäre es, dann würde ich mich nicht erinnern. Ich sage Ihnen, dass meine Tochter nicht tot ist, weil ich mich jeden Tag an sie erinnere, als ob sie hier wäre, als ob die Zeit am 19. März dieses schrecklichen Jahres, kaum eine Woche nach ihrem Geburtstag, stehen geblieben wäre. An diesem Nachmittag stand noch ein Stück Kuchen auf dem Tisch, von dem sie gesagt hatte, dass sie ihn essen würde, wenn sie nach Hause käme. Viele Male am Tag spiele ich genau diesen Moment nach. Den, als sie hierherkam und genau hier stehen blieb, sich auf das Treppengeländer stützte und ihr linkes Bein anhob, um sich ihren Schuh besser anziehen zu können. Zu diesem Zeitpunkt hatte sie ihr Äußeres bereits verändert und trug sehr lange Kleider, die eine Nummer größer waren. Warum, das habe ich nie verstanden. Ich erinnere mich, dass ich dachte, jemand, der ihr nahesteht, würde sie beeinflussen. Gail mochte es, sich zu verändern. Und sie ließ gerne Dinge und Menschen zurück. So war sie schon als kleines Mädchen, als sie spielte." Sie lächelte und ihre Augen glänzten. „Einige ihrer Spielzeuge bedeuteten ihr für ein paar Stunden alles, und am nächsten Tag erinnerte sie sich nicht einmal an sie. Ich schätze, manche Menschen sind so. Möchten Sie etwas trinken?"

„Sie sind sehr freundlich. Etwas Wasser wäre schön."

„Ich bringe Ihnen auch einen Kaffee, denn ich glaube, Sie müssen wach werden. Keinen Cappuccino oder etwas anderes Seltsames. Und keine dieser Kapseln, die dem

Kaffee den Geschmack nehmen. Ich werde Ihnen einen guten, starken bringen, denn ich bin sicher, dass Sie schon lange keinen mehr getrunken haben."

Die Frau drehte ihm den Rücken zu und ging in Richtung Küche. Hans sah ihr nach und war erleichtert. Sie bescherte ihm ein unangenehmes Gefühl, und er verstand nicht ganz, warum. Er hatte auch den Eindruck, dass sie älter aussehen wollte, als sie wirklich war. Und dann kamen ihm die ersten Verdächtigungen. Die Zweifel, die er an den Menschen hegte, waren der Treibstoff für seine Überlegungen, und niemand war vor ihnen sicher. Zuerst verdächtigte er unwillkürlich alle, dann teilte er die Verdächtigen in Unschuldige und Schuldige ein. Denn für Hans waren alle an irgendetwas schuldig. Er aber war daran interessiert, diejenigen zu finden, deren Schuld mit einem Mord zu tun hatte.

Dann fragte er sich, warum Valerie das Haus nicht gelüftet hatte, warum sie nicht versuchte, die Traurigkeit ein wenig zu vertreiben. Warum machte sie nicht das Licht an und öffnete die Fenster? Vielleicht übertrieb sie die Rolle der leidgeprüften Mutter aus irgendeinem Grund, den man nicht nennen durfte. Aber er tadelte sich sofort für diese Gedanken. Wer war er, dass er der Mutter des Whitman-Mädchens sagte, wie sie nach dem Mord an ihrer Tochter weiterleben sollte? Dann wurde ihm klar, dass das Schlimmste, was die Frau durchgemacht haben musste, darin bestand, dass sie nicht verstand, warum jemand ihre junge Tochter töten wollte. Er erinnerte sich an die Aussagen. An die Worte von Valerie Crawford, die er mehrmals gelesen hatte: „Wenn ich nur verstehen würde, warum sie das meinem Mädchen angetan haben." Dann entlastete er sie vom Verdacht. Nur jemand, der nichts mit dem Tod der geliebten Person zu tun hatte, kann das Bedürfnis aufbringen, wissen zu wollen, wie sie gestorben ist. Sicher würde ihr es etwas Frieden bringen, das herauszufinden. Es wäre die beste Art, diesem Haus, das seit acht Jahren im Unglück versank, etwas Luft zu verschaffen.

Hans sah sich in dem kleinen Wohnzimmer um. Von dort aus konnte er die Geräusche hören, die Valerie in der Küche machte, und er nahm den schwachen Duft von Kaffee wahr. Er blickte auf ein Regal voller Keramikbären. Neben einem Regal mit Büchern stand auch eine Nähmaschine. Valerie schien sich mit dem Nähen abzulenken. Er stellte sich vor, wie sie Stunde um Stunde dort saß. Vielleicht lag es an dem, was sie durchgemacht hatte, aber sie wirkte immer noch wie eine Frau, die erstickend auf ihre Umwelt wirkte, und dann glaubte er, Gail zu verstehen. Wenn sie ein rebellisches Mädchen war, musste sie viele Konflikte mit Valerie gehabt haben. Er hatte nur um Wasser gebeten, und sie beschloss, ihm auch Kaffee zu bringen. Schlimmer noch, sie beschloss, dass er eine Tasse Kaffee „brauchte". Die Entscheidung über die eigenen Bedürfnisse ist eine der schlimmsten Formen der Unterdrückung für jeden Menschen. Vielleicht war das der Grund, warum das Mädchen begann, sich auf eine für ihr Alter und die damalige Mode ungewöhnliche Weise zu kleiden. Könnte es sein, dass es ihre Mutter war, die ihre Kleidung anfertigte? Hans schüttelte missbilligend den Kopf über diese Idee. Er glaubte nicht, dass er sich geirrt hatte: Valerie war eine herrschsüchtige Frau, auch wenn sie sich als sanft ausgab, und das konnte für einen Jungen oder ein Mädchen sehr brutal sein. Gail Whitman konnte in Schwierigkeiten geraten sein, weil sie der übertriebenen Aufmerksamkeit ihrer Mutter entkommen wollte. Vielleicht hatte sich die junge Frau in einem verzweifelten Versuch, sich dem Einflussbereich von Valerie Crawford zu entziehen, mit gefährlichen Leuten umgeben.

Während sie zurückkehrte, nutzte er die Gelegenheit, um einen Blick auf das Bücherregal über dem Kamin zu werfen, und erkannte das Foto, das in den Zeitungen erschienen war. Ihm fiel auch ein weiteres Porträt auf, das das Whitman-Mädchen mit einer Gruppe junger Leute zeigte. Er ging hinüber und nahm den Bilderrahmen in seine Hände. Er sah grüne Augen, die ihm bekannt vorkamen. Und war sich sicher, dass es das Mädchen aus dem Flugzeug war.

Dann hörte er, wie sich Schritte näherten. Er stellte den Bilderrahmen wieder an seinen Platz und entfernte sich ein wenig vom Kamin. Als sie ins Wohnzimmer zurückkehrte, stand er bereits in der Mitte des Raumes, genau dort, wo er war, als sie ihn verlassen hatte.

„Warum haben sie sich nicht gesetzt, Herr Kommissar? Verzeihung, ich dachte, ich hätte gesagt, Sie könnten sich hinsetzen, damit Sie es bequemer haben. Ich bin mit meinen Gedanken woanders, also verzeihen Sie mir noch einmal."

„Machen Sie sich keine Sorgen, denn ich habe auf Sie gewartet", antwortete er, ohne den Blick von ihr zu nehmen.

Valerie lächelte wieder, und jedes Mal, wenn sie es tat, bestätigte dies Hans, wie erschüttert sie war. Er sagte sich, dass sie den Schmerz vielleicht schneller überwunden hätte, wenn sie nicht allein gelebt hätte. Doch selbst wenn sie mit jemandem - einem Verwandten - zusammenleben könnte, hätte sie dies sicher nicht gewollt. Und vielleicht war das

auch das Beste für alle in dieser Familie, denn Valerie war –
mitten im Leben – so gut wie tot.

Sie setzten sich in das düstere Wohnzimmer und
verstummten, als wären sie auf einer Beerdigung.

Hans nahm zwei Schlucke Kaffee und musste zugeben,
dass es ihm gut tat. Dann nahm er das Glas Wasser und
trank es zur Hälfte aus. Er stellte Glas und Tasse wieder auf
den kleinen Tisch neben dem Stuhl, der mit einer Spitzen-
tischdecke bedeckt war. Als er zu sprechen beginnen wollte,
bemerkte er, dass Valerie einen Gegenstand in den Händen
hielt, den er zu diesem Zeitpunkt nicht erkennen konnte.
Sie berührte ihn mit den Spitzen ihres Daumens und ihres
Zeigefingers. Es war etwas Dunkles, sehr Dünnes, wie eine
Plastikhülle oder vielleicht ein kleines Stück eines undurch-
sichtigen Tuches.

„Das ist alles, was mir von Gail geblieben ist. Es ist ein
Luftballon, den sie für die Party der Tochter meines
Bruders, Vicky aufgeblasen hat. Er sagte mir, ich solle mit
ihm nach Kentucky gehen, aber ich wollte nicht." Sie
drückte das Stück Latex in ihren Händen, als würde es sie
trösten oder als wäre es eine Sauerstoffmaske, die ein Ster-
bender in der Hand hält, und fuhr dabei fort: „Gail hatte
Vicky, die nebenan wohnte, sehr gern. Dann sind sie ausge-
zogen, aber ich wollte bleiben. An jenem Tag, dem, an dem
ich Gail zum letzten Mal sah, half sie meiner Schwägerin,
den Garten für die Party herzurichten, und blies diesen
Ballon mit der Luft ihrer Lungen auf. Es war das Einzige,
was mir von ihr geblieben war … Und ich habe auch gesehen, wie es verschwand, kleiner wurde, während es nach
und nach die Luft verlor. Aber ich glaube, es ist noch etwas
darin, und deshalb kann ich es nicht loslassen, selbst wenn

ich schlafe. Manchmal habe ich sogar daran gedacht, es mir in die Handfläche zu nähen."

Hans stellte sich das geschwärzte, dunkelviolette Stück Latex vor, das in die weiße, dünne Hand von Gails Mutter eingenäht war, und das Bild stieß ihn ab. Er verstand, dass die Idee, die Valerie geäußert hatte, ihr seelisches Ungleichgewicht widerspiegelte. Dann hatte er Mitleid mit der zerrissenen Misses Crawford. Und er überlegte, ob er versprechen sollte, den Mörder ihrer Tochter zu fassen. Aber er hielt sich zurück, weil er wusste, dass er es nicht tun konnte. In den Augen dieser Frau war der Mann, der für Gails Tod verantwortlich war, im Gefängnis, und er sollte ihr jetzt nicht sagen, dass dies nicht stimmte.

„Vielleicht erfahren Sie ja doch die Wahrheit", sagte Valerie und blickte über seine Schulter, als ob sie hinter ihm noch jemanden sehen würde.

„Welche Wahrheit?" fragte Hans, obwohl er die Antwort fürchtete.

„Die Wahrheit über den Tod meiner Tochter. Es ist nicht wahr, dass sie von diesem Penner getötet und zerstört wurde. Wissen Sie, ich war bei ihm, und ich bin sicher, dass er es nicht war. Außerdem hat Gail es mir selbst gesagt. Manchmal pflanzt sie mir Ideen in den Kopf, während ich dasitze und nähe. Sie begleitet mich, und sie mag den Raum so, im gedämpften Licht."

2

„Das glaube ich auch nicht. Ich versichere Ihnen, dass ich alles in meiner Macht Stehende tun werde, um die Wahrheit über Gails Tod herauszufinden."

Sie verstand, dass sie ihm vertrauen konnte.

„Seit ich Sie ankommen sah, wusste ich es. Sie sind Gails Gesandter. Ich weiß, Sie werden herausfinden, wer ihr das angetan hat."

„Ist Ihnen in den letzten Tagen oder Wochen vor ihrem Tod etwas Ungewöhnliches an Gail aufgefallen? Ich kenne die Aussage, die sie bei der Polizei gemacht haben, und Sie müssen mir nicht noch einmal erzählen, was Sie gesagt haben. Ich meine, vielleicht haben Sie sich im Laufe der Jahre an etwas erinnern können, das Sie damals nicht genau zuordnen konnten. Mit der Zeit hellen sich manche Gedanken auf."

„Ich habe nichts bemerkt, und Sie wissen nicht, wie viel ich darüber nachgedacht habe. Es ist nur so, dass …"

„Sagen Sie es mir", beeilte sich Hans, zu sagen, und zeigte dabei aufrichtiges Interesse.

„Ich dachte mir, dass Gail die Dinge manchmal sehr schroff ansprach. Wissen Sie, die Menschen suchen nicht nach der Wahrheit. Sie wollen nicht klar gesagt bekommen, was man denkt, und Gail hatte die Angewohnheit, genau das zu tun. Unangenehme Dinge aufzudecken, die die Menschen nicht akzeptieren wollten. Ich glaube, das hat zu ihrem Tod geführt. Ich weiß nicht, ob ich mich klar ausdrücke, aber besser kann ich es nicht."

„Machen Sie sich keine Sorgen, Sie drücken sich sehr gut aus. Wer sind die jungen Leute neben Gail auf dem Foto auf dem Kaminsims?", fragte Hans.

Valerie stand flink auf. Mit einem plötzlich über sie gekommenen Elan, so, als sei sie jünger geworden. Sie griff nach dem Bilderrahmen. Dann ging sie zu Hans hinüber und hielt ihn ihm hin.

„Behalten Sie das Bild, wenn es Ihnen etwas nützt. Der Junge neben Gail heißt Elvin Bau, und er war mit ihr zusammen. Das war er eine Zeit lang, obwohl ich ihn für einen schwachen Jungen ohne Urteilsvermögen hielt. Aber es war noch schlimmer, wenn ich mich offen widersetzte, denn Gail gehörte nicht zu den Mädchen, mit denen man leicht umgehen konnte. Das andere Mädchen auf der anderen Seite neben meiner Tochter, heißt Julia Stein. Es tut mir leid, aber von den anderen kannte ich niemanden."

Hans nickte. Es schien ihm nur natürlich, dass Gail nicht wollte, dass ihre Mutter ihre Freunde kannte, denn so konnte sie sich nicht in ihre Beziehungen einmischen. Er bat Valerie, ihm das Zimmer von Gail zu zeigen, und sie führte ihn dorthin.

Hans hatte den Eindruck, dass der Ort genau in dem Zustand belassen worden war, wie das Mädchen ihn verlassen haben musste. Bis hin zu den Kleidern im

Schrank, einem aufgeschlagenen Notizbuch auf dem Bett, ein paar Postern von Harry Potter und der Hogwarts-Schule. Er fand es verständlich, dass sich Gail von der Magie der Selbstentdeckung in dieser Literatur verführen ließ. Es gab noch ein paar andere Bücher, aber nicht allzu viele. Außerdem ein Stück Kork, das über einem kleinen Schreibtisch an die Wand geklebt worden war. Auf ihm standen eine Lampe, die sich drehte, während die auf den Schirm geprägten Figuren Schatten warfen, zwei kleine Messingdosen mit angelaufenen, billigen Armbändern und Ringen, eine praktisch unbenutzte Körpercreme von Victoria's Secret, eine Spieluhr, eine Ausgabe von Poes ‚Der Rabe‘ und einige Bleistifte. Neben dem Schreibtisch stand ein weißer Stuhl mit einem Kissen, das mit einem hellen, blumengemusterten Stoff bezogen war.

Er bemerkte, dass an der anderen Wand des Zimmers, die vom Bett am weitesten entfernt war, ein Holzkohlebild mit einem breiten, glänzenden Rahmen hing.

„War die Polizei in diesem Zimmer?", fragte Hans.

„Nein", sagte Valerie und schaute auf den kleinen Teppich aus ‚The Nightmare Before Christmas‘. „Ich weiß nicht, warum Gail solche gruseligen Dinge mochte", sagte sie in Anspielung auf den Burton-Film und blickte dann auf die hellrosa Wand.

Hans fürchtete sich vor dieser Antwort, und sie tat ihm weh. Die Ermittlungen zum Mord an Gail Whitman waren zu schnell abgeschlossen worden, denn man hatte den beiden drogensüchtigen Schlägern, die in der Gegend, in der ihre Leiche gefunden wurde, ihr Unwesen trieben, die Schuld zugeschoben. Das gleiche Paar wurde für die seit Jahren andauernden Übergriffe auf Prostituierte in den Außenbezirken der Stadt verantwortlich gemacht. Die

Frauen waren leider nicht in der Lage, ihre Angreifer detailliert zu beschreiben, und sagten nur, dass es sich um zwei schwarz gekleidete Männer handelte, deren Gesichter mit Skimasken bedeckt waren. Es wurde behauptet, dass Gail mit einer von ihnen verwechselt worden und dass ihnen diesmal die Aggression entglitten sei. Hans bedauert immer noch die Fehler, die er damals gemacht hatte. Er wollte sich bei Valerie dafür entschuldigen, schwieg aber.

Gails Zimmer bestätigte seine Vorstellung vom Charakter des Mädchens. Sie war intelligent und hatte eine ausgeprägte Persönlichkeit. Und wie ihre übergriffige Mutter meinte, hatte sie vielleicht die Angewohnheit, immer zu sagen, was sie dachte. Er glaubte auch, dass das auf irgendeine Weise zu ihrem Tod geführt haben könnte.

Als er das Haus der Whitmans verließ, drehte er sich um und sah Valerie Crawford an. Dann suchte er nach dem Ball, den er auf dem Hinweg gesehen hatte, konnte ihn aber nicht finden. Er meinte ihn zu sehen, aufgehalten vom Stamm der Pappel, als ob der Wind nun in eine andere Richtung wehen würde.

Dann legte er das Foto weg, das Valerie ihm überlassen hatte. Jenes, dass das hübsche Mädchen im Flugzeug mit Gail Whitman zeigte. Valerie hatte gesagt, ihr Name sei Julia Stein.

3

FRÜHER ODER SPÄTER WERDEN FRANK UND ich wieder zusammenkommen. Ich habe das Gefühl, daran führt kein Weg vorbei. Ich hatte Hoffnungen in die Beziehung zu Jimmy gesetzt, aber tief im Inneren wusste ich, dass sie vergeblich waren. Er ist mir zu streng und er erwartet einen konservativeren Menschen als mich. Ich dachte, ich hätte am Ende einen Groll in ihm gesehen. Aber vielleicht habe ich mir das eingebildet. Er sagte mir eine Million Mal, dass es nach der Trennung keine Probleme zwischen uns geben würde. Ich mache den Fehler, dass ich manchmal glaube, was ich glauben will. Und dieses Mal möchte ich glauben, dass Jimmy nicht sauer auf mich ist, weil ich diejenige war, die die Beziehung beendet hat. Die Wahrheit ist, dass ich bei ihm hätte bleiben können, denn er war ein guter Gesprächspartner und ein intelligenter Mann, aber es wäre ein Fehler gewesen. Es gab einen Moment, eines Morgens in seinem Haus, in den Ferien, die wir zusammen verbrachten, als ich mir sagte, dass ich etwas mehr für ihn empfinden muss, damit es mit uns weitergeht. Deshalb sagt Madi auch, dass ich zu viel vom Leben erwarte. Außerdem hatte ich manchmal das traurige Gefühl, dass Jimmy mir nicht alles sagte, was er dachte und Geheimnisse vor mir hatte.

Ich beschloss, Frank noch einmal eine Chance zu geben. Ich hatte das Gefühl, dass er mein ganzes Leben lang auf mich gewartet hatte und sogar noch mehr; manchmal war ich davon überzeugt, dass er sich über meine Beziehungen informierte, und mehr als einmal hatte ich sogar die Vorstellung, dass er kurz davor war, sich mir zu nähern. Aber er tat es nicht. Ich glaube, er hat darauf gewartet, dass ich den ersten Schritt mache. Er hat immer geglaubt, dass ich seine ideale Frau bin, also wird er sicher denken, dass der richtige Zeitpunkt gekommen sein wird, wenn ich mich für ihn entscheide. Nicht vorher. Nun war es so weit. Ich war nervös, aber entschlossen. Wir waren jetzt beide anders, reifer als mit siebzehn Jahren.

Ich besuchte ihn unerwartet in seinem Haus. Ich wusste, wo er wohnte, denn als wir uns in der Bar trafen, hatte er es mir gesagt. Ich hatte ihn erst einen Tag zuvor in seinem Büro aufgesucht, aber das war ein erstes Treffen, das wegen Klaus Dupont unvollendet blieb. Es war nur ein gescheiterter erster Versuch, und ich hatte bereits den Eindruck, dass ich, wenn ich wieder mit ihm zusammenkommen wollte, die Initiative stärker ergreifen müsste. Denn vielleicht dachte Frank, ich sei noch mit einem anderen zusammen, und es lag an mir, ihm klarzumachen, dass ich das nicht war.

Es war ein hübsches, hellgrau und blau gestrichenes Haus mit Türen zu einer großen, olivgrünen, freistehenden

Garage. Es lag in der Ponderosa Street und hatte einen perfekten Garten voller Kiefernrinde, mit der verschiedene geometrische Formen in den Sand gezeichnet waren und die bis zu einem Pflanzkübel voller weißer Blumen reichte, der vor einer mit Bleistein bedeckten Mauer mit einem diskreten Wasserfall lag. Dies waren Details, die Franks guten Geschmack verrieten, und die dafür sorgten, dass sich Franks Haus von den anderen, so gewöhnlichen, Häusern seiner Straße abhob.

Er öffnete die Tür und küsste mich. Dann bat er mich herein. Er trug einen schönen hellgrauen Pullover mit dünnen Streifen in einem noch helleren Farbton. Er stand ihm sehr gut.

Das Innere des Hauses war genauso, wie ich es erwartet hatte. Das war es, was ich an Frank mochte. Ich wusste, was ihm gefiel. Er war mir vertraut, hatte keine Geheimnisse, und das gab mir Sicherheit. Es war, als ob ein Teil von mir immer bei ihm geblieben wäre. Wenn man mit jemandem befreundet ist, den man seit seinem siebten Lebensjahr kennt und jeden Tag sieht, und der dir dann gesteht, dass er dich liebt, seit dem Tag, an dem er dich getroffen hat, dann passiert so etwas, schätze ich. Ich glaube, das ist eine Kraft, der man nicht widerstehen kann.

Das Wohnzimmer von Franks Haus war groß und schön, voller Licht. Es gab keine Bilder, keine Porträts, keine Darstellung eines menschlichen Wesens. An einer Wand hing ein einzelnes, großformatiges, abstraktes Gemälde, in dem die Farben Rot, Schwarz und Weiß vorherrschten. Er führte mich ins Esszimmer, wo ein weißer Tisch stand, mit einer Flasche Rotwein und zwei Gläsern darauf. Frank fragte mich, ob mir das Haus gefiele. Er lächelte, sagte, dass ich es später besser kennenlernen würde, und bat mich ins Wohnzimmer. Dort setzten wir uns auf ein sehr bequemes schwarzes Sofa, das direkt vor einem riesigen LCD-Bildschirm stand, der an der Wand hing. Ich vermutete, dies war Franks Lieblingsbeschäftigung, wenn er nach Hause kam. Außerdem gab es nichts anderes in seinem Wohnzimmer. Nur das Sofa, einen kleinen Tisch, auf den wir unsere Getränke stellten, und den großen Bildschirm. Frank schien meine Gedanken zu lesen und sprach mit einem Tonfall zu mir, der auf Ernsthaftigkeit schließen ließ.

„Dieses Haus wartet auf dich. Ich habe es erst vor Kurzem gekauft und es noch nicht mit Gegenständen gefüllt, weil ich möchte, dass du es selbst nach deinem Geschmack gestaltest. Was du siehst, ist alles, was ich brauche."

Ich wusste nicht, was ich antworten sollte, und zog es vor, das Glas Wein zu nehmen, obwohl ich alles für einen Martini gegeben hätte. Bei mir ist es immer dasselbe. Ich habe das Gefühl, dass ich auf einem kleinen Floß sitze und dass jemand anderes entscheidet, wohin ich abbiege. Als ob es mein Schicksal wäre, gesteuert zu werden. Aber das ist nicht meine Absicht, denn im Gegenteil, ich entscheide gerne selbst, aber ich scheine ein Problem mit Langsamkeit zu haben, und jemand anderes ist mir immer voraus. Jetzt war es Frank, der es tat. Da war er und sagte, er erwarte von mir, dass ich entscheide, wie sein Haus dekoriert würde, und ich wusste nicht, was ich davon halten sollte. Es gehört nicht zu meinen Lebenszielen, ein Haus zu dekorieren. Ich träume vielleicht noch nicht einmal so sehr davon, eines zu besitzen. Im Grunde machen mich große Heimwerkerläden traurig. Betrete ich einen, möchte ich am liebsten herausrennen, in eine Bar oder eine Buchhandlung, egal. In Bars und Buchläden fühle ich mich wie ich selbst.

„Erinnerst du dich an den Film, den wir im Wohnzimmer der Dickinsons gesehen haben und den niemand mochte, aber wir liebten ihn?", … fragte er.

„Natürlich, den mit der Katastrophe, aber ich kann mich nicht mehr an den Namen erinnern. Die Sache ist die, dass im selben Jahr der sechste Harry Potter erschien und sich alle zu sehr darauf konzentrierten. Als ob sie nicht auch etwas anderes mögen könnten", antwortete ich und merkte sofort, dass es eine dumme Bemerkung war. Aber ich musste etwas sagen, denn ich wollte nicht, dass das Gespräch wieder auf das Thema meiner Beteiligung an der Dekoration des Hauses zurückkam.

„Ich habe ihn gekauft. Den Film. Für den Augenblick, in dem wir ihn beide hier sehen könnten."

Ich beschloss, mich treiben zu lassen. Wenn Frank sich sicher war, dass wir füreinander bestimmt waren, welche Gefahr bestünde dann darin, wenn ich anfing, es auch so zu sehen?

Er nahm mich bei der Hand und sagte, er wolle mir etwas zeigen.

Wir gingen zur Werkstatt, die direkt neben seinem Haus lag. Es war das Gebäude mit grünen Türen, das ich für eine Garage gehalten hatte. Er stellte dort Maßanzüge her. Frank war immer sehr geschickt darin. Schon in jungen Jahren konnte unvergleichlich gut mit seinen Händen umgehen, und er hatte ein Adlerauge. Außerdem war er ein kreatives Genie. Ich erinnerte mich daran, wie er sich Nadeln und Stifte in den Mund steckte und davon Hornhaut bekam, und wie er immer mit Kohle an den Fingern und im Gesicht herumlief und schöne Anzüge und Kleider zeichnete. Er hatte mir sogar einmal eine schwarze Bluse mit weißen Punkten in Ordnung gebracht, die er seinerzeit für mich genäht hatte. Sie gefiel mir sehr. Er fand meinen Tick, mich in Schwarz und Weiß zu kleiden, amüsant und hat mich nie dafür kritisiert. Ich erinnere mich, dass Gails Mutter das hingegen tat, und zwar ziemlich oft.

Wir gingen durch die Werkstatt, die mit Mustern und Stoffen auf verschiedenen Tischen und Stühlen übersät war. Es gab eine Nähmaschine, die hochmodern aussah, auch wenn ich davon nicht viel Ahnung habe. Wir kamen zu einem Schrank, der verschlossen war. Frank sagte, er müsse mir etwas beichten. Ich gestehe, dass ich gerührt war, als er das tat, obwohl ich nicht wusste, warum. Er öffnete eine der Türen und dann die andere, und da waren sie: mindestens fünfzehn Kleider, die mit bläulicher Plastikfolie überzogen waren. Sie waren schwarz mit einigen weißen Details, andere rosa oder lachsfarben. Ich kann nicht abschätzen, wie viele Stunden er mit der Herstellung zuge-bracht haben musste. Ich bewegte sie und sah sie mir einzeln an. Sie waren einfach und schön. Jedes dieser Werke schien mir ein Kunstwerk zu sein. Besonders gut gefiel mir eines mit viel Spitzenstoff, einem hohen Kragen und langen Ärmeln aus Seidenspitze. Ich stellte mir vor, es anzuhaben und dazu die Perlen meiner Großmutter zu tragen.

„Sie sind alle für dich. Sie werden dir wunderbar stehen, denn du bist und bleibst genauso schön."

Dann küssten wir uns, dort vor dem Schrank voller maßgeschneiderter Kreationen, die ich am nächsten Tag sicher anprobieren würde. Kreationen, die auf mich gewartet haben, wer weiß wie lange, und wer weiß wie lange sie noch bereit waren, auf mich zu warten. Ich war überwältigt und kam mir dumm vor, weil ich so viel Zeit damit verschwendet hatte, zu Frank Gunn zurückzukehren. Kaum war er wieder in meinem Leben aufgetaucht, fühlte ich mich ihm schon sehr nahe. Ich glaube, das tat ich, seit ich ihn vor einem Monat in der Bar gesehen hatte, und selbst wenn er mich vor zwei Tagen nicht angerufen hätte, wäre ich zu ihm gegangen.

4

WIR LIEBTEN uns in der Werkstatt und dann in seinem Zimmer. Ich wachte auf in den frühen Morgenstunden, während er noch schlief.

Ich war mit demselben Frank zusammen, der einst gewalttätig und manipulativ zu diesem gefährlichen Ausbruch fähig gewesen war, aber jetzt wirkte er anders auf mich. Er schien sich sicher zu sein, was er vom Leben wollte, und ein großer Teil dessen war definitiv ich. Es fühlte sich gut an, weil wir uns so sehr zueinander hinge-zogen fühlten, und weil er seit Jahren auf mich gewartet hatte. Ich sah ihn zufrieden und voller Vitalität, als hätte er alles, was er brauchte. Und das war das Gegenteil von mir.

Ich wollte noch eine Weile weiterschlafen, aber ich fand keine Ruhe. Ich wälzte mich im Bett hin und her. Allerdings hielt ich mich zurück, denn ich mochte ihn nicht aufwecken oder stören. In einem Augenblick dachte ich wieder an Gail und den FBI-Mann. Ich verstand nicht, warum das Bild meiner Freundin im Besitz von jemandem war, der den Serienmörder jagte. Und so etwas nicht zu verstehen, machte mich noch unruhiger. Also beschloss ich, am nächsten Tag etwas zu tun, was ich seit Weihnachten nicht mehr getan hatte: meine Mutter besuchen. Ich würde mich bei der Arbeit krankmelden und in fünfzehn Minuten in Park City sein. Es wäre mir unangenehm, wieder einen Fuß in dieses Haus zu setzen, denn in meiner Vorstellung war es immer das von Richard. Aber abgesehen davon, dass ich Patrick sehen wollte, der gerade mit seiner Frau Madeleine zusammengezogen war, gab es noch einen anderen Grund: Ich hatte vor, in den alten Kisten zu stöbern. Vielleicht bewahrte ich darin Dinge von Gail auf, die ich bereits vergessen hatte. Außerdem wohnten Dorothea und Margaret Bau noch immer im Haus gegenüber. Margaret und Gail waren unzertrennliche Freundinnen, denn Gail war mit Elvin zusammen gewesen, ihrem Bruder, von dem heute niemand mehr etwas weiß. Ich erinnere mich, dass ich unter ein wenig Eifersucht auf diese enge Beziehung zwischen Margaret und Gail gelitten hatte. Das war sehr seltsam, auch weil mir Margaret immer ziemlich verdreht vorgekommen war. Wenn ich etwas herausfinden konnte, dann käme es auf jeden Fall aus „Richards Haus", auch wenn das bedeutete, die schrecklichen Geister meiner Vergangenheit wieder zu erleben.

Ich spürte, wie Frank mich umarmte. Er war aufgewacht. Ich glaube, es war diese Umarmung, die die schlechten Erinnerungen vertrieb.

Zwei Stunden später waren wir in der Küche und beendeten das Frühstück. Dann führte mich Frank wieder in die Werkstatt. Ich nahm an, er wollte, dass ich die Kleidung mitnehme, die er für mich gemacht hatte, bevor ich ging. Aber er sagte mir, ich solle mich in einen Wiener Stuhl setzen, der neben einigen Buntglasfenstern stand, die an einer der Wände lehnten. Für mich sahen sie aus wie Kirchenfenster oder so etwas Ähnliches. Ich dachte, Frank würde sie vielleicht als Inspiration für eine Bekleidungs- oder Accessoire-Kollektion für die Duponts benutzen.

Er sagte mir, ich solle mich für einige Augenblicke nicht bewegen. Er ging zu einem Möbel aus Holz neben dem Schrank, in dem meine Kleider lagen, und holte ein Skizzenbuch heraus. Dann wurde mir klar, dass er mich zeichnen wollte, so wie er es am Fluss immer getan hatte, und ich willigte ein.

Frank holte seine Kohlestifte aus einer Kiste auf einem der Tische und begann, mich zu zeichnen. Nach ein paar Minuten fragte er mich, ob es mir gelungen sei, in der Zeit, in der wir getrennt waren, das abenteuerliche Leben zu führen, das ich mir wünschte, genau wie in den Romanen, von denen ich seit meiner Kindheit so viel erzählt hatte. Ich sagte ihm, dass sich mein Leben nicht sehr verändert habe, und er lächelte. Ich tat es im gleich.

Bislang hatte ich nicht vor, Frank zu erzählen, was ich vorhatte. Nicht, bevor ich nicht mehr Informationen über Gail hatte. Ich hatte ihm bereits von dem FBI-Agenten auf der Dupont-Terrasse erzählt und hatte nicht den Eindruck, dass er sehr daran interessiert war. Frank war manchmal distanziert und gleichgültig gegenüber bestimmten Themen, und wenn ihn etwas nicht interessierte, hatte er die Marotte, seine Brille zu putzen, während man mit ihm sprach, selbst wenn sie in perfektem Zustand war. So, als ob er nicht aufpassen würde.

Ich fragte mich, ob er immer noch diese unangenehme Angewohnheit hatte.

5

AM FRÜHEN MORGEN war Hans bei der Mordkommission eingetroffen, mit dem festen Vorsatz, Dr. Jeremy Jobs anzusprechen, sobald er auftauchte. Er kannte alle Einzelheiten, die den Tod der Mädchen betrafen, aber er suchte nach etwas anderem, etwas, das übersehen wurde, und das ihm die Leichen sagen konnten. Zuvor hatte er Agent Rice angewiesen, das Umfeld der Opfer gründlich zu untersuchen, weil sie dort vielleicht eine Spur finden könnten, und er war der Meinung, dass das örtliche Team diese Aufgabe unter Annes Leitung effektiv bewältigen konnte. Er erwartete zwar nicht, dass die Frage nach der Beziehung zwischen Elaine Perales und Buschs Sohn zu etwas führen würde, aber sie würden sich auch darum kümmern. Sie wollten keine offenen Enden hinterlassen …

Dr. Jeremy Jobs war ein sehr großer und kräftiger Mann, aber er schien einen verkleinerten Kopf zu haben, einen von denen, die die indigenen Völker der Shuar geschaffen hatten. Kurzum, er war ein Mann mit einer etwas unheimlichen Ausstrahlung. Hans erinnerte sich flüchtig an die Abbildung in einem seiner ramponierten Schulbücher. Sie zeigte, wie die Köpfe der Feinde dieser Stämme geschrumpft wurden. Auch an den Fall des Serienmörders in Whittier, Alaska, der die Köpfe seiner Opfer mumifiziert hatte, musste er denken. Bei vielen Gelegenheiten wurde er von Erinnerungen an das, was er bei seinen Besuchen an den Tatorten vorfand, heimgesucht. Diese Erinnerungen ließen seine toxische Fantasie anwachsen, er konnte sie nicht abschütteln. Sein großer Freund und Mentor Harold hatte darüber eine Theorie aufgestellt.

Es faszinierte ihn, Dr. Jobs zu beobachten, denn die Proportionen zwischen seinem Kopf und seinem Körper, der an einen Zyklop erinnerte, waren wirklich selten. Doch nun musste er mit ihm über die Ermittlungen sprechen, denn Dr. Jobs war mit der Analyse der Leichen, der Tatorte und der dort gefundenen Gegenstände beauftragt. Hans wollte wissen, ob die Seilstücke, mit denen der Mörder die leblosen Körper der Opfer aufgehängt hatte, eingehend untersucht worden waren. In dem Bericht hatte er nichts darüber gefunden.

„Wir haben die Seile analysiert, aber wir haben weder Fingerabdrücke noch biologisches Material gefunden", sagte Jeremy mit bemerkenswert dünner Stimme und in herausfordernder Haltung.

Hans blieb hartnäckig und fragte, ob sie die nicht-biologischen Verbindungen analysiert hatten. Jeremy Jobs verneinte, wobei er seinem ‚Nein' Nachdruck verlieh und ihn mit großer Empörung ansah. Hans erwartete, dass der Mann weiterreden und ihm irgendetwas vorwerfen würde wie: „Ihr FBI-Leute denkt, dass niemand weiß, wie man seinen Job macht", aber in diesem Moment kam Anne und milderte die angespannte Atmosphäre.

„Hallo, ich habe mit Dr. Jobs über die Seile gesprochen", sagte Hans.

„Ja?", fragte Anne, sah den Gerichtsmediziner an und verstand, dass sie genau im richtigen Moment gekommen war, um ein Problem zu vermeiden.

Um seine Entschiedenheit zu rechtfertigen, erklärte Hans, dass die Fotos der Opfer etwas nicht zeigten, was er selbst an der Leiche von Elaine Perales in Augenschein genommen hatte.

„Es geht darum, dass der Zustand der Gesichter ein anderer gewesen war. Es war etwas, das ich auf den Fotos von Megans und Alices Körpern nicht sehen konnte, direkt auf der Leiche hingegen konnte man es, und deshalb habe ich es am Tatort bemerkt."

Anne sah ihn verständnislos an und Dr. Jeremy Jobs zeigte noch mehr Ablehnung als zuvor.

„Das liegt daran, dass die Todesursache ein mechanischer Erstickungstod ist, vielleicht das Ergebnis des Erstickens mit Plastikfolie oder Stoff in den Nasenlöchern und im Mund, so wie ich es in dem Bericht beschrieb, den Sie ja sicher gelesen haben", sagte er trocken. Dann drehte er sich um und ging zu dem Tisch, auf dem er die Instrumente für die Beweisanalyse reinigte.

Hans nickte, betonte aber seine Vermutung, dass der Mörder die Plastikfolie nicht sofort entfernte, nachdem er die Frauen getötet hatte. Er säuberte den Körper, verstümmelte und durchbohrte ihn, aber aus irgendeinem Grund sah er sich ihre Gesichter nicht an, sonst wären diese in demselben sauberen oder hergerichteten Zustand wie die Körper gewesen.

Anne begann, Hans' Standpunkt zu verstehen. Und seltsamerweise drehte sich der Gerichtsmediziner urplötzlich um, schaute Hans mit wissenden Augen an und führte den Gedanken fort, von dem er dachte, dass Hans ihn zum Ausdruck bringen wollte.

„Der Mörder hat so lange wie möglich damit gewartet, dieses vermutliche Stück Plastikfolie oder Stoff zu entfernen", schloss er mit noch lauterer Stimme.

„Genau!", antwortete Hans, der wusste, dass er einen wichtigen Verbündeten gewonnen hatte. „Ich hoffe, dass das Stück Seil, das als einziger Gegenstand in der Nähe des Gesichts der Leichen zu finden ist, irgendeinen Rückstand, irgendeinen Hinweis auf diesen letzten Moment beinhaltet. Den, in dem der Mörder das Plastik zur Seite zog."

Jeremy wurde nun zu einer Art Übersetzer von Hans' Gedanken und wandte sich gelöst an Anne.

„Er spürt, dass dies ein Moment der Schwäche für den Mörder war", sagte er und lächelte dann: „Deshalb bittet er mich, eine neue, gründlichere Analyse der Seile vorzunehmen". Er rief es aus, als würde er sich von dem belastenden Gedanken befreien, der FBI-Agent stelle seine Arbeit in Frage.

„Vielen Dank, Dr. Jobs. Ich danke Ihnen, dass Sie mich perfekt verstanden haben. Ich sehe, dass Sie Ihrer Arbeit mit Sachverstand nachgehen, und deshalb wage ich es, Sie darum zu ersuchen.

Der Mann nickte und ging in die Asservatenkammer.

6

HANS FÜHRTE Anne in den Analyseraum neben seinem
Büro.

„Anne, könntest du darum bitten, dass dieses Foto
vergrößert wird, ich meine, könntest du die elektronische
Datei finden, damit wir das tun können?" Dann ging er zu
dem Tisch, auf dem hundert beschriebene Blätter und
einige gedruckte Bilder, mindestens drei halb volle Kaffee-
tassen, eine Lupe und ein Aschenbecher mit fünf unbe-
nutzten Zigaretten standen, deren Spitzen jedoch in der
Schale steckten.

Anne dachte, dass Hans' Besessenheit von dem Fall
nicht nachlassen würde, bis sie etwas Handfestes gefunden
hätten. Er tat ihr leid, als sie die Unordnung sah, die noch
schlimmer war als die, die ihr Sohn Matthew in seinem
Zimmer hinterließ. Sie sagte sich, dass er im Präsidium vielleicht als brillanter Kopf gelten würde, aber er war definitiv
eine geplagte Seele.

Hans zeigte ihr eines der Fotos von der Schlinge um
Megan Zings Hals, das er vom Tisch genommen hatte,

aber Anne verstand nicht, was ihm durch den Kopf ging. Sie sah es einige Sekunden lang an, ohne zu wissen, was sie sagen sollte.

„In Ordnung", antwortete sie und ging zum Ausgang.

„Ich habe etwas bemerkt", sagte er und versuchte noch, sich zu erklären, bevor sie die Tür ganz schloss.

Er stand allein und schaute auf das Bild, das er Anne gezeigt hatte. Er nahm das Vergrößerungsglas, lehnte sich wieder in den Stuhl neben dem Tisch, in dem er Stunden zuvor gesessen hatte, und hielt die Lupe über einen Bereich des Fotos. Ihm war ein Zeichen aufgefallen, das wie ein Buchstabe oder eine sehr kleine Zahl aussah, aber er musste das Bild noch weiter vergrößern. Vielleicht war es eine Vier … Ja, der Strich könnte die Zahl Vier darstellen. Doch es könnte auch irgendein Fleck sein.

Er wartete ungeduldig auf Anne. Endlich hörte er ihre Schritte. Durch die Glasscheibe sah er sie kommen. Sie trug einen Laptop in der Hand. Anne betrat das Büro, schloss die Tür und ging zu seinem Schreibtisch. Hans stand auf und bot ihr seinen Stuhl an. Sie setzte sich und öffnete den Computer.

„Ist es das?", fragte sie.

„Das ist es", antwortete Hans, der neben ihr stand und sich dem Bildschirm näherte. Dann stand Anne auf und bat ihn, sich zu setzen. Die Situation erinnerte sie an Matthew, wenn sie ihm ein neu gekauftes Spielzeug gab und sich daran erfreute, ihn damit spielen zu sehen. Tatsächlich hatte Hans viel Ähnlichkeit mit ihm.

Er arbeitete sich schnell und aufgeregt ein, wählte einen Bereich des Bildes aus und vergrößerte ihn. Dann lächelte er und schlug hart auf den Tisch.

„Da ist es! Ich wusste es!", schrie er.

Der Lärm ließ die Ermittler der Abteilung vor seinem Büro aufschauen. Cotten, der gerade an seinem Schreibtisch angekommen war, lief zu ihnen und stieß die Tür auf.

„Was ist passiert?", fragte er erwartungsvoll und seine Augen weiteten sich.

Anne war bereits über den Computerbildschirm gebeugt, und Hans hatte seinen Stuhl vom Schreibtisch weggerückt, um seine Entdeckung aus größerer Entfernung betrachten zu können. Das tat er oft, wenn es ihm gelungen war, ein Rätsel zu lösen. Es war wie ein kleiner Ritus, mit dem er einen Teilsieg feierte.

„Es ist eine eingravierte Nummer. Es ist die Nummer Vier und man kann sie deutlich sehen", sagte der Agent mit Erstaunen.

Cotten schaute Hans mit Überraschung an, die sich dann in Respekt verwandelte. Ohne die Hartnäckigkeit des FBI-Ermittlers hätten sie diese Markierung auf dem Seil nicht entdeckt. Ihn überkam die seltsame Vorstellung, dass die Jäger von Mördern genauso besessen sein müssten wie die Mörder selbst von ihrer Jagd.

„Wir müssen uns die anderen beiden Seile ansehen, denn es könnte sich um eine Zahlenfolge handeln", sagte Cotten.

„So ist es. Aber wir sollten keine Zeit damit verschwenden, uns die Fotos anzusehen. Ich habe sie mir ununterbrochen angeschaut, aber da ist nichts. Fotografiert das Seil, mit dem der Mörder Alice gefesselt hat, in höherer Auflösung erneut und fragt Dr. Jeremy nach dem anderen Seil, mit dem Elaine gefesselt wurde. Er sollte eine neue Analyse dazu erstellen. Ich werde hier auf euch warten."

Cotten eilte zur Tür und Anne folgte ihm.

7

WÄHREND ANNE und Cotten von ihrem Auftrag zurückkehrten, saß Hans im Büro und meditierte. Er tat dies in Einsamkeit und wollte keinen Lärm hören. Er spürte, dass er von außen beobachtet wurde, und selbst das lenkte ihn ab. So stand er auf und schloss die Jalousien, damit sie ihn nicht sehen konnten.

„Die Zahl Vier ... was bedeutet sie für dich? Es ist nicht dein viertes Opfer, wenn wir Gail mitzählen, wäre es dein zweites, es sei denn, wir kennen nicht alle deine Opfer. Ist es das?", fragte Hans in die Luft. Er begann, im Zimmer auf und abzugehen, als wäre er ein Tier im Käfig, und schaute auf den Aschenbecher. Er spürte, dass er es nicht viele Stunden ohne Zigarette aushalten konnte. Und wenn schon? Und so zündete er sich eine Camel an. Er sog sie auf, als wäre er ein Fisch, der auf wundersame Weise wieder ins Meer gezogen wurde.

„Eine gesegnete Nummer Vier", sagte er und ging zum Fenster.

Hans öffnete es und starrte auf die Wolken am

Himmel, während er die Camel rauchte, die nach Ruhm schmeckte. Dann erinnerte er sich eine Sekunde lang an Fatima. Aber es war nur eine plötzliche Erinnerung, wie eine Welle, die ihn überspülte und dann wieder verschwand, nur um ihm Elaines Hals und das Seil, ihr Kinn und ihr verschwitztes Haar wieder ins Gedächtnis zu rufen. Er war sich sicher, dass er die Schwachstelle des Mörders entdecken würde, denn er spürte, dass er ihr näher kam.

„Ihr Gesicht anzuschauen ist eine Schwäche für dich. Du schaffst es nicht, erst ganz zum Schluss. Kanntest du sie gut, erinnerten sie dich an jemanden? Oder kanntest du nur Gail gut? Was zum Teufel könnten diese Frauen gemeinsam haben?", rief er aus, laut und allein.

Er verlor sein Zeitgefühl, wie es ihm oft geschah, wenn er in sich selbst versunken war. Er hätte nicht sagen können, wie viel Zeit vergangen war, aber als er sich wieder an den Schreibtisch setzte, sah er, wie sich die Tür öffnete, und Cotten und Anne erschienen. Ersterer trug eine raffiniert aussehende Kamera bei sich, die er mit großer Sorgfalt behandelte. Hans dachte, dass sie sicher ihm gehörte und dass er sie freiwillig für die strafrechtlichen Ermittlungen der Behörde ausgeliehen hatte. Daher kam er zu der Überzeugung, dass es sich bei dem Agenten um einen wohlhabenden, technikbegeisterten Mann handelte, und er stellte sich sein Haus voller Geräte der neuesten Generation vor. Wie die Figur des *Hackers* Abby Sciuto in *NCIS* oder ihr Partner Bob Stonor in Washington.

„Wir werden schon sehen, ob da noch mehr ist", sagte Anne.

Cotten schloss das Kamerakabel an den Computer an, den Anne auf dem Tisch stehen gelassen hatte. Kurz darauf schauten die drei auf den Bildschirm, während Cotten den Sucher bediente. In einem Moment fror er das Bild ein, und die drei erkannten die Zahl Zwei. Es war die Aufnahme des Seils, mit dem der Mörder Alice aufgehängt hatte.

„Unglaublich, dass wir das nicht vorher gesehen haben", schimpfte Anne.

„Die Schrift ist minimal. Ich frage mich, was für eine Technologie er haben muss, um diese Zahlen auf den Seilen aufzuzeichnen", sagte Hans.

„Vielleicht ist er es gewohnt, Miniaturen zu machen, er hat gute Linsen und nadeldünne Spitzen zum Zeichnen", antwortete Cotten.

Schließlich analysierten sie die Bilder von Elaines Seil und entdeckten die Zahl Sieben.

Hans stand von seinem Stuhl auf, schrieb in großen Ziffern die Zahlenfolge, die er entdeckt hatte, „472", und entfernte sich von der Tafel, um die Ziffern zu betrachten, als ob ihm das bei seinen Überlegungen helfen würde.

„Warum haben Sie ,472' statt ,427' geschrieben, ohne die Reihenfolge zu beachten, in der der Mörder die Opfer getötet hat?"

„Tut mir leid, das war keine Absicht", antwortete er, „meine Freundin, die Legasthenie begleitet mich seit meiner Kindheit", sagte er und lächelte, während er zur Tafel zurückging und den Fehler korrigierte.

Anne dachte, dass es vielleicht das erste Mal war, dass sie ihn lächeln sah, und fand es merkwürdig, dass Hans Freemans Stoizismus nur durch das Anerkennen eines Fehlers, einer Schwäche, für eine Sekunde aufgehoben wurde. Nach dem Lächeln wirkte er sogar etwas jünger als vorher.

Die betrachteten die Zahlenfolge, als würden sie einen Zaubertrick bewundern. Anne brach das Schweigen und bat Cotten, herauszufinden, was die Zahlenfolge „427" bedeuten und ob sie sich auf Aufzeichnungen oder Dokumente der Opfer, auf Adressen oder Daten beziehen könnte, die für eines der Opfer relevant sind. Sie sagte ihm, er solle die Untersuchung mit Rice abstimmen. Cotten nickte und verließ das Büro. Die Ermittler sahen ihn mit Interesse an, und Cotten verstand: Nach diesen Erkenntnissen würde der FBI-Agent Hans Freeman von nun an im Department Bewunderung hervorrufen.

8

Hans verließ das Department und dachte über die Zahlen nach, die der Mörder auf die Seile geschrieben hatte. Warum könnte er das getan haben? Vielleicht ein Datum … Es könnten so viele Dinge sein, sagte er sich niedergeschlagen. Dass Anne ihm gefolgt war, registrierte er nicht. Als er in den Wagen einsteigen wollte, bemerkte er, wie sie ihn ansah. Er wollte sich nicht umdrehen, um mit ihr zu sprechen. Mit der linken Hand an seinem Ohr bedeutete er ihr, dass er sie zurückrufen würde. Er hatte keine Lust, ihr zu sagen, wohin er gehen würde. Das Schlimme an dieser Mütterlichkeit war das Bedürfnis nach Kontrolle, und er hatte nicht vor, jemandem jeden seiner Schritte mitzuteilen, selbst wenn dieser Jemand der für den Fall zuständige Beamte war. Anne starrte ihn leicht frustriert an und sagte laut: „Du bist entkommen".

Er machte sich auf den Weg zur Wichita Heights High School, um weitere Informationen über Gail Whitman einzuholen. Er wusste, dass es für die Jagd nach dem Mörder entscheidend war, das erste Vergehen zu verstehen.

Hans hoffte, mit einem Lehrer zu sprechen, der Gail kannte. Sobald er die Schule betrat, fühlte er sich krank. Ein stechender Schmerz in den Schläfen und ein Engegefühl im Magen überfielen ihn. Diese Umgebung mit dem unverwechselbaren Klang der Kinderstimmen erinnerte ihn an die Übergriffe, die er und seine Freunde begangen hatten, insbesondere dem schüchternen Jungen gegenüber, der fast getötet worden wäre. Es verfolgte ihn und überflutete seinen Kopf manchmal mit dem grellen Bild des blutigen Gesichts, der gebrochenen Nasenscheidewand, der vollgepissten Hose und der Schreie - vor allem der Schreie -, die ihn in manchen Nächten sogar aufweckten. Im Laufe der Zeit wurden die schrecklichen Erinnerungen nicht weniger, sondern im Gegenteil präsenter und auch vielschichtiger. Hans wusste, dass er mit jedem Mörder, den er vorgab zu verfolgen, in Wirklichkeit Terence Goren jagte. Und ein bisschen auch sich selbst.

Er hatte schon lange keine Schule mehr besucht, weil ihm immer das Gleiche passierte, und so beschloss er, von dort aus nicht direkt zum Department zu gehen, sondern seinen Freund Harold Winter zu besuchen. Das würde sein Unbehagen lindern.

Er ging weiter den überfüllten Korridor entlang, der zu den Klassenzimmern führte, bis er zu einem ruhigen Bereich kam und ging nach rechts, um den Schulleiter zu finden. Als er die Tür fand, deren Schild anzeigte, dass es sich um dessen Büro handelte, ging er hindurch und sah eine zierliche blonde Frau an einem Schreibtisch sitzen. Sie hatte ihr Haar zu einem Dutt gebunden, der zu eng aussah. So, dass ihre Augen wie verlängert und auf die Seitenpartie ihres Haars gerichtet wirkten. Er sagte sich, dass sie eine sehr strenge Frau sein musste, und Starrheit war seiner

Meinung nach die Mutter aller Laster. Die Frau mit dem zusammengepressten Kopf und der Adlernase fragte ihn, was er wolle, und warf ihm einen Blick zu, der, wie er zugeben musste, von Freundlichkeit zeugte.

„Ich bin Agent Hans Freeman, FBI. Ich möchte mit dem Schulleiter sprechen", sagte er und zeigte ihr den Ausweis.

Sie war erstaunt, verbarg diesen Eindruck aber sehr gut. Doch Hans konnte die Emotionen seiner Gesprächspartner entschlüsseln, und er bemerkte es.

Nach ein paar Minuten saß er im Büro des Schulleiters. Er war ein Mann, der müde aussah. Kein Wunder, denn die Leitung einer solchen Einrichtung musste ein anstrengender Job sein, fast eine Quälerei.

Er erklärte ihm den Grund seines Besuches, sagte ihm aber nur, dass er mit Lehrern sprechen müsse, die die Schülerin Gail Whitman gekannt hatten, weil sie neue Informationen über ihren Mord hätten. Er erzählte ihm, dass Whitman im Jahr 2010, dem Jahr, in dem sie getötet wurde, Schülerin der Schule war, und dass sie dort lernte, seit sie vierzehn war. Der Mann suchte fleißig in seinem Computer nach der Datenbank der Mitarbeiter, die damals an der Schule arbeiteten, da er zu diesem Zeitpunkt nicht einmal in Wichita wohnte. Er sagte Hans, dass der Lehrer mit dem höchsten Dienstalter, und somit vielleicht die beste Person für das, was er wollte, Trevor Clifford war, der Mathematik unterrichtete. Es gab auch noch die Sportlehrerin und die Lehrerin für Literatur, aber Clifford war der Typ Lehrer, der sich für seine Schüler interessierte, und er war sicher, dass er sich an das junge Mädchen erinnern würde.

„Ist er im Moment hier?", fragte Hans.

„Ja", antwortete der Schulleiter, schaute auf seine

Armbanduhr und fuhr fort: „In fünf Minuten wird er den Unterricht beenden. Ich bringe Sie ins Klassenzimmer, damit Sie mit ihm reden können."

„Was ist mit den beiden anderen Lehrerinnen?"

„Lehrerin Cecil Tyler ist im Urlaub, und Lehrerin Claire Randolf nimmt an einer außerschulischen Aktivität mit den Theaterkindern teil. Aber ich kann Ihnen deren Kontaktinformationen geben."

„Die brauche ich. Dann wollen wir mal Trevor Clifford sehen."

Als sie das Büro verlassen wollten, schaute er den Schulleiter an, der seine Stimme erhob und sagte: „Aber hier ist ja Trevor, wir haben ihn anscheinend mit unseren Gedanken gerufen." Dann drehte er sich um und sah einen jovialen, rundlichen, glatzköpfigen, kleinen Mann mittleren Alters eintreten.

„Wir haben zufällig nach Ihnen gesucht. Agent Freeman vom FBI möchte Ihnen einige Fragen zu einer Absolventin dieser Einrichtung stellen. Miss Gail Whitman."

Hans bemerkte, wie sich die Muskeln in Trevor Cliffords Gesicht bei den Worten „FBI" und „Absolventin" anspannten. Er hatte den Eindruck, dass der Mann erschrocken war, doch als er hörte, um wen es sich handelte, legte sich der Schock. Er sagte sich - getreu dem Grundsatz, jedem zu misstrauen -, dass Clifford vielleicht ein Geheimnis hatte, das seinem Ruf in der Schule schadete, und dass es eine Aufgabe für das Team in Washington sein würde, seine Vergangenheit zu ergründen.

Aus dem Gespräch mit ihm konnte er keine eindeutigen Schlüsse ziehen. Trevor sagte, er erinnere sich sehr gut an Gail Whitman. Er beschrieb sie als eine junge Frau mit überdurchschnittlicher Intelligenz. Was auch immer der Lehrer verbarg, es schien in Hans' Augen nichts mit Gail zu tun zu haben. Zumindest dachte er das zu diesem Zeitpunkt.

Als er zu Harolds Haus fuhr, fühlte er sich erleichterter. Er war nicht mehr in der Schule und hoffte, nicht zurückkehren zu müssen. Er würde die Lehrerinnen anrufen, und wenn sich eine von ihnen an Gail erinnerte und etwas zu sagen hatte, würde er sie an einen anderen Ort bitten. Er war nach wie vor davon überzeugt, dass das Umfeld, das er unter die Lupe nehmen musste, das von Gail Whitman war. Darin lag der Schlüssel.

„Du warst ein kluges Mädchen, sagte deine Mathelehrerin, und deiner Mutter zufolge jemand, der seine Meinung auf sehr direkte Art und Weise sagte. Vielleicht haben beide Dinge zu deinem Tod geführt. Die Frage ist, ob dein Mörder dich gut kannte", sagte Hans laut und gab dem Lenkrad beim Fahren einen sanften Schlag.

9

IN LETZTER ZEIT wurde das Lederfenster seiner Rüstung offen gelassen, wofür er dankbar war, so musste er nicht in der Dunkelheit bleiben. Auch öffnete man den unteren Teil der Maske, als man ihn mit diesem Dreck fütterte. Es war Kuhfutter, da war er sich sicher. Es war dieser Geruch, den er so sehr hasste, an dem er erstickte, und von dem er nicht wusste, vor wie vielen Tagen er ihn das erste Mal wahrgenommen hatte. Wenn er es nicht gegessen hätte, wäre er verhungert. Diese stechenden Stängel, die seinen unglückseligen Gaumen verletzten, die Blätter, die so schmeckten, wie Insekten riechen, wenn man sie zerdrückt, und die bitteren, zerkleinerten Blüten, die sich inmitten so viel Härte verloren. Und der faule Tomatensaft, neben dem Glas Brackwasser, das man ihm jeden Tag gab.

Er hatte vermutet, dass er sich in einer Art verlassener Scheune befand. Er weinte Stunde um Stunde wegen dem, was man mit ihm machte, weil er wie ein Tier gefüttert wurde. Er kannte seinen Entführer, und obwohl er nicht wusste, wie viele Tage er an diesem schrecklichen Ort verbracht hatte, wusste er, warum. Das war praktisch die einzige Gewissheit, die er hatte. Er kannte den Grund, warum er ihn so sehr hasste.

Die Wochen vergingen und er verlor die Hoffnung, dass jemand käme, um ihn zu befreien. Warum suchten sie ihn nicht? Zumindest seine Mutter hätte eine Suche initiieren müssen. Es konnte nicht sein, dass sie ihn einfach so hatte verschwinden lassen, ohne sich zumindest ein wenig zu sorgen. Es sei denn, sie dachte, er sei irgendwo an einem Strand und genieße das Leben. Dieser Gedanke brachte ihn noch mehr zur Verzweiflung. Die Tage vergingen und er kannte während dieser nur zwei Gemütszustände: Verzweiflung und Resignation. Die Frage, die ihm vor dem Einschlafen im Kopf herumspukte, war immer dieselbe: Wie lange wird er mich hier behalten?

Er glaubte, dass er seit mehr als drei Monaten eingesperrt war, aber da er betäubt und verwirrt war, konnte er sich nicht sicher sein. Nichts, was er in der Vergangenheit begangen hatte, rechtfertigte diese grausame Strafe durch diesen Verrückten, den er seit seiner Kindheit kannte, ohne dass er etwas Seltsames an ihm entdeckt hatte.

In einem Augenblick wachte er auf, denn der Mörder bewegte ihn grob, und er wusste nicht, ob es Tag oder Nacht war. Dann hörte er, wie er zu ihm sprach.

„Ich habe ein neues Spielzeug gebaut, mit dem du dich wohler fühlen wirst. Zumindest wird es für mich leichter sein, dich zu füttern. Es ist ein Stuhl, so einer für bettlägerige Kranke, aber natürlich wirst du festgeschnallt sein. Das ist es, was du schließlich bist: ein gefährlicher kranker Mann voller Grobheit und Unhöflichkeit. Ich glaube nicht, dass du jemals wieder laufen wirst, und ich nehme an, du weißt auch warum. Du wirst nach und nach verschwinden. Ich habe einmal einen Film über einen Mann gesehen, der an Strahlung erkrankte und immer weniger wurde ... Da öffnest du wieder die Augen auf diese so komische Art und Weise! Wenn du sehen könntest, wie du bist, wie unmännlich. War es nicht das, was du über mich sagtest, nicht wahr? Dass ich ein Weichei wäre, das es nicht verdient hätte, dich zu begleiten. Ich weiß, dass deine Allgemeinbildung viel zu wünschen übriglässt. Du warst der Dümmste in der Klasse, doch ich frage mich, ob du wohl etwas über Eunuchen wissen wirst. Weißt du, dass der Verlust der Genitalien oder eines Teils davon die schrecklichste Erfahrung ist, der ein Mann ausgesetzt sein kann? Doch dazu werden wir noch kommen. Wir haben noch viel Zeit vor uns.‟

DER MÖRDER genoss das Spiel mit dem gefangenen Mann auf das Äußerste. Seit vier Monaten hielt er ihn in der Hütte eingesperrt. Er nutzte gerne die Zeit zwischen dem Hin- und Rückweg zur verlassenen Scheune für etwas Inspiration, um den Sieg zu genießen. Und so begleitete ihn während des einstündigen Weges die Musik von Wojciech Kilar oder ein anregendes Hörbuch. An diesem Tag, an dem er vier Monate Gefangenschaft feierte, hörte er im Auto Stephen Kings Hörbuch ‚*Friedhof der Kuscheltiere*‘. Er liebte es, sich vorzustellen, dass im Kopf seines Opfers etwas Ähnliches vor sich ging, wie im Kopf des Vaters des toten Jungen in dieser Geschichte: dass er sich nicht mit seiner neuen Situation abfinden konnte, dass sie quälend, unerträglich war. Er hätte alles dafür gegeben, in den Kopf des Mannes zu gelangen, den er gefangen hielt und den er in ein unerkennbares Monster verwandelte. Er las viel über Folter und Extremsituationen. So viel, dass er selbst erstaunt war, wie viele Bücher er gekauft hatte. Dieses Thema hatte ihn schon als Kind in seinen Bann gezogen.

Während er das Auto steuerte, schon kurz vor seinem Haus, entschied er, seinen Gefangenen ein paar Tage hungern zu lassen und auf der Rückfahrt zur Scheune etwas von Ray Bradbury zu hören. Science-Fiction war wundervoll und hatte ihn jahrelang als Zimmergenosse begleitet. Der Mann, den er in Stücke zerteilte, war der gefährlichste Bösewicht und er der beste aller Superhelden.

Als er nach Hause kam, duschte er und machte sich einen Gemüse-Couscous, während er fernsah. Es lief eine sehr billige Sendung und er beschloss wütend, das Gerät auszuschalten. Er kochte weiter und schnitt sich versehentlich in den Zeigefinger, wartete das Blut ab und sah zu, wie es auf seine offene Handfläche lief. Er lächelte, dann griff er nach einem Pflaster im Küchenschrank. Er wusch die Wunde, aber mit dem Kopf war er in der Scheune, bei dem Mann mit den abgetrennten Fingern. Diese Erinnerung versetzte ihn in gute Laune, denn er zerlegte ihn, er zerteilte ihn, er rächte sich mit Stil. Er beendete die Zubereitung des Abendessens und setzte sich hin, um den Fisch zu essen, den er zubereitet hatte. Es wurde für ihn immer schwieriger, Fleisch zu essen.

Dann, beim Anblick der Flasche Weißwein, den er zu seinem Couscous-Gericht genoss, sagte er sich, dass er bei seinem nächsten Besuch das Fleisch, die Haut und die Nägel des frisch amputierten Gliedes mit dem Rinderfutter mischen würde, das er sein Opfer essen ließ.

„Das wird lustig, er war als Kind immer ein verdammtes Biest, genau wie er …", sagte er zu sich selbst und dachte an eine andere wichtige Person aus seiner Vergangenheit.

Er trank den letzten Schluck Wein, räumte das Geschirr in den Geschirrspüler und ging zufrieden ins Bett.

10

„MANN, hast du zugenommen. Ich schätze, das FBI hat dich nicht so geschliffen, wie es sich gehört", sagte Harold und umarmte ihn.

„Und du bist alt", sagte Hans und erwiderte die Umarmung seines Mentors mit gleicher Intensität. Er mochte ihn wirklich, und er war gerührt, ihn wiederzusehen. Gealtert, mit großen Furchen im Gesicht, aber mit dem gleichen tiefen Blick in seinen hellblauen Augen. Und wie immer, seit mindestens vierzehn Jahren, wurde er von seinem Freund begleitet. Dem treuen Hund Leroy, der ihm nicht von der Seite wich. Hans erinnerte sich daran, wie er ihn zum ersten Mal sah. Er war ein Welpe, der in seine Handfläche passte.

In Harolds Haus war noch alles beim Alten. Es roch nach Tabak, bis hin zum Fell des alten Leroy. Sein Mentor war immer noch fit, vielleicht weil er weiterhin jeden Tag lief. Er war immer noch ein starker Mann. Er blieb der aufrechte Mann, der ihm das Denken beigebracht hatte.

„Wie geht es dir, lieber Sohn?", fragte der mit Worten voller Zärtlichkeit.

„Gut, gut. Ich komme klar."

„Wie kommst du mit „Hans' Dilemma" voran?"

Er lächelte sofort. Jahrelang hatte Harold über Hans' Motivation, Mörder zu fangen, und seine besondere Methode Theorien aufgestellt. Für ihn war Hans' Schlüssel die Fantasie. Er behauptete, dass Hans, wenn er einen Fall in seinem Kopf aufbaute, eine manchmal verzweifelte spekulative Phase durchlaufen musste, die wie eine Lawine über ihn stürzte. In dieser kamen ihm unangenehme Bilder und übertriebene Verdächtigungen in den Sinn, um dann den nützlichen, abgewogenen Vermutungen zu weichen, die dazu führten, dass er in der Untersuchung weiterkam und belohnt wurde. Doch wenn diese Befriedigung nicht schnell genug eintrat, wurde er frustriert, weniger effektiv, und das wahnhafte, spekulative Stadium wurde noch stärker. Das war das „Dilemma des Hans", der, um Fälle zu lösen, es aushalten musste, in die dunklen Abgründe des menschlichen Bösen einzudringen. Kurzum, er musste sich erneut dem stellen, was Terence Goren für ihn bedeutete.

„Sieh mich an, ich fange immer noch die Bösen."

„Ich bin sicher, dass du das tust. Du wirst es immer tun, und das ist es, was mich manchmal beunruhigt."

„Du weißt, dass du enorme Macht über mich hast, also mach dir keine Sorgen, denn dann fange ich auch an, mir Sorgen zu machen."

Sie saßen in bequemen Stoffstühlen auf der Veranda des Hauses. Harold nahm das Gespräch wieder auf.

„In Wahrheit ist das, was du tust, gar nicht so schlecht. Es ist der Mangel an Fantasie, der hoffnungslos ist, nicht das Übermaß an Fantasie. Du siehst, wie es in diesem Land zugeht, voller ängstlicher Menschen, die sich nichts anderes vorstellen können als die Gefahr, die andere für sie darstellen. Und die Politiker dort, die dieses Misstrauen fördern, um Stimmen zu gewinnen. Ich glaube also, dass du für den bestmöglichen Grund arbeitest, und du weißt, dass ich das auch getan habe. Nämlich dafür, die wirklich gefährlichen Leute einzusperren, damit wir anderen, die harmlosen, in Frieden und Vertrauen leben können."

„Du kennst mich besser als jeder andere", sagte Hans und stimmte ihm zu.

„Und Fatima?", fragte Harold spitzbübisch.

„Fatima ist nicht mehr bei mir. Ich schätze, dass ihr das, was du als mein Dilemma bezeichnest, nicht gefiel. Sie konnte meine Abwesenheit und meine Ticks nicht ertragen."

„Das tut mir leid", sagte Harold.

Und er meinte es ernst. Er wollte Hans nicht beunruhigen, aber er meinte, es sei nicht gut für seine geistige Gesundheit, so lange allein zu sein.

„Ich möchte dir nur einen Ratschlag von einem alten Mann geben. Hör auf, nach dem Hans Freeman zu suchen, der du hättest sein sollen. Wenn du bei den Fällen nicht so weiterkommst, wie du es dir wünschst, fängst du an, dir selbst die Schuld zu geben, und die alten Sünden kehren zurück, die mehr schaden als nützen."

„Ich weiß, Harold", stimmt Hans ihm zu und streichelte Leroy, der neben ihm saß.

Den Rest des Nachmittags verbrachten sie damit, sich in aller Ruhe über die neuen Ermittlungsmethoden des FBI zu unterhalten, und dann kamen sie auf Hans' Mutter zu sprechen. Harold zeigte ihm, wie sehr er sich über die Nachricht freute, dass es seiner Mutter gut ging. Sie tranken mehrere Biere, die sich neben den Stühlen, auf denen sie saßen, auftürmten. Es war lange her, dass Hans sich so ruhig gefühlt hatte. Das war immer der Fall, wenn er mit seinem Freund zusammen war, denn dann fühlte er, dass er sich von den Berechnungen, Verdächtigungen und den unangenehmen Gedanken erholen konnte.

Es gab einen Moment der Stille, in dem Hans sich sehnlichst wünschte, dass Harold noch lange leben würde. Er fühlte sich wie ein Kind, eingetaucht in diesen Wunsch, und dann trocknete er seine Augen, als Harold Leroy ansah. Denn er wollte nicht, dass sein guter alter Freund ihn weinen sah.

„Leroy ist schon müde. Wenn er die Leine sieht, erkennt er sie, aber er steht nicht einmal mehr auf oder bellt. Aber man weiß ja, dass er sich erinnert. Ich glaube, die Vergangenheit hält ihn am Leben. Wenn ich einmal sehe, dass er hoffnungslos leidet, schläfere ich ihn ein", sagte Harold und hob die Leine auf, die er von irgendwoher genommen hatte, ohne dass Hans es bemerkt hatte.

Dann dachte er, dass es wahr war, dass der Hund die Leine wiedererkannte, den Spaziergang. Der Hund, der den Gegenstand in Harolds Hand betrachtete, erinnerte ihn auf besondere Weise an das schöne grünäugige Mädchen neben ihm im Flugzeug. Das auf dem Foto, das Valerie Crawford ihm gegeben hatte. Es war derselbe Blick in Leroys Augen, so als würde er etwas erkennen, das ihm vertraut und wichtig war. Es war idiotisch von ihm, sagte er sich, die Schule nach Gails Spur zu durchsuchen, wenn sie doch woanders zu finden war.

Als Nächstes würde er sich an Julia Stein wenden.

11

MANCHMAL BRAUCHEN wir ein klareres Ziel, um ein Trauma zu überwinden. Zumindest brauche ich das. Deshalb hatte ich auf dem Weg nach Park City zwar Angst, konnte mich aber beherrschen. Ich hatte nie daran gedacht, außerhalb von Familienterminen freiwillig nach Hause zu gehen. Als Richard starb - nur da - sah ich das Gesicht meiner Mutter wieder.

Aber jetzt wurde ich von etwas Stärkerem angetrieben: dem Verlangen, Dinge herauszufinden. Das Treffen mit Frank und die Tatsache, wie gut es für uns gelaufen war, hatte mich gestärkt. Ich tat es auch für Gail, die eine gute Freundin von mir war. Es schien wie Ironie des Schicksals, dass der Tag, an dem Frank mich angriff, derselbe war, an dem sie getötet wurde. Vielleicht dachte ich deshalb, ich sei ihr etwas schuldig, weil sie tot war und ich es geschafft hatte, zu überleben.

Dann plante ich, was ich machen wollte, wenn ich nach Hause kam. Natürlich würde ich mit meiner Mutter sprechen müssen, aber nur so viel wie nötig. Ich nahm an, dass

Patrick mit seiner Frau Madeleine dort sein würde. Nicht, dass ich ihn nicht gemocht hätte, aber ich hätte mir gewünscht, dass er mehr Persönlichkeit hätte.

Nach fünfzehn Minuten kam ich an. Mir fiel auf, dass der Garten gut gepflegt war. Meine Mutter war immer gut darin, sich um Dinge zu kümmern, und schlecht darin, für Menschen zu sorgen. Ich hatte noch Schlüssel, also ging ich hinein. Ich hörte ein Geräusch in der Küche. Das war sie. Sie kam auf mich zu und küsste mich auf die Stirn. Das war mir unheimlich, und ich wusste nicht, was ich davon halten sollte. Ich glaube, ich wurde von unten mit etwas überflutet, wie von einer heißen Flüssigkeit aus meinen Beinen, die wie Lava nach oben lief, aber es verursachte keine Schmerzen, nur Verwirrung. Nach dem Kuss sagte sie nichts zu mir und ging zurück in die Küche, in der es nach Apfelkuchen roch. Ich hasste mich dafür, aber ich konnte es kaum erwarten, Mutters Apfelkuchen wieder zu probieren. Uns allen dreien schmeckte er, vor allem Richard.

Ich bemerkte, dass Patrick nicht da war und Madeleine auch nicht. Ich beschloss, sofort auf den Dachboden zu gehen, um die alten Kisten zu durchsuchen. Während ich das tat, erfüllte mich eine unbestimmte Angst, die immer stärker wurde, bis es kribbelte. Als ich die Tür öffnete, spürte ich, wie sie sich an meinen Rücken klammerte. Kalter Schweiß überkam mich und meine Hände zitterten. Ich atmete dreimal ein und aus, damit die Luft meine Lungen durchfluten und ich mich beruhigen konnte. Ich wusste, dass es das Schlimmste war, diese schreckliche Treppe zu überwinden, denn dann würden mich böse Erinnerungen überfluten. Als ich schließlich die kleine Dachbodentür schloss, hörte das Zittern auf.

Ich war mir sicher, dass dort schon lange niemand mehr

gewesen war. Wahrscheinlich, seit Richard gestürzt war. Ich schüttelte den Kopf, um das zu vergessen, und ging weiter. Alles war staubig und voller Spinnweben. Ich schaltete das Licht an und hörte ein Geräusch, das von der Lampe an der Decke kam. Ich wusste nicht, was es verursachte, und dachte, es könnte ein Schmetterling sein. Aber ich wunderte mich, denn ich glaubte nicht, dass in letzter Zeit jemand dort oben gewesen war. Ich meine, diese kleinen Viecher kleben an Glühbirnen und suchen nach Licht, und sie würden nicht herumflattern, wenn die Glühbirne jahrelang nicht eingeschaltet gewesen wäre. Es sei denn, Mutter oder Patrick wären dort gewesen und hätten nach etwas gesucht …

Ich war mindestens eine Stunde lang auf dem Dachboden eingeschlossen und schaute mir alte Papiere, meine Hefte, Kleider und Schuluniformen an. Ich fand einige Bilder, auf denen ich schrecklich aussah, mit einer Frisur, die mir überhaupt nicht stand. Auf einem waren Gail abgebildet, ihr Freund, der Bau-Junge, einige andere Jungen aus der Schule, an deren Namen ich mich nicht mehr erinnere, und ich. Ich glaubte, mich daran zu erinnern, dass das Foto für ein Theaterstück oder so gedacht war. Ich öffnete die vierte und letzte Schachtel und fand einen Brief von Gail in einer Karte, die sie mir zu meinem Geburtstag geschenkt hatte. Gail hatte an diesem Nachmittag nicht mit mir gefeiert, weil sie etwas anderes zu tun hatte, so oder so ähnlich hatte sie es mir gesagt. Ich dachte, sie hätte einen anderen Freund als Elvin Bau, wollte es mir aber nicht sagen. Außerdem trug sie damals neue Sachen; einen teuren Rock, ein schönes Armband … Natürlich, das war es! Gail war mit jemandem zusammen, und sie wollte mir nichts sagen! Wie konnte ich das übersehen?

Ich legte alles zurück, außer Gails Karte, die ich in die Tasche meiner Bluse steckte. Ich schaute aus dem kleinen runden Fenster auf dem Dachboden, konnte aber vor lauter Staub nichts sehen. Ich sah mich nach etwas zum Reinigen um und fand ein Tuch auf einem Tisch. Ich griff danach, doch dann erkannte ich es. Es war das T-Shirt von Richard. Entsetzen durchflutete meinen Körper und ich ließ es sofort fallen. Dann sagte ich mir, dass ich mich zusammenreißen muss und nahm es wieder in die Hand. Es war nur ein Stück Stoff, das von jemandem getragen wurde, der mich nicht mehr verletzen konnte. Ich drückte es wütend zusammen und ging zum kleinen Fenster. Das wischte ich mit dem T-Shirt ab, öffnete es, und die Luft schlug mir ins Gesicht. Die Wahrheit war, dass mir der Schweiß in Strömen lief, aber ich hatte es nicht einmal bemerkt. Wenn ich voll Aufregung bin, passiert genau das mit mir, ich spüre praktisch nichts in meinem Körper. Ich kannte eine Frau, die eine Schießerei an einer Schule über-lebt hatte, und auch sie sagte, dass sie, obwohl eine Kugel ihr Bein getroffen hatte, nichts spürte, bis sie ins Kranken-haus kam. So etwas könnte auch mir passieren.

Ich schaute auf das Haus der Baus, in dem die Zeit stehengeblieben zu sein schien. Auf den perfekten weißen Zaun, die Kiefern an den Seiten und die runden Mauern. Ich erinnerte mich daran, wie oft ich geträumt hatte, dass es mein Haus wäre. In diesen vielen Augenblicken, in denen ich aus meinem fliehen wollte.

Ein Geräusch kam von draußen, wie das von einem umfallenden Sandsack. Erwartungsvoll blieb ich stehen, aber ich hörte nichts weiter. Dann berührte jemand meinen Rücken. Ich erschrak und sprang auf. Es war Patrick. Er fragte mich, was ich auf dem Dachboden mache. Ich hatte den Eindruck, dass er sich bei dem Gedanken, dass ich dort herumstöberte, äußerst unwohl fühlte. Ich konnte feststellen, dass er sogar einen bedrohlichen Ton anschlug.

In dem Moment war mir der Grund nicht klar, und ich antwortete ihm, dass ich nur dabei war, mich zu erinnern.

12

PATRICK ÄNDERTE SEINEN TONFALL. Was auch immer ihn
beunruhigt hatte, es schien sich in Luft aufgelöst zu haben,
und er lud mich zum Mittagessen ein. Er erzählte mir, dass
er erst seit vier Wochen dort war und Mamas Unverschämtheit und ihre versteckten Angriffe auf Madeleine
nicht mehr ertragen konnte. Mama weiß, wie man so raffiniert angreift, dass nur der Angegriffene es merkt, und für
die anderen Anwesenden ist sie eine süße Dame. Das ist
eines der beunruhigendsten Dinge an Maggie Olson,
meiner Mutter.

Ich nahm die Einladung gerne an. Das war eine ausge-
zeichnete Gelegenheit, um Patrick das, was er über Gail
wüsste, zu entlocken. Er war ein guter Freund der Baus. Ich
erinnerte mich sogar daran, dass er manchmal mit Gerard
Bau, dem Vater von Margaret und Elvin, zelten gegangen
war. Das war für mich in Ordnung, denn so war er nicht
auf Richards Kosten zu Hause.

Wir gingen in ein Thai-Restaurant in Eastborough. Ich
glaube, er wollte weit genug von zu Hause weg, um sich ein

wenig von Mama zu befreien. Damals dachte ich, Patrick würde nicht lange bei ihr wohnen. Letztendlich war es ein furchtbarer Fehler, zu erwarten, dass alle in diesem Haus lebten. Wer auch immer auf diese Idee gekommen war. Ich kannte dieses Restaurant, weil es in Mode war und wir dort den Geburtstag von jemandem aus dem Büro gefeiert hatten. Es war recht gut.

Während des Essens, an dem auch Patricks Frau teilnahm, bombardierte ich ihn mit Fragen über Gail und Elvin. Mir fiel auf, wie er mir auswich. Entweder konnte er mir nichts sagen, oder er wollte es nicht. Jedes Mal wechselte er das Thema, wenn ich Gails Namen fallen ließ, wurde nervös, wenn ich Elvin erwähnte, und lenkte das Gespräch auf ein anderes Thema, indem er das *Pad Thai* kommentierte, das wir gerade aßen. Madeleine aß nichts, weil ihr, wie sie sagte, von thailändischem Essen schlecht wurde. Ich fand es rücksichtslos von Patrick, dieses Restaurant vorzuschlagen, obwohl er wusste, dass sie mit uns gehen würde. Da fing ich an, unschöne Dinge über meinen jüngeren Bruder zu denken, und das tat mir weh.

Auf meinem Handy erschien eine Nachricht. Madeline zuckte zusammen. Sie wirkte wie ein verängstigtes Kaninchen. Ich nahm das Telefon und sah, dass ich eine Mitteilung von Frank erhalten hatte: „Der bärtige FBI-Mann war in der Schule und hat sich nach Gails Hintergrund erkundigt. Sieht so aus, als hättest du Recht. Küsse." Ich las den Text und legte das Telefon zurück auf den Tisch. Dann stand Patrick auf und sagte, er müsse telefonieren. Als er ging, packte Madeleine mich am Arm und sagte mir etwas Außergewöhnliches.

„Einmal hat Patrick zu viel getrunken und mir gestanden, dass Gerard Bau ein ganz anderer Mensch ist, als er zu sein scheint, und dass er zusammen mit Otto Dupont im Club schreckliche und kriminelle Dinge mit Menschen macht."

Madeleine schaute eindringlich dorthin, wo Patrick hinausgegangen war. Ich hatte den schrecklichen Eindruck, dass mein jüngerer Bruder seine Frau nicht gut behandelte. Wäre so etwas Schreckliches möglich? Es wäre nicht das erste Mal, dass ein gutmütiger und scheinbar gut gelaunter Mann hinter geschlossenen Türen eine Bestie war. Ich wusste es.

„Welcher Club?", fragte ich.

„Ich weiß es nicht. Ich schätze, der mit den Turnieren und den Reisen. Ich meine diesen Mann Gerard und auch Otto Dupont, ich weiß nicht … sag Patrick nicht, dass ich dir das erzählt habe."

Dann sah sie ihn kommen und wandte sich von mir ab. Sie griff nach dem Glas mit dem Wasser und trank ein wenig.

Was ängstigte Madeline derart? Ich wusste, wann eine Person eine Panikattacke hatte. Ich hatte auch tiefe Ängste gespürt, und das war es, was ich in ihr sah, und vielleicht am Ende auch in Gail. Ich wusste, dass ich etwas übersehen hatte, aber ich konnte nicht mehr ins Gedächtnis zurückholen, was es war.

Würde ich mich doch bloß besser an meine gute Freundin Gail erinnern!

13

HANS KEHRTE INS DEPARTMENT ZURÜCK, nachdem er ein großes, fast blutiges Beefsteak im Kobe Steak House verschlungen hatte.

Juliet Rice klopfte mit einem Laptop in der Hand an Hans' Bürotür.

„Hier sind die Fotos, um die du gebeten hast", sagte sie und ging zu dem Tisch hinüber, an dem sie ihre Sitzungen abhielten.

„Lass uns einen Blick auf sie werfen", sagte Hans ermutigt.

Sie sahen sich einige Minuten lang die Bilder auf Julias Computer an. Dann zeigte Hans mit dem Zeigefinger auf eine Stelle auf dem Bildschirm.

„Siehst du das? Es handelt sich um dieselben Spuren, die auch am Haus von Elaine Perales zu sehen waren."

„Das ist richtig. Sie sind identisch", sagte Julia zwischen Erstaunen und Zufriedenheit und ließ den Stift fallen, den sie in der Hand hielt.

In diesem Moment traf Anne ein und wurde auf den neuesten Stand gebracht.

„Das bestätigt, dass der Mörder sie in ihren Wohnungen aufsucht. Die Wand in Megans Haus und die Wand in Elaines Haus haben die gleichen Spuren. Aber wodurch können sie entstehen?", fragte Hans.

Juliet fühlte sich schlecht, weil sie nicht wusste, was sie antworten sollte.

„Ich werde Cotten bitten, nicht nur die Fundorte der Leichen, sondern auch die Wohnungen der Opfer und deren Umgebung weiter zu untersuchen. Wir haben Sicherheitsvideos aus der Umgebung. Dr. Jobs analysiert gerade das Seil, das wir um Elaines Hals gefunden haben. Noch hat er nichts", sagte Anne.

„Es sieht so aus, als ob der Kerl die Handys der Opfer aufbewahrt. Wir haben sie weder in ihren Wohnungen noch in ihren Autos oder in den Büros, in denen sie gearbeitet haben, gefunden. Auf den Computern gibt es bisher noch nicht. Nichts, was eine Verbindung zwischen ihnen herstellt. Wir haben Busch befragt, und er hat zugegeben, dass er eine Beziehung mit Elaine Perales hatte, aber an dem Wochenende, an dem Elaine starb, war er nach eigenen Angaben in Texas. Wir überprüfen das Alibi", berichtete Juliet.

Hans nickte, schwieg und versuchte, Anne und Julia zu vermitteln, dass er allein gelassen werden wollte. Anne war die Erste, die dies bemerkte, und nach ein paar Minuten beendeten sie die Vorbesprechung.

Als Hans sah, wie Anne das Büro verließ, wollte er sie aufhalten und sie einladen, ihn zum Haus von Elvin Bau zu begleiten, dem jungen Mann, der Gail Whitmans Freund gewesen war. Aber im letzten Moment entschied er sich dagegen, weil er sie noch nicht davon überzeugt hatte, dass der Mord an dem Whitman-Mädchen und die anderen drei Morde zusammenhingen.

Er blieb allein und dachte nach. Es ging darum, sagte er sich, überzeugend erklären zu können, warum der Mörder acht Jahre gewartet hatte, um wieder zu töten. Zuerst Alice vor genau einem Monat, dann Megan vor vierzehn Tagen und schließlich Elaine am selben Tag, an dem er in Wichita ankam. Wenn er nur wüsste, warum er so lange gewartet hatte, bis er wieder tötete, und warum er es jetzt mit einem minimalen zeitlichen Abstand tat. Vielleicht war der Mörder dabei, sich zu verwandeln, sich selbst zu verändern, und das Töten war notwendig, um dies zu erreichen. Hans war jedoch besorgt über die Häufigkeit der Morde. Er sagte sich, dass der Tod von Alice für diesen Mörder vielleicht eine neue Form des Anfangs war, ein neues Kapitel in seinem Leben.

Das Motiv, das ihn zum Töten trieb, war Hans noch nicht klar, und das missfiel ihm. Er beschloss, sofort zum Haus der Baus zu fahren, um sich nicht von seiner Frustration herunterziehen zu lassen. Doch als er merkte, dass es schon halb zehn Uhr abends war, zog er es vor, den Besuch bei Dorothea Bau auf den nächsten Morgen zu verschieben. Außerdem befand sich das Haus in Park City, fünfundzwanzig Kilometer von der Dienststelle entfernt, und auf keinen Fall würde er zu einer vernünftigen Zeit dort ankommen.

Also ging er ins Hotel und verbrachte einen Teil der Nacht damit, sich die Bilder der Spuren an den Wänden der Häuser der Opfer anzusehen und sich zu fragen, wie sie entstanden sein könnten. Er schlief auf dem Bett ein, mit dem Laptop auf dem Schoß und dem Bericht, den das

National Center für die Analyse von Gewaltverbrechen des FBI veröffentlicht hatte, einer Zusammenstellung von vierhundertachtzig Verbrechen, begangen von zweiundneunzig Serienmördern. Er hatte sich den Bericht vorgenommen, um sich ein Bild von der Motivation des Mörders und der Auswahl seiner Opfer zu machen. Hans stellte sich viele Fragen, und er hatte fast keine Antworten.

„Warum schneidest du ihnen die Füße ab? Sind sie etwa dein Souvenir? Was machst du mit ihnen? Du bist nicht an sexuellen Übergriffen interessiert, und damit gehörst du zu lediglich zweiundzwanzig Prozent der Serienmörder. Du schläferst sie ein, damit sie nicht so sehr leiden …" Dies wiederholte er laut vor sich hin, bis er einschlief.

Um vier Uhr morgens wachte er auf, kochte Kaffee und stieg ins Bad, um sich zu entspannen. Er wusste, dass er das tun musste, um klarer denken zu können. Er war matt, und es störte ihn, dass die Ideen in seinem Gehirn wie erstarrt waren. Eine Folge seiner Müdigkeit. Als er das warme Wasser spürte, dachte er an Fatima. Sie war vor allen Dingen ein wunderbarer Mechanismus zum Stressabbau. Seit sie zusammen waren, hatten die Kopfschmerzen, die er wegen des Schlafmangels hatte, abgenommen. Natürlich musste er ein wenig mehr auf seine Gesundheit und vielleicht auch auf sein Aussehen achten. Er wollte nicht so komisch wirken wie Monk, der berühmte Detektiv aus der Fernsehserie, die er mit seiner Mutter gesehen hatte. Er dachte daran, dass er sie anrufen würde, wenn er aus dem Bad käme, um zu fragen, wie es mit ihrer Allergie aussähe, obwohl er annahm, dass sie auf dem Weg der Besserung war, und er tauchte ganz in das heiße Wasser der Badewanne ein. Dabei betrachtete er die Armlehne. Sie erinnerte ihn auch an seine Mutter und an das Geländer, das er in dem Haus installiert hatte, das er für sie gekauft hatte. Sie konnte jetzt nicht mehr so gut laufen.

Plötzlich tauchte er auf und rief: „Ein Rollstuhl macht diese Spuren!"

„Danke, Mama", sagte er etwas leiser.

Die Erinnerung an ihr Lächeln, wie sie in dem Stuhl saß und seine Hand hielt, ließ es ihn begreifen: Der Mörder holte die Frauen mit einem Rollstuhl aus ihren Häusern, und da die Wände in Megans und Elaines Haus hell gestrichen und der Flur zur Ausgangstür eng war, hinterließ der Rollstuhl eine Spur. Die Erinnerung an die Kratzer an den Wänden des Hauses, das er für seine Mutter gekauft hatte, brachte ihm die Lösung.

Dann stieg er sofort aus dem Bad, legte sich das Handtuch um die Taille, trocknete sich mit einem anderen kleinen Handtuch ein wenig die Haare und suchte im Zimmer auf dem Nachttisch nach seinem Handy. Er rief Anne an, um ihr zu sagen, dass sie die Nachbarn der Opfer noch einmal interviewen und gezielt danach befragen sollte, ob diese in den Nächten, in denen die Frauen verschwanden, jemanden gesehen hatten, der einen Rollstuhl schob.

14

HANS WAR AUFGRUND DER ENTDECKUNG, die er gerade gemacht hatte, in besserer Stimmung. Er war auf dem Weg nach Park City, zum Haus der Familie Bau. Als er bei der Adresse ankam, stieg er aus dem Auto und blieb vor einem weißen Gebäude stehen, das ihm sehr glanzvoll vorkam. Wie eine Perle. Es war ein Haus mit gebogenen Wänden. Von Anfang an war ihm das Gebäude unangenehm.

Er klopfte an die Tür und hörte eine raue Stimme auf der anderen Seite der altmodischen Gegensprechanlage.

„Guten Morgen. Was wünschen Sie?"

„Ich bin hier, um mit Frau Dorothea Bau zu sprechen. Ich bin Hans Freeman, FBI-Agent."

Er hatte noch nicht ganz zu Ende gesprochen, als er hörte, wie sich die Tür öffnete. Er stieß das Tor auf und betrat den Garten. Mitten im Gebüsch stand eine grauenhafte Skulptur: ein geflügelter Mann. Er ging weiter auf einem Weg aus Terrakottafliesen und erreichte das Haupttor. Dann öffnete sich die Tür, und eine verbitterte, verbissene Frau von etwa fünfzig Jahren erschien. Hinter ihr sah er ein Mädchen, das der Frau sehr ähnlich sah. Sie hatte, anders als ihre Mutter, einen spöttischen, hyänenhaften Gesichtsausdruck. Er vermutete, dass diese junge Frau von etwa vierundzwanzig Jahren, Margaret, Elvins Schwester, war. Das unangenehme Lächeln auf dem Gesicht schien permanent und bösartig. Als ob sie eine perverse Quelle der Freude hätte. Wie Goren …

„Warum kommt das FBI zu mir nach Hause?", sagte Dorothea kalt, als sie die Tür hinter Hans schloss und ihn aus seinen ersten Überlegungen über die Tochter herausriss.

„Weil wir die Umstände des Todes der jungen Gail Whitman untersuchen", antwortete Hans.

„Daher. Dieses Mädchen ist auch nach ihrem Tod noch ein Problem für meine Familie. Ehrlich, ich habe keine Ahnung, was Elvin in ihr sah. Aber in diesem Alter macht man wirklich einen Fehler nach dem anderen. Kommen Sie hier entlang."

Die Frau zeigte ihnen, wohin sie gehen sollten. Sie gelangten in einen Raum, der vollgestopft war mit Dingen, die aussahen, als wären sie aus weiter Ferne hierherge-bracht worden. Auf ihn wirkte der dekorative Stil der Baus ausgesprochen scheußlich, völlig überladen. Auf der Konsole, neben dem Kamin, standen Trophäen, von denen er annahm, dass sie Gerard Bau für sportliche Wettbewerbe in einem Club verliehen worden waren.

Im Wohnzimmer angekommen, zeigte Dorothea ihm, wo er sitzen sollte. Sie war eine Frau, die so nervtötend war wie ihr Haus.

Margaret ließ sich neben ihrer Mutter nieder.

„Wenn Sie mit meinem Sohn reden wollen, verschwenden Sie Ihre Zeit. Ich würde auch gerne mit ihm reden, aber er hat sich seit über einem Jahr nicht mehr bei mir gemeldet. Das letzte, das ich hörte, war, dass er auf einem Schiff ist, oder so."

„Es ist ein Handelsschiff aus Russland", sagte Margaret, und Hans erkannte die raue Stimme, die er zuvor gehört hatte.

„Sie weiß mehr über ihn als ich selbst. Und was können Sie über Gail Whitman herausfinden wollen, wenn ihr Fall gelöst ist? Das Mädchen war eine lausige Gesellschaft, ziemlich unhöflich und oft unverschämt. Aber natürlich bin ich nicht froh darüber, dass sie so geendet ist."

„Sie war interessant", sagte Margaret, starrte Hans an und hörte nicht auf zu lächeln.

Er hatte den Eindruck, dass sie etwas verbarg und dass es ihr Freude bereitete, dies zu tun.

Dieses Paar verschaffte ihm ein ausgesprochen ungutes Gefühl. Vor allem die Tochter. Sie waren wie moderne Schicksalsgöttinnen.

„Warum war sie Ihrer Meinung nach interessant?", fragte Hans und runzelte ein wenig die Stirn.

„Weil sie intelligent war. Kluge Menschen langweilen nicht so sehr wie andere."

„Sie war nicht klug genug, um zu erkennen, dass es ein fataler Fehler war, allein diese Straße entlangzugehen."

„Das ist nicht fair, Mutter. Niemand konnte wissen, dass sie mit einer Prostituierten verwechselt werden würde. Oder glauben sie jetzt, dass es das nicht war?", sagte Margaret, und Hans bemerkte einen ganz kleinen scherzhaften Ton in der Bemerkung. Er war überzeugt davon, dass sie zu den Menschen gehörte, die sich an den Fehlern anderer erfreuen.

„Erkennst du die Personen auf diesem Foto?", fragte er das Mädchen und hielt ihr das Foto hin.

Dann studierte er ihr Gesicht, während sie auf das Bild in seinen Händen hinunterblickte. Er überzeugte sich davon, dass sie vor allem ein Mädchen war, das allergisch auf das Glück anderer reagierte, vielleicht weil sie sich selbst als benachteiligt betrachtete. Vielleicht hielt sie sich für unattraktiv, obwohl Hans das nicht glaubte.

„Natürlich. Ich kenne sie alle. Das ist Julia Stein, das ist mein Bruder, aber das wissen Sie ja schon. Das hier ist Joshua Grimes, das ist Laurie Backland, und der Jüngste ist Robert Hastings. Die Einzige von ihnen, die noch in Wichita lebt, ist Julia Stein Olson."

15

Als ich nach Hause kam, hatte ich immer noch nicht das unangenehme Gefühl überwunden, das mich seit dem Mittagessen mit meinem Bruder und Madeleine verfolgte. Ich wollte nicht einmal daran denken, dass Patrick sie missbrauchen könnte. Er war Zeuge von Richards Misshandlungen und hatte die Hölle zu Hause kennengelernt, wenn auch in sehr jungem Alter. Könnte Patrick zum Täter werden? Diese Frage plagte mich. Also beschloss ich, mich nicht einzuschließen. Ich ließ das Auto zu Hause stehen und ging zu Fuß ins Othello. Ich dachte, ein Spaziergang würde mir guttun. Ich sagte mir, dass ich Madison anrufen würde, wenn ich dort ankäme und ihr erzählen, was ich vorhatte. Es tut mir gut, mit Madi zu reden, wenn ich verwirrt bin.

Nach zwölf Minuten ging ich durch die Bartür. An denselben Ort, an dem ich Frank vor kurzem wiedergetroffen hatte. Ich schaute auf mein Handy, um zu sehen, ob ich nicht irgendwelche Nachrichten von ihm hatte. Die letzte SMS, die er mir schrieb, handelte von dem FBI-

Agenten, und ich war überrascht, dass er mich nicht zu sich nach Hause einlud oder ein neues Treffen vereinbaren wollte. Vielleicht ließ er mir Freiraum, damit ich die Dinge in meinem eigenen Tempo angehen konnte.

Ich bestellte einen Martini bei dem Mädchen mit dem grünen Schmetterlingstattoo im Nacken, das mich häufig bediente und nach dessen Namen ich nie gefragt hatte. Sie wusste, dass ich Martinis trank wie mein Vater. Anstelle von Oliven bat ich sie, ihn mit einem kleinen Stück Zwiebel zuzubereiten. Mein Vater hatte mich davon überzeugt, dass dies das Originalgetränk war, und ich glaube, ich fand es sogar bestätigt, denn in einem Roman von Agatha Christie las ich, dass sie es dort ebenso machten. Jedes Mal, wenn ich den ersten Martini des Abends trinke, denke ich an Papa. Ich glaube, er war wunderbar. Vielleicht ein bisschen schwach im Charakter und sehr an traurigen Liedern interessiert. Er suchte eifrig nach nostalgischer Musik, die ihn etwas fühlen ließ. Ich erinnere mich auch morgens an ihn, sobald ich aufwache, und begrüße ihn in meiner Fantasie. Es ist für mich wie eine Begrüßung der guten Dinge, die mir an diesem Tag widerfahren könnten. Er starb sehr früh und erfuhr nie von dem Missbrauch durch meinen Bruder Richard. Ich weiß, dass zu Hause alles anders gewesen wäre, wenn Papa länger gelebt hätte.

Plötzlich füllte sich die Bar mit Menschen. Ich glaube, weil sie ein Fußballspiel von Liverpool zeigten, und wenn das passierte, kamen viele begeisterte Fans. So als ob wir in England wären. Der Gin begann in meinem Kopf zu wirken. Ich dachte wieder an Frank, und obwohl ich es nicht wollte, erinnerte ich mich an den Angriff in jener Nacht, als ich ihn verlassen hatte. Ich sagte mir, dass er sehr reumütig zu sein schien und dass ich dieses lange zurückliegende Ereignis auf die leichte Schulter nehmen sollte. Frank kannte mich schon mein ganzes Leben lang, und es ist ein großer Trost, jemanden in der Nähe zu haben, der keine Geheimnisse hat. Ich fühlte mich besser, ließ das kalte Glas an meine Lippen stoßen und erinnerte mich an Franks Küsse. Ich wollte gerade meinen dritten Drink bestellen, als ich mich plötzlich dagegen entschied. Es war an der Zeit, nach Hause zu gehen. Mir gefallen überfüllte Orte nicht besonders. Außerdem hatte ich erreicht, was ich wollte, nämlich meine Zweifel an Patrick zu vergessen. Eiskalter Gin ist wunderbar geeignet, um Vergesslichkeit hervorzurufen und mich in das zu versetzen, was Dr. Lipman die Fluchtphase nennt. Er sagt, ich sei selbstzerstörerisch und suche nach Gefahren, und dann wüsste ich nicht, was ich mit ihnen anfangen soll. Ich zögere, laufe weg und suche dann nach einer noch größeren Gefahr.

Es ist wie eine Spirale, und die Wahrheit ist, dass ich akzeptieren muss, dass ich so bin. Ich habe einige Nachforschungen angestellt, und dies sind Merkmale der verführerischen Persönlichkeit. Man könnte es „Julia Steins gefährliche Spirale" nennen. Jetzt war ich sicherlich in der Phase des Zweifelns und des Weglaufens vor der Gefahr. Weil ich meinen Bruder verdächtigte, gewalttätig zu sein und Geheimnisse zu haben, und das war für mich so unerträglich, dass ich nicht einmal nach Hause gehen und schlafen konnte. Dann sagte ich mir, dass ich in Bezug auf Patrick zu viel Aufhebens machte, weil wir alle Geheimnisse haben. Und dass er vielleicht wegen irgendeiner Dummheit nicht über die Vergangenheit sprechen wollte und nicht, weil er jemand Gefährliches war oder in irgendeiner Weise mit Gerard Bau in Verbindung stand. Geschweige denn mit dem, was mit Gail passiert war.

Tatsächlich waren die Martinis des grünen Schmetterlingsmädchens wunderbare Begleiter, um sich von schmerzhaften Verdächtigungen abzulenken. Das einzig vergleichbare ist Madi, die wie ein menschlicher Martini ist: erfrischend, unvoreingenommen und unerschrocken. Ich wollte sie anrufen, damit sie in die Bar kommt, aber das tat ich dann doch nicht. Sonst hätte sie vielleicht gewusst, dass jemand dabei war, mich zu verfolgen, mich zu stalken.

Ich saß noch eine Weile an der Bar und bemerkte, dass sich das Lokal langsam leerte. Zumindest wurde der Lärm der Stimmen leiser, und ich begann, einem Lied zuzuhören, das ich mochte, aber nicht identifizieren konnte. Plötzlich erinnerte ich mich an das Spitzenkleid, das Frank für mich genäht hatte. Ich hätte es in diesem Moment gerne getragen, denn ich fühlte mich attraktiv. Vielleicht meinte es der „Grüne Schmetterling" mit den Getränken zu gut.

Ich glaube nicht, dass meine Erscheinung in Bezug auf Schönheit so konkurrenzfähig ist, aber Tatsache war, dass ich einem Mann am Ende der Bar zu gefallen schien. Er schaute mich eindringlich an, und ich fand ihn auch interessant. Er trug eine schöne schwarze Jacke, hatte lange dunkle Haare und war sehr groß. Ich mochte seine gerade, griechisch anmutende Nase. Oder besser gesagt, die Kombination aus seiner Nase und seinen Lippen, zumindest aus dem Blickwinkel, aus dem ich ihn sehen konnte. Ein paar Minuten vergingen, und das Mädchen an der Bar sagte etwas zu mir, mit einem verschmitzten Lächeln im Gesicht.

„Du solltest dich ihm nähern. Oder gib ihm mehr Signale, damit er es tut. Normalerweise macht er das nicht, was er gerade mit dir macht."

„Er?", fragte ich und erwiderte sein Lächeln.

„Du weißt nicht, wer er ist?", fragte sie mich erstaunt.

„Nein."

„Das ist Matt Busch. Der von der Billigfluglinie. Man reist gut mit ihr, auch wenn sie dich sogar für das Atmen bezahlen lässt."

Ich sah den Mann wieder an. Doch dann ließ mir ein Gedanke das Blut gefrieren: Er könnte der Mörder von Wichita sein. Ich schämte mich sofort für meine eigenen Gedanken, die so feige und paranoid waren. Dann sagte ich mir, dass ich für heute genug an Risiken hatte, bezahlte die Getränke an „Grüner Schmetterling", die mir zum ersten Mal als Informantin diente, und verließ die Bar.

Man sagt, ich ginge sehr schnell, und das muss stimmen, denn ich lasse die Menschen, die mich begleiten, hinter mir. Plötzlich merkte ich, dass ich allein auf der Straße war, die ich genommen hatte, um meinen Heimweg abzukürzen. Es ärgert mich, wenn ich Angst habe! Es stört mich, dass die Angst bestimmt, wohin ich gehen soll und wohin nicht, und so ging ich weiter, als ob nichts geschehen wäre. Aber in Wahrheit hatte ich Angst, denn irgendjemand folgte mir. Ich hörte die Schritte hinter mir, aber ich hatte zu viel Furcht, um mich umzudrehen. Ein erschreckendes Bild kam mir in den Sinn: mein lebloser, fußloser Körper, der an einem Baum hing. Ich versuchte, mich zu beruhigen und beschleunigte mein Tempo noch mehr, doch derjenige, der mir folgte, tat das auch. Also war ich sicher, dass es der Mörder war. Ich fühlte mich gefangen, ich konnte nicht atmen und wollte verzweifelt entkommen. Ich wollte, dass jemand erschiene, der in eines der Häuser hineinginge oder aus ihm herauskäme, aber das passierte nicht.

Da begann ich zu rennen, obwohl auch das sinnlos war.

Er holte mich ein. Er packte mich von hinten, und für eine Nanosekunde stellte ich mir das Gesicht des Mannes an der Bar vor, seine schöne Nase und seine gespannten, breiten Lippen, und ich dachte, dass diese Frauen auch von diesem Mann angezogen worden und deshalb gestorben waren. Aber ich würde mich bis zum Ende verteidigen. Damit begann die Phase der Konfrontation. Ein Teil der psychologischen Spirale, die Dr. Lipman beschrieb, und die in mir ihren Platz hat.

16

Es war Albert MacArthur, der Vater des misshandelten Kindes und mein letzter Fall im Büro. Ich weiß nicht, warum ich seinen riesigen Ohren und einem Rinnsal von Speichel in seinen Lippenwinkeln Aufmerksamkeit schenkte.

Er nahm mich hart am Arm, packte mich dann mit beiden Händen und drückte grob zu. Er sagte mir, er würde mich umbringen. Ein seltsamer Mut überkam mich, wie ein glühendes Gefühl. Ich konnte nur daran denken, ihm zu sagen, dass er seinen Sohn nie wieder sehen würde, wenn er das täte. Dass es eine Sache ist, drogenabhängig zu sein, und eine ganz andere, ein Angreifer oder ein Mörder. Ich weiß nicht, woher ich diese Entschlossenheit nahm, aber ich konnte ihn dazu bringen, loszulassen. Ich glaube jedenfalls nicht, dass er es gewagt hätte, etwas anderes zu tun. Und das Wichtigste für mich war, dass ich nicht das vierte oder fünfte Opfer des Serienmörders sein würde. Es war, als könnte ich mich allem stellen, außer diesem Mörder. Denn ich war damals überzeugt, dass Albert

MacArthur nicht der Mann war, hinter dem das FBI her war. Es ist erstaunlich, woher wir manche Überzeugungen nehmen, ohne den geringsten Beweis. Das liegt daran, dass wir alle eine Vorstellung davon haben, wie Mörder sind, und manchmal kann diese Vorstellung unsere eigene Falle sein.

Der gewalttätige Albert MacArthur sah mich wütend an, hielt sich den Arm vor den Mund, als wolle er sich den Schweiß abwischen, und ging langsam davon wie ein verwundetes Tier. Ich seufzte erleichtert auf und merkte, dass mein Mund trocken war und die Haut in meinem Gesicht und an meinen Händen sich sehr kalt anfühlte. Dann hörte ich Stimmen. Eine Gruppe ging eine Gasse hinunter, die genau zu der Stelle führte, an der ich stand. Sie stießen fast mit mir zusammen.

Einer der Jungen, der ein Gesicht voller Sommer-sprossen und eine sehr kleine Nase hatte, fragte mich, ob ich ein Problem hätte. Ich sagte ihm, nein, alles sei in Ordnung.

Ich spürte den Adrenalinstoß, und mit ihm erlebte ich sowohl Freude als auch Angst. Was auch immer es war, ich befand mich nicht mehr in einer grauen Routine, denn in den letzten Stunden, seit ich Gails Bild im Flugzeug gesehen hatte, waren mehr Dinge mit mir geschehen als im letzten Jahr: Ich war wieder mit Frank zusammen, ich hatte mich getraut, nach Park City zurückzukehren, Madeleine hatte mir ein seltsames Geständnis gemacht, und jetzt hatte mir dieser Typ eine Heidenangst eingejagt. Es war, als ob ich meinen eigenen Thriller erleben würde.

Ich ging weiter und beschloss dabei, mit dem FBI-Mann zu sprechen. Ich wollte nichts lieber tun als das. Denn ich kannte Gail, und ich musste ihr Gerechtigkeit verschaffen, wenn ihr Mörder noch immer frei herumlief und es nicht dieser Häftling war. Und jetzt wusste ich, dass der Vater von Gails Freund in etwas Zwielichtiges in diesem Club verwickelt war, wenn das, was Madeleine mir erzählt hatte, die Wahrheit war. Außerdem wusste ich, dass Gail teure Kleidung trug, und ich fragte mich, wie sie diese kaufen konnte, denn aus irgendeinem dummen Grund hatte ich das vergessen. Ohnehin hatte mich kein Polizist befragt, als sie starb. Wenn jemand es getan hätte, wäre ich vielleicht in der Lage gewesen, diese Information zu geben. Ich war mir sicher, dass der FBI-Agent das Bild von Gail hatte, weil sie so wichtig war. Und er war zur Schule gegangen, wie Frank mir erzählte.

Als ich durch die Eingangstür ging und den Riegel hinter mir schloss, hatte ich nur eine Überzeugung: Ich würde die Dinge nicht auf sich beruhen lassen, denn es gab einen Serienmörder, der Frauen angriff. Nachträglich kam die Angst und meine Beine begannen zu zittern. Einen Moment lang versetzte ich mich in die Lage dieser Opfer, denn obwohl es MacArthur gewesen war, hatte ich Schreckliches durchgemacht, als ich mich in der Falle wusste. Und etwas in dieser Art müssen auch sie gefühlt haben. Ich hoffte es nicht. Ich hoffte, dass das, was ich darüber gelesen hatte, stimmte. Dass der Mörder sie zuerst betäubte und ihnen *post mortem* die Füße abschnitt.

Schon im Bett, nach einem Bad und einer dieser Pillen mit natürlichen Inhaltsstoffen, die dazu dienten, meine Nerven zu beruhigen und etwas Schlaf zu bekommen, erinnere ich mich, dass mein letzter Gedanke wieder Patrick galt. Vielleicht weil die Wirkung der Getränke nachgelassen hatte. Warum wollte er mir nichts von dem erzählen, was Madeleine mir gesagt hatte?

17

Anne Ashton und Hans Freeman trafen sich im Büro des Morddezernats.

„Auf den Aufnahmen ist nichts zu finden", sagte Anne, fügte dann aber hinzu: „Noch nicht. Wir sind noch dabei, sie zu analysieren."

„Okay", antwortete Hans missmutig und zupfte mechanisch an seinem Ohrläppchen.

Anne sah ihn immer zerzauster und vernachlässigter aussehen. Sie fragte sich, ob er überhaupt geschlafen hatte. Sie dachte, dass dieser Fall ihn zu sehr belastete und dass er vielleicht nicht ganz im Gleichgewicht war. Sie hatte ihn nur einmal mit jemandem telefonieren sehen, von dem sie dachte, es sei seine Mutter. Als er mit ihr sprach, klang er warm und anders. Und da er es ihr gesagt hatte, wusste sie auch, dass er einen guten Freund in Wichita hatte. Was ihr selbstverständlich erschien, da Agent Hans Freeman dort geboren und aufgewachsen war. Hans selbst sagte, dass er wegen dieses guten Freundes wieder auf die Füße gekommen und Polizist geworden war.

Der ungepflegte Hans Freeman wurde immer mehr zu einem Rätsel, aber sie mochte sein klassisches Zitrusparfüm. Er war ungepflegt, aber wenigstens sauber.

„Hast du gut geschlafen?", wagte sie ihn zu fragen.

„Natürlich", antwortete er, und obwohl er es nicht zeigte, fand er es nett, dass sie sich für ihn interessierte.

Dann hustete er leicht, um seine Stimme zu klären, und begann, den bisherigen Verlauf des Falls zusammenzufassen.

„Wir haben die Hintergründe der Opfer untersucht und bisher nichts gefunden, was sie miteinander verbindet. Ich weiß, dass Agent Rice gute Arbeit geleistet hat. Ich habe darüber nachgedacht, was für ein Typ Mann sich drei so unterschiedliche Frauen wie Megan, Alice und Elaine aussucht, die ihn hypothetisch alle ablehnen. Ich sage das, weil die Art und Weise, wie er die Leichen hinterlässt, von einem Respekt vor den Frauen zeugt, von einer gewissen Bewunderung, und ich glaube, dass der Mann ein Opfer von Zurückweisung war, einer weiblichen Zurückweisung. Ich sehe keinen Hass in der Szene, ich sehe Respekt. Deshalb habe ich die Dinge anfangs mit religiösen Motiven verwechselt."

Anne hob die Augenbrauen. Sie dachte sich, wie mutig die Art und Weise war, wie der Mörder ihnen Respekt zollte: Indem er ihnen die Knochen abtrennte und ihre Körper durchbohrte. Soweit sie wusste, waren beide Handlungen erniedrigend. Aber sie hatte nicht vor, jemandem zu widersprechen, den sie in solchen Fragen für kompetenter hielt als sich selbst. Also war sie bereit, ihm unvoreingenommen zuzuhören.

„Ich habe mich mit dem beschäftigt, was wir die Psychologie der Ablehnung nennen. Da sie sich in ihren

Vorlieben, Hobbys und Routinen, ja sogar in ihrem Aussehen so sehr voneinander unterschieden, ist es vielleicht das, was sie nicht mochten, was bei ihnen übereinstimmt. Ich fragte mich, welche Art von Mann alle drei ablehnen würden, und ich kam zu dem Schluss, dass sie einen Mann ablehnen würden, der unordentlich, unintelligent und ohne Ehrgeiz ist. Daraus lassen sich weitere damit verbundene Merkmale ableiten. Aber ich glaube immer noch, dass Gail das erste Opfer war, und ich denke, dass wir diesen Mann in ihrem Umfeld finden werden. Vielleicht war sogar Gail selbst die erste Person, die ihn ablehnte. Ich würde mich ehrlich freuen, wenn du die Dinge aus meiner Perspektive sehen könntest …"

Es klopfte an der Bürotür.

„Es gibt eine Person, die nach Agent Freeman sucht", verkündete ein junger Beamter mit ernster Miene.

Hans sah durch das Glas Julia Stein, ganz in Schwarz gekleidet. Sie wirkte geheimnisvoll, eigensinnig, überraschend und vor allem interessiert an Details, die die meisten ignorieren würden. Er erinnerte sich an ihren Blick auf das Foto von Gail Whitman, und vielleicht spürte er seit diesem Moment, dass Julia Stein etwas Besonderes war. Einer dieser Menschen, die man nicht so leicht vergisst, bei denen man das Gefühl hat, dass sie etwas mit einem zu tun haben oder etwas mit einem zu tun haben könnten. Er schaute sie weiter an, als sie auf ihn zuging, mit Entschlossenheit, mit außerordentlichem Eifer … Die junge Frau, die ihn inspirierte, ohne dass er sie kannte, war ihm zuvorgekommen, denn auch er wollte sie suchen.

Also ließ er Anne und den Beamten im Büro zurück und eilte hinaus. Als er neben Julia stand, sah er sie neugierig an.

„Hallo", sagte sie, als würde sie ihn schon ewig kennen, und lächelte. „Stellen Sie einen Zusammenhang zwischen Gail Whitmans Tod und diesen neuen Todesfällen her? Ich weiß einiges über Gail Whitman, das ich Ihnen erzählen kann."

TEIL III

1

„Du solltest dankbar dafür sein, dass ich dich nicht durch unerträgliche körperliche Schmerzen gehen lasse. Ich möchte nur, dass du verstehst. Dass du deinen Geist für eine andere Form der Verzweiflung öffnest. Mal sehen, ob ich dein Denken ein wenig in höhere Sphären aufsteigen lassen kann, denn du warst immer so simpel wie dein Vater. Und weil du so bist, fehlst du niemandem. Oder glaubst du, dass irgendjemand in dieser schönen Welt gerade an dich denkt? Und wenn sie dich jetzt sehen würden, ohne Finger …! Ich erinnere mich, dass du immer so auf mich gezeigt, den kleinen Finger hochgehalten und dein Eulengesicht gemacht hast, aber du siehst nicht mehr so aus wie der hübsche Junge aus der Schule, der so tat, als wäre er klug und hätte alles."

Das Opfer wusste, welcher Teil seines Körpers das nächste Mal verschwinden würde, weil der Mörder es ihm ins Ohr flüsterte, und es war das Letzte, was es hörte, bevor es das Bewusstsein verlor. Dem Mann in Gefangenschaft waren bereits Finger und Zehen amputiert worden. Er hatte seine letzte Hoffnung verloren, am Leben zu bleiben. Nach sieben Monaten Gefangenschaft in der Scheune wünschte er sich nur, sein Entführer würde ihm eine größere Dosis Beruhigungsmittel verabreichen, damit er einschlief und nie wieder in der ewigen Hölle aufwachte, die dieser für ihn bereitet hatte. Er wollte ihn bitten, ihn sofort zu töten, aber er konnte nicht einmal mit ihm sprechen.

Er erinnerte sich an ein paar Worte und Sätze, aber alles war durcheinander, als ob er sich auflöste, als ob er die Reihenfolge der Ereignisse oder den Unterschied zwischen Fantasie und Realität nicht mehr kannte. Seine Existenz beschränkte sich auf das Wissen, dass er nach und nach seine Körperteile verlor. Zwischen verschwommenen Erinnerungen tauchten die Worte des Monsters auf, das ihn zerstörte: „Du wirst deinen Ringfinger verlieren" … „Es ist der kleine Zeh an deinem linken Fuß" … „Verzweifle nicht, die Augen kommen fast am Ende und sie sind noch nicht dran" … „Obwohl du dich nicht durch viel Fantasie auszeichnest, kannst du dir schon denken, welches Glied ich entfernen werde, um klarzustellen, wer jetzt das Weichei sein wird …"

„Dir werden die Augen herausfallen, wenn du siehst, wer mein Begleiter in all dem ist. Oder hast du dich nie gefragt, wer dein Auto kaputt gemacht hat?"

JEDES KÖRPERTEIL, dass er amputierte, war ein Sieg für den Mörder. Er hatte einen kleinen Kühlschrank gekauft, in dem er das Fleisch aufbewahrte, das er dem Körper des Opfers entnommen hatte, das er noch am Leben hielt. Er ließ es seine eigenen Gliedmaßen dosiert verzehren, indem er sie mit dem Gras vermischte. Dabei achtete er darauf, die Nägel in dem Glas Wasser zu lassen, das er ihm gab. Damit der durstige Verurteilte sie am Ende sehen konnte. Es war nur ein Scherz. Einer wie die, die dieser immer gemacht hatte, wenn er sich über alle lustig machte, ohne den Wert der Freundlichkeit zu kennen, und ohne dass irgendeiner Autorität in der Schule klar wurde, dass er genauso ein angehender Mistkerl war, wie sein Vater. Das Schlimmste war, dass alle dachten, er sei ein guter Junge, höflich und gut erzogen. Typen wie er waren innerlich abstoßend und mussten äußerlich abstoßend gemacht werden, damit sie erkannt wurden. So dachte der Mörder, als er in die Scheune ging. Er machte das nun seit zehn Monaten und niemand hatte sein Spiel entdeckt.

Bei diesem erneuten Besuch wollte er ihm die Lippen zunähen und dann eine Nasensonde legen, damit er noch nicht verhungerte, und ihn fortan nur noch mit Infusionen ernähren. Er hatte auf einer Internetseite gelernt, wie man das macht, und er war sich sicher, dass er es ohne Schwierigkeiten schaffen würde. Er hatte auch ein chirurgisches Instrumentarium gekauft, das er über PayPal bezahlte. Wie immer hatte er alles unter Kontrolle.

Als er die Lippen zugenäht und die Sonde eingesetzt hatte, war ihm nach Feiern zumute. Er verließ die Scheune und fuhr zurück nach Wichita. Doch anstatt den Weg nach Hause zu nehmen, machte er einen Umweg, um sich die neue Bar anzusehen, von der man ihm im Büro erzählt hatte. Er las eine Rezension in der Zeitung und fand sie gut genug. Sie war stilvoll: keine laute Musik, keine gewöhnlichen Menschen, die lachten und laut und nervig redeten. Er konnte ein solches Verhalten nicht ertragen. Das hatte er von seiner Mutter, die eine sehr elegante, sehr höfliche Frau war.

Als er ankam, hielt er den Wagen an und übergab ihn dem Parkwächter. Alles war perfekt aufeinander abgestimmt, er musste nicht warten, um das Auto zu übergeben oder den Ort zu betreten, obwohl dieser beliebt war. Vielleicht weil es sich um einen Mittwoch handelte. Die Bar hielt, was sie versprach. Sie war dunkel, elegant, mit geschmackvollen Polstermöbeln in gedeckten Farben ausgestattet, und es gab keine Unstimmigkeiten in der Einrichtung. Er bestellte einen Bourbon und sah sich um. Sofort schenkte ihm der Barkeeper, ein kleiner, kahlköpfiger Mann mit scharfen grauen Augen, einen Drink in einen kurzen, grünlichen Glasbecher ein und stellte daneben eine kleine silberne Schale mit zwei Vertiefungen, in denen sich Brezeln und Macadamianüsse befanden. Es erklang Norah Jones mit ‚*Those Sweet Words*‘, und der Abend war perfekt, bis eine sehr große Frau kam und sich neben ihn setzte. Sie lachte wie ein Kakadu und war in einen ausgesprochen geschmacklosen orange-braunen Anzug gekleidet. Sie erinnerte ihn an ein prähistorisches Reptil, das schon längst hätte gestorben sein sollen. Es war nicht richtig, dass sie dort war, um diesen Ort, der ihm magisch erschienen war, zu beschmutzen. Er schaute sie zornig an. Er wollte, dass sie seinen Unmut spürt, denn sie war ein Fehler, der alles kaputt machte. Er wollte sie am Hals packen und herunterziehen, ihre Lippen zusammenquetschen und ihr Gesicht mit dieser scheußlichen lila Farbe ihres Lippenstiftes beschmieren. Nicht einmal Tracy Chapman, die aus den Lautsprechern zu klingen begann, konnte ihn beruhigen, denn das Lachen der Frau, die versuchte, dem Barkeeper ein Gespräch zu entlocken, wirkte wie Gift auf ihn.

Er starrte auf eine Flasche Absolut auf dem Tresen und stellte sich vor, wie diese hart auf ihrem Kopf zerschellte, das Glas zersplitterte und ihre Augen verletzte. Leute wie sie waren es, mit denen etwas nicht stimmte. Menschen, die die subtile Atmosphäre, die Sanftheit zerstörten.

Plötzlich sah sie ihn an und lächelte. Von diesem Moment an wusste der Attentäter, dass er seine wunderbare Fähigkeit nutzen musste, die Wut, die er zu empfinden imstande war, zu verbergen. Da schmeckte der Bourbon noch süßer. Er war in der Lage, in den Augen der Menschen, die er hasste, harmlos zu erscheinen, und er konnte sich keine größere Macht als diese vorstellen. Er lächelte der widerlichen Reptilienfrau zu und dachte dabei an den Mann, den er in der Scheune langsam in Stücke zerteilte. Nur er hatte die Möglichkeit, die Welt anzuhalten und ihr den Arm zu verdrehen. Er war ein heimlicher Supermann, und darauf trank er.

2

Darts werfen, die Kreise anschauen, zielen, während ich laut meine Spotify-Playlist mit Kopfhörern anhöre und die Ideen in meinem Kopf sprudeln. Jetzt bin ich mehr denn je davon überzeugt, dass der Mörder der Frauen und der Mörder von Gail ein und dieselbe Person ist, auch wenn Hans Freeman mir nichts darüber sagte.

Ich traf genau ins Schwarze, als ich ‚Read My Mind' von den Killers sang. An diesem Morgen hatte ich einen guten Wurf mit den Darts, als ob ich auf den Wichita-Killer und auch auf meinen Bruder Richard zielen würde. Ich hoffte, dass ich meine schrecklichen Albträume loswerden würde, wenn ich mich mehr mit dem Fall des Serienmörders beschäftigte.

Ich sang aus voller Kehle: „Du sagst, dass ich zurückbleibe, kannst du meine Gedanken lesen?", und warf den Pfeil auf Richard, der sich immer von der Angst ernährte, die er in meinen Gedanken las. Der Flug neben Hans Freeman war der Beginn von etwas Neuem gewesen, und nun war ich es, die versuchen würde, die Gedanken anderer zu lesen. Da beschloss ich, einen Plan zu schmieden, der darin bestand, mich an Margaret Bau zu wenden, um den wahren Mörder von Gail zu finden. Aber zuerst würde ich mit der Tochter von Otto Dupont sprechen, unter dem Vorwand, dass das Sozialamt der Stadtverwaltung daran interessiert sei, etwas über die Hilfsprogramme der Bruder-Dupont-Stiftung zu erfahren. Wenn ich etwas konnte, dann war es, Reden zu halten. Ich wusste, dass die Tochter von Otto Dupont, das unerträgliche große Mädchen, das ich noch aus der Schule kannte, für die Stiftung zuständig war.

Wieder warf ich einen Pfeil und wieder traf ich ins Schwarze. Ich fühlte mich inspiriert. Dann legte ich mich für eine Weile auf das Sofa. Ich dachte mir, dass das mit dem Club, worauf Madeleine mich aufmerksam gemacht hatte, vielleicht nur ein Ablenkungsmanöver war, aber im Grunde wollte ich nicht, dass es so wäre, vorausgesetzt es hätte nichts mit Patrick zu tun. Ich wünschte mir, dass es eine wichtige Information wäre. Und ich dachte auch, dass es schwierig war, gute und irrelevante Hinweise auseinanderzuhalten, und dass ich das mit der Zeit lernen musste, denn nur mit Elan und Verlangen kam man nicht weiter. Ich stand wieder vom Sofa auf. Ich konnte nicht stillsitzen, dafür war ich zu aufgeregt, und so dachte ich daran, meinen zweiten Kaffee an diesem Tag zu trinken. Während ich ihn zubereitete, ging ich die kurze Begegnung mit Agent Freeman zum x-ten Mal durch. Er kam mir vor wie ein gequälter Mann, der aber gleichzeitig engagiert und besessen von seiner Arbeit war. Ich sagte mir, dass ich es auch wäre, wenn mein Job auch nur ein bisschen so wäre wie seiner. Madi hat mir einmal gesagt, dass das FBI oft außergewöhnliche Leute einstellte und dass es nichts ausmachte, wenn sie nicht studiert hatten, um Kriminologen zu werden. Ein ehemaliger Freund aus Quantico hatte ihr das versichert.

Ich rührte den Zucker in meiner Tasse um, während ich mir vorstellte, wie Hans Freeman mich rekrutierte. Plötzlich dachte ich an Frank und es war, als ob ein Eimer kaltes Wasser meine brennende Fantasie löschte. Frank Gunn war die Realität und Hans Freeman war nur eine Illusion. Ich dachte, ich sollte Frank von allem, was ich gerade tat, erzählen. Dass es nicht fair war, ihn außen vor zu lassen, denn auch er war ein guter Freund von Gail. Also rief ich ihn an und sagte ihm, dass ich ihn gerne am Abend sehen würde. Er war von der Idee begeistert.

Ich musste mich damit abfinden, arbeiten zu müssen und mich darauf vorbereiten, ins Büro zu gehen. Darts, The Killers und die Aufregung, mit der ich nach meinem Besuch bei Freeman aufgewacht war, mussten warten. Ich zog eine weiße Seidenbluse mit einem Muster aus schwarzen Zweigen an und dunkle *Jeans*. Außerdem trug ich schwarze Schuhe mit hohen Absätzen, damit ich in diesem langweiligen Büro nicht wie alle anderen aussah. Ich verließ das Haus und fuhr wie eine Besessene. Als ich im Sozialamt ankam, versuchte ich meine Aufregung zu verbergen und mich wie ein normaler Mensch zu verhalten. Ich setzte mich an den Schreibtisch und sah mir die Papiere an, die ich erst zwei Tage zuvor darauf liegen gelassen hatte. Es kam mir vor, als lägen sie schon seit einem Jahrhundert dort. Ich glaube, ich trat in einen Zustand der Spaltung ein, um zu denken und gleichzeitig so zu tun, als würde ich arbeiten. Es war, als hätte sich mein Bewusstsein von meinem eigenen Körper gelöst, und obwohl ich dort saß, war ich in Wirklichkeit weit weg und mit der Begegnung mit Freeman beschäftigt. Es war wahr, dass er sich nicht dazu geäußert hatte, warum er sich Gails Foto ansah, als ich ihn danach fragte. Aber es stimmte auch, dass er ihre Vergangenheit an der Schule untersuchte. War das FBI irgendeinem Lehrer auf der Spur? Ich erinnerte mich daran, dass der Mathelehrer uns unheimlich war und zu sehr an unserem Leben interessiert zu sein schien und dass die Sekretärin des Schulleiters, die Darlene oder so ähnlich hieß, eine richtig harte Hexe war. Aber von hier bis zu einem Monster wie dem, das in Wichita Menschen umbrachte, war es ein weiter Weg. War ich mir sicher, dass der Serienmörder in Wichita ein Mann sein musste? Ich machte mir Vorwürfe, weil ich den Vormittag nicht damit verbringen konnte, verdächtige Personen zu erfinden und sie aus meiner Vergangenheit hervorzuholen. Aber warum hatte Gails Mörder diese Frauen nach all dieser Zeit getötet? Außerdem waren es Leute, die mir unbekannt waren …

Die Stunden vergingen, auf einmal war es zwölf, und alle im Büro gingen zum Essen. Ich glaube, sie denken, ich sei nicht ganz normal. Ich gebe zu, dass ich mich ihnen überlegen fühle, wenn ich nicht zur gleichen Zeit wie alle anderen zum Mittagessen gehe, ein bisschen respektlos, und das gefällt mir. Manchmal denke ich, ich tue es nicht, weil ich Angst habe, dass ich nicht zu ihnen passe und sie mich für seltsam halten. Obwohl sie die Verrückten sind, denn es muss ein schreckliches, miserables Schicksal sein, zu glauben, das Leben bestünde darin, in einer solchen Wohnung zu hausen und darauf zu warten, dass es Zeit wäre, zu essen oder Feierabend zu haben, ohne irgendein anderes Interesse. Ich dagegen hatte nun etwas, das mein Leben ausfüllte, nämlich die Wahrheit über den Tod meiner Freundin Gail zu entdecken. Herauszufinden, ob das, was

Gerard Bau und Otto Dupont taten, etwas mit ihrem Tod zu tun hatte. Wenn die Person, die Gail getötet hatte, dieselbe Person war, die aktuell Frauen ermordete, musste ich das wissen, und es hatte ganz sicher etwas mit der Sache Bau und Dupont zu tun, von der mir die verängstigte Madeleine erzählt hatte. Was, wenn Elvin Bau der Mörder war? Man hatte schon lange nichts mehr von ihm gehört, so hieß es. Ich stellte mir vor, wie er sich in Dorotheas weißem Haus versteckte und sie sagte, sie hätte ihn nie wieder gesehen. Und ich stellte mir vor, wie die abscheuliche Margaret seine Komplizin war und ihn deckte.

Ich seufzte angesichts so viel Vorstellungskraft und beschloss, mir eine dritte Tasse Kaffee zu holen. Ich kramte in einem Behälter, den ich in der obersten Schublade meines Schreibtischs aufbewahre, und stellte fest, dass er leer war. Ich versuche, ihn immer voll von gerösteten Kaffeebohnen zu halten. Wenn ich sie esse, beruhigt mich das. Zuvor hatte ich auf Jimmys Vorschlag hin Sonnenblumenkerne probiert, weil ich mich manchmal von den Vorschlägen anderer Leute mitreißen lasse, und um nicht so viel Koffein zu konsumieren, da ich manchmal ein leichtes Zittern in den Händen bemerkte. Sonnenblumenkerne haben jedoch nicht dieselbe Wirkung. Genauso wie Koffein meinen Körper verändert, verändert es auch meinen Geist und lässt mich auf eine andere, fantasievollere Weise denken. Und ich glaube, das ist positiv, deshalb bin ich wieder zu meinen üblichen gerösteten Kaffeebohnen zurückgekehrt. Auch wenn Lipman sagt, dass der Konsum von so viel Kaffee am Tag eine weitere selbstzerstörerische Praxis von mir ist.

Da sah ich Madi, die auf mich zukam und mir sagte, dass mich jemand besuchen käme.

„Jemand?", fragte ich in der verrückten Hoffnung, dass es Hans Freeman war.

Aber es war Madeleine. Sie sah aus, als sei sie auf dem Weg zum Galgen, und als täte sie dies mit allergrößter Resignation.

Ich führte sie in einen kleinen Raum, den wir nutzen, um in den von uns bearbeiteten Fällen mit den Angehörigen unter vier Augen zu sprechen. Ich bat sie, sich neben mich zu setzen. Sie tat dies und sagte nichts zu mir. Nur einen Umschlag gab sie mir. Ich erinnere mich, dass er dunkelbraun war, und ich habe Umschläge in dieser Farbe immer gehasst. Für mich stehen sie für Bürokratie und Vorschriften, für die Maschinerie, die die Menschen in den Abteilungen erdrückt. Ich öffnete ihn neugierig. Es waren vergilbte Fotos von unglücklichen Frauen, die in zerfetzter Kleidung posierten. Sie waren offensichtlich überfallen worden, und mir kam der Gedanke, dass der Angreifer sie selbst fotografiert hatte. Ich warf sie auf den Tisch vor uns, weil ich sie loslassen musste. Zu nah war der Horror in meinen Händen, zu verdichtet in diesen Bildern. Ich musste weglaufen, weil ich einen schrecklichen Brechreiz verspürte. Ich glaube, so kalt war mir seit Richards Tod nicht mehr gewesen. Ich war wie ein Eisberg und nicht wie ein Mensch aus Fleisch und Blut.

3

ANNE FRAGTE Hans nach dem Grund für den Besuch von
Julia Stein. Hans musste ihr - mit einigem Bedauern -
sagen, dass das Mädchen glaubte, wertvolle Informationen
über Gail Whitman zu haben.

„Schau, sie saß zufällig in dem Flugzeug, das mich nach
Wichita herbrachte. Ich bemerkte, dass sie aussah, als
würde sie Whitmans Foto erkennen, aber wir wechselten
kein Wort miteinander. Dann habe ich mich mit der Mutter
von Gail Whitman unterhalten und war in der Wohnung
ihres alten Freundes Elvin Bau. Er ist nicht in der Stadt und
wurde schon lange nicht mehr gesehen. Laut seiner Mutter
ist er verschwunden oder untergetaucht, aber ich habe sie
und eine der Schwestern, Margaret, befragt. Ich habe dich
nicht in diese Untersuchungen eingeweiht, weil ich dich
noch nicht davon überzeugen konnte, dass Gail Whitman
das erste Opfer des Serienmörders von Wichita ist, obwohl
ich diese Idee nicht aufgebe", sagte Hans.

Anne sah ihn ohne jeden Ärger an. Dann fuhr er mit
seiner Erklärung fort.

„Die Sache ist die, dass dieses Mädchen, Julia Stein, zum engen Freundeskreis von Gail Whitman gehörte, und so hat sie eins und eins zusammengezählt und erkannt, dass, wenn ich gekommen war, um den Serienmörder zu untersuchen und ein Bild ihrer Freundin hatte, es daran lag, dass einige von uns im FBI dachten, die Ereignisse stünden in Zusammenhang. Sie erzählte mir von einigen Aktivitäten in einem Club, den Elvin Baus Vater, Gerard Bau, besuchte."

„Ich weiß, wer Gerard Bau ist. Er war kein guter Kerl, aber er wurde immer beschützt und gab nie Anlass für rechtliche oder strafrechtliche Probleme."

„Laut der Schwägerin von Julia Stein waren Gerard Bau und Otto Dupont in etwas Zwielichtiges verwickelt, das mit einigen Aktivitäten im Club zu tun hatte."

„Ja, ich weiß, welcher Club. Und sagtest du Otto Dupont?" Anne konnte ihr Erstaunen nicht unterdrücken. Sie stellte sich vor, was auf das Department zukommen würde, wenn man Dupont etwas nachweisen könnte. Im Stillen betete sie zu Gott, dass das, was sie sagten, nicht wahr wäre.

„Das hat Julia Stein gesagt. Bei näherer Betrachtung hat sie nichts anderes. Nicht den geringsten Beweis ...", bedauerte Hans.

„Und woher hat die Schwägerin ihre Informationen?", fragte Anne mit entschlossener Haltung.

„Sie hat es ihr einfach gesagt. Dem Vernehmen nach stand Julia Steins Bruder Patrick der Familie Bau recht nahe und sagte seiner Frau einmal, dass sowohl Bau als auch Dupont hinter verschlossenen Türen nicht das waren, was sie schienen."

„Patrick Stein hat auch keine Informationen über den Verbleib von Elvin Bau?"

„Das Mädchen hat es mir nicht gesagt, aber ich glaube nicht", sagte Hans. Ihm fiel auf, dass er Julia danach hätte fragen sollen, es aber nicht getan hatte.

„Und du willst Elvin Bau finden, nehme ich an", schloss Anne.

„Ja, anfangs ohne viel Aufhebens und dann nach Bedarf."

„Nun, solange wir nichts anderes haben …", sagte Anne und ließ den Satz unvollendet.

„Ich weiß", antwortete Hans resigniert.

In diesem Moment klopfte Juliet Rice an die Bürotür, trat ein und gab eine Information weiter.

„Zwei Techniker gingen in die Häuser von Alice und Megan, um die Sache mit dem Rollstuhl zu überprüfen. Sie bestätigten, dass die Höhe der Flecken mit der eines normalen Rollstuhls übereinstimmt. Und sie fanden auch Abdrücke auf einem der Teppiche in Megans Haus, die mit der Spur übereinstimmen, die eines der Räder des Rollstuhls hinterlassen haben könnte. Zurzeit führen sie eine mikroskopische Analyse dieser Bereiche durch, aber das kann eine Weile dauern. Einer der besten Techniker ist an einer starken Allergie erkrankt. Offenbar hatte Alice die Wohnung kürzlich von einem Kammerjäger aussprühen lassen."

Hans wurde nachdenklich, als er dies hörte, so als wäre er verblüfft. Dann wurde ihm klar, dass er Juliet für ihre gute Arbeit danken sollte.

Anne unterbrach ihn, als er sich bei Juliet bedankte.

„Dann lasst uns versuchen, den Aufenthaltsort von Elvin Bau herauszufinden, der ‚vermisst oder untergetaucht' ist", sagte sie, als ob sich dieser Gedanke in ihrem Kopf festgesetzt hätte und als ob sie nun berücksichtigen würde, wie wichtig es war, sich im Rahmen der Ermittlungen auch um Gail Whitman zu kümmern.

Anstatt sich darüber zu freuen, dass Anne begann, die Dinge aus seiner Sicht zu sehen, hörte Hans ihr zu, dachte aber an etwas anderes. Er erinnerte sich an Valerie Crawford und ihren Wahn, alles kontrollieren zu wollen. Und an das Zimmer, wie Gail es verlassen hatte, das Chaos, die Kleidung, die Wand, die Filme. Das Übliche für ein Mädchen ihres Alters, aber etwas war anders, und das war dieses verblasste Kohlegemälde mit seinem übertriebenen Rahmen. Es war nicht im Geringsten der Stil des Mädchens, und das war es, das ihm Kopfzerbrechen bereitete. Es beunruhigte ihn, aber er konnte nicht in Worte fassen, warum. Dann dachte er, es wäre ein perfektes Versteck. So sichtbar und doch so verborgen …

Vor den erstaunten Blicken aller schoss er davon.

Er erreichte das Haus von Gail Whitman. Valerie Crawford öffnete ihm die Tür, als wäre er ein enger Freund, und ließ ihn herein. Hans ging direkt in das Zimmer des toten Mädchens, hob das Kohlegemälde an und fand dahinter einen glänzenden, schwarzen Katalog mit dem goldenen Schriftzug VP. Er dachte an die Fingerabdrücke und zog die Hülle von dem kleinen Kissen auf dem Stuhl ab. Durch den Stoff hindurch hantierte er mit dem Katalog. Er zeigte junge Mädchen in anzüglichen Posen. Er verstand, dass damit ein Zentrum von Frauen beworben wurde, die sich prostituierten. Hans erinnerte sich daran, was Julia Stein gesagt hatte. Er ahnte, dass weder dem Andenken von Gerard Bau noch dem Leben von Otto Dupont damit gedient wäre. Er nahm an, dass Gail vielleicht im Haus von Elvin Bau den Katalog gefunden und verstanden hatte, dass er seinem Vater gehörte. Sie wusste, was das bedeutete, und das konnte ein Motiv sein. So könnte es sein, dass für den von Gail entdeckten Gerard Bau der gute Name auf dem Spiel stand, und das Mädchen zu einer potenziellen Gefahr wurde. Er dachte, dass sie vielleicht nur die Spitze des Eisbergs sahen, wenn Otto Dupont ebenfalls darin verwickelt war, wie Julia Stein gesagt hatte. Wäre Otto Dupont der Serienmörder?

„Kannten Sie Gerard Bau?", fragte er Valerie Crawford, die in der Tür gestanden hatte.

„Ich weiß es nicht mehr. Vielleicht. Seit der Sache mit Gail verwirren mich Gesichter, Namen, all die Leute."

Hans erkannte, dass der Zustand von Gails Mutter nicht der beste war, um sie in diesem Moment mit Fragen zu überfallen.

„Was haben Sie da gefunden? Was ist das in Ihren Händen? Ein Buch von meiner Gail?"

„Es ist kein Buch. Es ist ein Katalog von …"

Die Frau drehte sich um und ging, ohne zu warten, bis Hans seine Erklärung beendet hatte. Er verstand, dass sie nichts wissen wollte, was die Erinnerung an ihre Tochter trüben könnte. Wieder tat sie ihm leid. In diesem Moment klingelte sein Telefon. Es war Anne. Er antwortete und bat sie, fünf Minuten zu warten. Er wollte außerhalb des Hauses von Gail Whitman mit ihr sprechen und sagte, er rufe zurück.

Bevor er das Haus verließ, sah er, wie Valerie ihm mit dem Rücken zugewandt dasaß und Garn einfädelte. Er stellte sich vor, wie sie das Stück Latex in ihre Hand nähte, aber verwarf diese schreckliche Vorstellung. Früher oder später würde sie es tun, dessen war er sich jedoch sicher.

Ohne sich umzudrehen, sprach sie zu ihm.

„Sie können von hier aus alles mitnehmen, was Sie wollen. Aber lassen Sie die Leute nichts Schlechtes über Gail wissen. Ich wäre Ihnen dankbar dafür, denn ich könnte das nicht ertragen."

„Keine Sorge. Das werde ich nicht", versprach er.

Hans schloss die Tür.

Als er zum Auto ging, erinnerte er sich an die Auszeichnungen im Haus der Baus, und Julia Steins Worte kamen ihm wieder in den Sinn. Das mit dem Club … es war der City Club, der älteste der Stadt. Er kannte dieses Wappen, das er im Haus von Dorothea Bau gesehen hatte. Er meinte, sich sicher zu sein.

„Anne, der Club, in dem Bau und Dupont verkehrten und von dem Sie sagten, Sie wüssten davon, ist das der City?", fragte Hans als Anne seinen Anruf beantwortete, während er das Auto startete.

„Genau der. Wo bist du, warum bist du wie der Teufel von hier weggelaufen? Was machst du gerade?"

„Ich werde es dir später erklären. Nun sende ich dir eine Reihe von Fotos des Umschlags und der Seiten eines Katalogs namens VP. Sag Cotten, er soll alles darüber herausfinden, was er kann. Ich fand das in Gail Whitmans Zimmer versteckt. Sag ihm, er soll die Mädchen im Katalog per Gesichtserkennung identifizieren, Himmel und Hölle in Bewegung setzen, um herauszufinden, wer den Katalog herausgegeben hat und die abgebildeten Mädchen finden. Bitte Rice, die Daten und Orte der City Club-Turniere zu recherchieren und sie mit den Daten und Orten der Angriffe auf die Prostituierten zu vergleichen. Versuche, den Aufenthaltsort von Elvin Bau ausfindig zu machen. Übrigens muss ich mich bei dir bedanken, denn durch deine Bemerkung, dass Elvin Bau ‚versteckt' sei, und die Art und Weise, wie du dieses Wort betont hattest, wurde mir klar, was mich an Gails Zimmer störte. Das Kohlegemälde passte nicht zum Geschmack des Mädchens, und es hing nur deshalb an der Wand, weil sie es für ein hervorragendes Versteck hielt. Es war ein perfekter Ort, um etwas vor ihrer Mutter zu verbergen, denn diese würde nie auf die Idee kommen, dass es sich um ein Versteck handelte. Und sie würde das Bild nie anfassen, um es an einen anderen Ort zu legen oder wegzuwerfen, weil sie ihr wahrscheinlich einmal gesagt hatte, dass sie es hübsch fand. Gail wusste, dass ihre Mutter eine Gefahr für ihre Privatsphäre darstellte und dass sie in allem herumwühlte, um ihre Geheimnisse zu entdecken. Ich nehme an, dass Valerie jeden Tag durch Gails Zimmer ging, ihre Sachen durchforstete, Schubladen öffnete, unter das Bett und die Matratze schaute. Die Ironie besteht darin, dass sie das Zimmer nach dem Tod des Mädchens so belassen hat, wie sie es verließ. Die Menschen tun oft das Richtige aus den falschen Gründen, und sie tun es zu spät …"

„Und wohin gehst du?", fragte Anne knapp, die sich nicht sicher war, ob sie alles verstanden hatte, was Hans ihr gerade gesagt hatte.

„Zum City Club. Irgendjemand muss etwas gesehen oder gehört haben."

4

ICH UMARMTE MADELEINE ZUM ABSCHIED. Auch wenn ich ihr nicht nahestand, rechnete ich es ihr in Wahrheit hoch an, dass sie mir den Umschlag gebracht hatte. Niemand im Büro merkte, in welcher Krise ich steckte, weil ich diese schrecklichen Bilder gesehen hatte, denn das Badezimmer lag sehr nah an dem kleinen Raum, in dem wir uns befanden.

Ich ging die genauen Worte meiner Schwägerin noch einmal durch. Die, die sie wenige Augenblicke zuvor geäußert hatte.

„Patrick hatte das zu Hause versteckt, aber etwas so Schreckliches muss aufgedeckt werden", sagte sie.

„Aber warum sollte Patrick so etwas aufbewahren? Er könnte nicht …", antwortete ich besorgt.

„Er könnte nicht in so etwas verwickelt sein. Das wolltest du sagen. Ich weiß nicht, er spricht nicht mehr mit mir, er ist distanziert, als hätte ihn ein Schatten eingeholt. Ein alter Schatten", fügte sie hinzu.

„Du solltest ihn fragen, warum er diese Bilder hatte. Ich

möchte mich nicht in deine Angelegenheiten einmischen, aber ich denke, du solltest mit meinem Bruder darüber sprechen. Du kannst nicht einfach so tun, als wäre alles in Ordnung. Das ist weder für dich noch für ihn gesund", riet ich ihr.

„Er weiß nicht, dass ich sie habe. Was, wenn er mir sagt, dass es wahr ist? Dass er sie gerne anschaut? Dass Bau ihn als Kind mitnahm und er an dieser Grausamkeit teilgenommen hat? Du siehst, die Fotos sind alt, auf der Rückseite stehen die Daten. Und sie haben die Unterschriften auf der Rückseite, die von Bau oder Dupont. Siehst du! Sie waren es! Und zumindest Gerard Bau stand Patrick nahe. Ich dachte zuerst, dass Patrick in dieses Haus ging, um vor eurem zu fliehen, wegen der Sache mit Richard."

„Was hat Patrick dir über Richard erzählt?", fragte ich ohne Umschweife.

„Dass er zu dir wie ein Monster war", sagte sie mit brutaler Schlichtheit, und mit diesen wenigen Worten fühlte ich mich in meine Kindheit zurückversetzt.

Ich erinnere mich, dass ich mir damals die Rückseite der Fotos ansah. Und jetzt, allein, tat ich es wieder. Ich holte sie aus meiner Tasche, in die ich sie gesteckt hatte, als Madeleine wegging, in der Hoffnung, dass ich sie mit mehr Mut noch einmal ansehen würde. Und ich tat es. Ich stand da und sah sie an, den Ausdruck des Schmerzes auf ihren Gesichtern, die Zeichen der Misshandlung und vor allem den Ausdruck einer von ihnen, die mir fast wie ein Kind vorkam. Es stimmte, dass die Fotos auf der Rückseite entweder von Dupont oder von Bau signiert waren. Und sie waren zwischen den Jahren 2005 und 2010 datiert. Dann spürte ich einen stechenden Schmerz in der Magengrube, weil ich wieder an Patrick dachte. Er war zwar noch ein

Kind, aber an diesen Tagen war er am häufigsten im Haus von Gerard Bau. Ich dachte, ich hätte Madeleine fragen sollen, ob er ihr gegenüber gewalttätig war. Aber ich hatte nicht den Mut, das zu tun. Zumindest zeigte sie keine Anzeichen von Misshandlung, aber es gab Männer, die es verstanden, an Stellen zuzuschlagen, die niemand sehen würde.

Ich hatte Angst, dass mein Bruder ein schlechter Mensch war. Mir kam Faulkners Zeile aus ‚Requiem für eine Nonne‘ in den Sinn, das ich vor sechs Monaten gelesen hatte, weil Jimmy es in seinem Haus hatte. „Das Vergangene ist nicht tot; es ist nicht einmal vergangen.“

Das Problem war, dass ich, während ich den kalten Kaffee austrank und ein leichtes Zittern in meiner Hand bemerkte, dachte, Patrick wäre vielleicht nicht der, für den ich ihn hielt. Dass die Vergangenheit mit Richards Grausamkeit ihn immer noch gefangen hielt, und zwar nicht als Opfer, sondern als Täter. Daher war, wie Faulkner sagte, die schreckliche Vergangenheit in meinem Haus nicht tot. Deshalb wachte ich nachts auf und hatte das Gefühl, dass Richard noch lebte. Vielleicht hatte Patrick die Grausamkeit von Bau und Dupont gelernt, und was man in einem bestimmten Alter lernt, bleibt einem erhalten. Und deshalb bewahrte er diese schrecklichen Fotos auf, weil er sie gerne anschaute.

Mir war zum Weinen zumute. Ich musste einen Spaziergang machen. Ich konnte nicht länger dort sitzen. Ich gelangte zum Flussufer. Zu dem kleinen Platz, an den mich meine Füße immer führten, wenn es mir schlecht ging. Ich achtete auf eine Frau, die in Rot gekleidet war, und ich weiß nicht einmal, warum sie mir auffiel. Ich kann nicht verstehen, wie jemand diese Farbe aus freien Stücken tragen kann. Die Frau ging außer Sichtweite, und als sie verschwand, dachte ich, dass Gerard Bau Patrick vielleicht diese Fotos gegeben, Patrick aber diesen Geschäften nicht zugestimmt hatte. Manchmal sind Männer zu feige, einem Freund zu sagen, dass sie mit etwas nicht einverstanden sind – vor allem, wenn dieser Freund jemand ist, den sie bewundern.

Dann fragte ich mich, wer die Frauen auf den Fotos waren. Ich sah sie wieder an und erinnerte mich an das eine Mal, als Richard mich hart ins Gesicht schlug. Wieder fühlte ich das Brennen und die Empörung. Ich rannte schnell, ich rannte zum Ufer des Arkansas River. Doch, ich glaubte daran, denn seit je her musste ich das glauben, dass man der Vergangenheit entkommen kann.

5

ZU RENNEN BERUHIGT MICH. Es scheint, als würden sich die Gedanken in meinem Kopf setzen und vor allem ordnen. Dann bin ich in der Lage, die Zweifel an einen Platz zu weisen, die Ängste an einen anderen und schließlich kann ich Aktionen planen, die mich weiterbringen. Vielleicht habe ich das schon als Kind gelernt, dank Richard. Der Schock über die Fotos war mir vergangen, und ich beschloss, mit meinem Bruder zu sprechen, um seine Beteiligung an dieser hässlichen Affäre zu klären. Ich würde es später tun, denn es war nicht leicht für mich, nach Park City zu fahren, und wenn ich ihn anrief, war ich sicher, dass er sich eine Ausrede ausdenken würde, um mich nicht zu sehen. Jetzt musste ich erst einmal wieder zur Arbeit gehen. Dort versuchte ich, den Bericht des MacArthur-Jungen wiederaufzunehmen. Ich wusste, dass ich die unangenehme Begegnung mit dem Vater des Jungen melden musste, was ich bis dahin nicht getan hatte, weil mich der Besuch von Madeleine durcheinandergebracht hatte.

Ich brachte den Nachmittag so gut wie möglich hinter

mich – simulierend – und zum Feierabend fuhr ich die Tochter von Dupont besuchen. Ich konnte nicht sicher sagen, ob mein Bruder in etwas Unrechtes verwickelt war, aber ich wusste, dass Gerard Bau und Otto Dupont es waren. Ersterer war tot, Gott sei Dank. Aber Dupont lebte, war putzmunter und den Folgen seines Handelns entkommen. Außerdem dachte ich, auch er könnte der Mörder sein. Ich erinnerte mich daran, wie ich ihn das Gebäude betreten sah, als ich den Besuch bei Frank beendete. Aber er wirkte auf mich schwach. Ekelhaft, aber alt geworden. So kam ich das erste Mal dazu, Klaus Dupont zu verdächtigen. Ich dachte, dass sein Sohn vielleicht noch größere Gewalt entwickelt hatte als sein Vater. Dupont schlug zwar Frauen, aber das war weit davon entfernt, ihnen die Füße abzuschneiden, sie zu durchbohren und sie hängen zu lassen. Es war, als hätte der Serienmörder einen noch perverseren Sinn für Ästhetik, als die Fotos zeigten, die Madeleine mir gegeben hatte. Ich weiß, dass mein Unterbewusstsein dabei war, mir einen Streich zu spielen. Genauso wie ich dachte, dass Duponts unangenehmer und perverser Sohn der Serienmörder sein könnte, schien es mich darauf aufmerksam zu machen, dass Patrick – mein lieber kleiner Bruder – Richards Grausamkeit verfeinert haben könnte. Dieser schreckliche Gedanke bedrängte mich unvermeidbar von innen her, obwohl ich vergeblich versuchte, ihn abzuschütteln und zu zerstören, indem ich alle Verdächtigungen auf die Duponts lenkte.

In diesem Moment kam es mir nicht in den Sinn, die Fotos zu Hans Freeman zu bringen. Ich wollte die Sache selbst in die Hand nehmen.

War es Mary Ann oder war es Betty Ann? Ich versuchte, mich an den Namen der Tochter von Otto

Dupont zu erinnern, aber ich konnte es nicht. Ich habe ein schlechtes Namensgedächtnis.

Wenige Minuten später parkte ich den Wagen auf dem Parkplatz des Dupont-Imperiums. Ich hoffte, dass ich Frank nicht begegnen würde, denn sonst müsste ich ihm schnell erklären, was ich ihm in aller Ruhe sagen wollte, wenn wir zusammen waren. Ich meldete mich erneut bei demselben Mann an der Rezeption, und er sah mich genauso an wie zuvor. Ich hätte erwartet, dass er etwas sagte wie: „Sind Sie hier, um wieder einmal Mr. Frank Gunn zu besuchen?", doch das hätte vielleicht ein normaler Mensch getan, und es schien, dass jeder an diesem Ort weit davon entfernt war, normal zu sein. Jeder außer Frank.

Mary Ann begrüßte mich und ich muss zugeben, dass ich sie sogar sympathisch fand. Sie wirkte sehr kompetent in ihrem Job, und auch ihr Büro, einfach und nüchtern, war sehr angenehm. Eine halbe Stunde lang hörte ich mir an, wie großartig die Programme der Stiftung waren, die sie leitete. Ich täuschte auf überzeugende Weise Interesse vor, denke ich. Im Laufe des Gesprächs kam mir eine Idee in den Sinn: Was wäre, wenn der Mörder kein Einzeltäter wäre, sondern eine Frau als Komplizin hätte? In Wahrheit könnte Mary Ann ein effektiver Partner für alles sein. Sie ist eine dieser Frauen, die diesen Eindruck vermitteln. Und zweitens wurde in der Presse nicht von sexuellen Übergriffen auf die Opfer berichtet, was auf die Beteiligung einer Frau hindeuten könnte. Ich dachte, ich müsse meine Zweifel zügeln, denn Mary Ann würde merken, dass ich sie nicht beachtete.

Sie bot mir eine Tasse Kaffee an (noch eine), und ich nahm sie an, denn ich dachte, während ich ihn trank, könnte ich die Gelegenheit nutzen, um etwas über die

Vergangenheit zu erfahren. Es gelang mir, sie nach ihrem Vater und der Freundschaft mit Gerard Bau zu fragen, aber Mary Ann sagte mir nichts Bedeutsames. Nur, dass ihr Vater den Unfalltod von Herrn Bau sehr bedauert hatte. Dass sie oft in den Club am North Broadway in der Nähe der Altstadt gingen, Racquetball- und Squash-Turniere veranstalteten und Partys in den Privaträumen des Clubs im obersten Stockwerk feierten. Ich hatte den Eindruck, dass ich mit jemandem sprach, der plötzlich wie ein Zwölf-jähriger zu reagieren begann. Als hätte sie auf einmal die Reife verloren, die sie anfangs gezeigt hatte.

Ich verließ Mary Anns hübsches Büro und dankte ihr für ihre Zeit.

Dann sah ich ihn. Klaus Dupont. Ich glaube, er merkte, dass ich Angst vor ihm hatte. Ich eilte hinaus, ohne ihn zu grüßen, und betrat den Aufzug, doch er tat es mir gleich. Ich konnte ihm nichts sagen, weil meine Zunge gelähmt war und ich fühlte, wie sie schwer war und am Gaumen klebte. Als sich die Fahrstuhltüren öffneten, eilte ich hinaus und er folgte mir. Ich rannte zu meinem Auto. Da blieb er stehen und wartete, bis ich außer Sichtweite war. Dieser Moment war wie ein *Déjà-vu*. Daraufhin war ich überzeugt, dass Klaus Dupont ein Mörder war.

6

HANS KAM IM CITY CLUB AN, der sich am N. Broadway in der Nähe des Old Town befindet. Er war genauso, wie er ihn in Erinnerung hatte: helles Holz und künstliche Bäume, und als er eintrat, ein riesiges blaues Pferd auf einem Gemälde. Er wirkte, als hätte der letzte Dekorateur, der dort arbeitete, ihn in den siebziger Jahren eingerichtet und mit Silberobjekten, geblasenem Glas und Meißner Porzellan gefüllt. Hans stellte sich die Teller mit den Gerichten vor, die dort im Speisesaal serviert worden sein mussten: Krabbencocktails, Kaviar, Soßen und gut durchgebratenes Fleisch auf einem Teller mit Salatblättern unter kronenförmig geschnittenen Tomaten. Er fühlte Unbehagen bei diesem Bild.

Für ihn war es immer der Ort, an dem sich Wichitas ranzige Elite zur Schau stellte aber vor allem für sich selbst sorgte. Er bemerkte einen Globus neben der Tür und einen Stuhl mit einem blauen, mit Satin bezogenen Kissen im Barockstil, was ihm als Zeichen der Heuchelei erschien. Die Weltkugel in der Tür, als ob sie sich um die Erde oder etwas anderes als sich selbst kümmern würden. Oberflächlich betrachtet taten sie das, was man in einem Club tut: spielen, reden, essen, trinken und Kontakte knüpfen. Aber was die Menschen, die sich an solche Orte begaben, wirklich taten, war, sich vor den Veränderungen zu schützen, die in der Stadt vor sich gingen. Der City Club war wie eine Sekte, in der sich die Gläubigen gegenseitig die Wunden lecken. Eine neurotische Gesellschaft, die bereit war, alles für ihre Sicherheit zu tun. Hans kannte diese mechanischen Solidaritäten von Gesellschaften wie dem City Club, denn er hatte sie nicht nur an der Universität studiert, sondern auch in Aktion gesehen, wenn gegen eine einflussreiche Person ermittelt oder Anklage erhoben wurde.

Von dem Moment an, als er durch das Tor des City Club trat, fühlte er sich den fragenden und besorgten Blicken der Anwesenden ausgesetzt. Er beschloss, das Hauptgebäude nicht zu betreten, sondern mit einem Pförtner zu sprechen, der aussah, als hätte er seit mindestens einem Jahrhundert nicht mehr gut geschlafen. Er war ein älterer Mann, und sein struppiges Haar war halb hinter einer blau-weißen Mütze verborgen. Der Mann trug eine recht neue indigoblaue Uniform, und der Kontrast zu seinem wettergegerbten Gesicht und seiner gebeugten Gestalt ergab ein widersprüchliches Bild.

„Agent Freeman vom FBI. Ich möchte Ihnen ein paar Fragen stellen, Mister …"

„Tuscott. Reginald Tuscott. Das ist auch der richtige Name von Ray Milland."

Hans hob die Augenbrauen.

„Meine Mutter hat mir den Namen gegeben. Sie nutzte die Tatsache aus, dass mein Vater den gleichen Nachnamen wie der Schauspieler trug, und nannte mich Reginald, weil sie wollte, dass ich so reich werde wie der Filmstar. Sie sagte immer, dass sie den Wert von Ray Milland erkannte, als sie seinen ersten Film in den dreißiger Jahren sah, bevor er den Oscar gewann."

„Wie lange arbeiten Sie schon an diesem Ort?", fragte Hans und ignorierte die Geschichte, die der Mann ihm über seinen Namen erzählte.

„Fünfundzwanzig Jahre, Sir. Und mein Bruder, Gott hab ihn selig, hat neunundzwanzig Jahre lang hier gearbeitet", antwortete der alte Mann in Uniform.

„Erinnern Sie sich an Gerard Bau?"

„Die Familie Bau … Ich weiß, wer sie sind. Sie kam fast nie hierher. Eine raue Frau, jüdisch, denke ich. Aber er kam oft."

„Wissen Sie, was ein VP-Katalog ist?", fragte Hans und starrte den Mann an, um jedes Zeichen der Zustimmung in seinem weißen, faltigen Gesicht in Augenschein zu nehmen. Aber er musste zugeben, dass er nichts fand.

„Ich weiß nicht, wovon Sie reden", antwortete der Mann.

„Gibt es irgendeinen anderen Mitarbeiter, der seit fünfzehn Jahren oder länger in diesem Club arbeitet?"

„Das trifft auf fast alle von uns zu. Sie halten die Mitarbeiter bis zum Schluss, und das ist das Beste daran. Es sei denn, Sie sind derjenige, der gehen will."

Hans nickte. Er wusste, dass dies ein Überlebensmechanismus von gesellschaftlich in sich abgeschotteten Orten wie diesem war: sich vor Fremden in Acht zu nehmen und deshalb nicht einmal das Servicepersonal zu wechseln, wenn es nicht unbedingt notwendig war.

„Dann frage ich Sie auf andere Weise. Wenn es notwendig wäre, dass ich von einigen Vorlieben von Herren

179

wüsste, die Mitglieder des Clubs sind, und es nicht ratsam wäre, diese der Öffentlichkeit mitzuteilen, ich spreche von Herren, die den Club vor fünfzehn oder zwanzig Jahren besucht haben, mit wem würden Sie sprechen?"

„Sagen wir es so, dann würde ich mit Josep Duncan sprechen. Er forschte immer zu sehr und hat eine Menge Geschichten zu erzählen. Er ist ein bisschen krank im Kopf und vergisst, was er gestern gegessen hat, aber er erinnert sich an alles aus der fernen Vergangenheit. Sie können ihn finden, wenn Sie hier entlang gehen bis Sie die Hütte erreichen. Sie werden ihn rauchen sehen."

„Danke", antwortete Hans und machte sich auf in die Richtung, in die Reginald Tuscott zeigte.

Als er etwas weiter von dem Mann entfernt war, wollte er ihn abschütteln und ihn mit einer Bemerkung ärgern, von der er wusste, dass sie ihn verwirren würde. Er mochte keine Menschen, die sich für überlegen hielten, und man konnte den Geist Adolf Hitlers definitiv dort wiederfinden, wo man ihn am wenigsten erwartete. Also hielt er inne und schaute zurück, um mit ihm zu sprechen.

„Wussten Sie, dass Anne Frank ein Bild von Ray Milland auf ihrem Dachboden hatte?"

Der Mann sah ihn überrascht an und sagte nichts.

7

JOSEP DUNCAN ERWIES sich als ein schwieriger Mann. Die Gedanken in seinem Kopf waren nicht klar, und das kurze Gespräch mit Hans war voller Ungereimtheiten und Wiederholungen. Er erhielt jedoch eine Information, die er für wichtig hielt: Vor zehn Jahren war ein Mitarbeiter, ein Mann namens Gary O'Connor, entlassen worden, weil er etwas Unangenehmes gegen „die vornehmen Herren" gesagt hatte, nach denen er fragte: Bau und Dupont.

Während der Fahrt rief Hans Bob Stonor an, der zum FBI-Team in Washington gehörte und eine große Hilfe war, wenn es darum ging, den Hintergrund einer Person zu überprüfen.

„Bob, ich möchte, dass du mir alles über Gary O'Connor erzählst, einen ehemaligen Mitarbeiter des Wichita City Club."

„Gib mir zehn Minuten", hieß es am anderen Ende des Telefons.

Nach dieser Zeit erhielt er eine Sprachnachricht, die er ungeduldig abhörte.

Sie enthielt, was er wollte. Den derzeitigen Arbeitsplatz und Angaben zu seinem Wohnsitz.

Er wendete den Wagen und fuhr den Broadway hinunter zur Hausnummer Einhundert, wo er beim Petroleum Club ankam. Hier arbeitete Gary O'Connor nun. Es handelte sich um ein modernes Gebäude mit Glasfenstern und einer Metallkonstruktion, die den Innenraum sehr hell machte. Die zentrale Lobby hatte eine hohe Decke, die in einem dekorativen Spalier endete. Hans' Aufmerksamkeit wurde auf eine Skulptur gelenkt, die aus einer zentralen Säule herausragte und aus platinfarbenen Röhren bestand, gekrönt von gelben Scheiben, die ihm wie Radargeräte erschienen. Er konnte sich keinen Ort vorstellen, der sich mehr vom City Club unterschied. In der Mitte dieser modernen Lobby befand sich die innere Struktur, die die Aufenthaltsräume beherbergte, vermutete Hans. Er fragte eine sehr elegante Frau, die im Besucherinformationsbereich des Clubs saß, nach Gary O'Connor und zeigte ihr seinen Ausweis. Anders als er es in der Stadt entschieden hatte, hielt er es hier für einen Vorteil, seine Zugehörigkeit zum FBI offenzulegen. Die auffällige, dunkelhäutige Frau lateinamerikanischer Herkunft verbarg ihr Erstaunen, das ihr der Anblick von Hans' Dienstausweis bereitete, und forderte ihn auf, Platz zu nehmen. Gary O'Connor würde sich gleich um ihn kümmern.

Hans ging zu einigen orangefarbenen Stühlen in der Nähe des Informationsschalters und schaute auf. Der Ort wirkte auf ihn wie ein beeindruckender Glasturm, und er bemerkte, dass sich in seiner Nähe eine Kopie der Skulptur von oben befand, die jedoch senffarbene Scheiben hatte.

Innerhalb weniger Minuten sah er einen gut gekleideten Mann von mittlerer Größe und athletischer Statur auf sich zukommen. Hans musste zugeben, dass er anders war, als er sich ihn vorgestellt hatte.

„Es scheint, als wollten Sie mit mir reden. Ich bin Gary O'Connor. Sie werden mir sicher gleich sagen, worum es geht."

Hans stand auf und reichte ihm die Hand.

„Vielleicht gehen wir besser an einen ruhigeren Ort. Ich glaube, ich weiß, warum Sie zu mir gekommen sind."

Hans sah ihn verwundert an. Dann zeigte ihm der ehemalige Mitarbeiter des City Clubs, wohin er gehen sollte, wartete, bis Hans loslief und folgte ihm. Sie gingen eine kleine silberne Rampe hinunter, die in das Gebäude führte, in dem Hans die Büros und Besprechungsräume vermutet hatte. Sie gingen nach links und kamen in einen gemütlichen Raum mit Ledersesseln und kleinen runden Tischen. Am anderen Ende waren eine Cafeteria und eine Bar zu sehen, die seine Aufmerksamkeit erregten. Es war, als wäre der Teil des Gebäudes, den sie gerade verlassen hatten, eine moderne Hülle für den hölzernen Kern, den sie jetzt besuchten. Das Herz des Petroleum Clubs von Wichita, für Hans unbekannt, roch nach Kiefer und Tabak, und von dort hörte man das für solche Orte typische Stimmengewirr wie das Summen von Bienen.

Für Hans gab es verschiedene Arten von Clubs und verschiedene Arten von Menschen, und der City Club machte auf ihn einen miserablen Eindruck. Dieser ihm unbekannte Ort gefiel ihm im Gegensatz dazu viel besser. Er dachte gerade darüber nach, als Gary O'Connor ihm einen Drink anbot. Er nahm einen Scotch on the Rocks. Er musste zugeben, dass der Ort attraktiv war, und der Mann, mit dem er zusammen war, schien intelligent und scharfsinnig zu sein. Zumindest hoffte er, dass er nicht so voreingenommen war wie Reginald Tuscott und nicht „so viele Vögel im Kopf" hatte wie Josep Duncan. Dieser Ausdruck war einer der Lieblingsausdrücke seiner Mutter, und er hatte ihn gerne übernommen.

„Ich würde gern den Grund erfahren, warum Sie nicht mehr im City Club arbeiten."

„Das dachte ich mir, und ich bin froh, dass mich endlich jemand fragt. Aber Sie müssen vorsichtig sein. Wenn die Mauern irgendwo hören können, dann in dieser Stadt, und inzwischen müssen sie wissen, dass Sie hier sind und mit mir sprechen. Ich glaube aber nicht, dass es für sie von Bedeutung ist. Es ist eine Sache, wenn ein kleiner Fisch wie ich nicht in der Lage ist, es mit einem großen Fisch wie ihnen aufzunehmen. Es ist eine andere Sache, wenn Sie es tun, da Sie sich, wie man sagen könnte, außerhalb des Fischglases befinden."

„Ich hoffe, Sie können mir helfen, einige der Ereignisse zu verstehen, von denen wir annehmen, dass sie sich dort ereignet haben oder von Personen ausgeführt wurden, die sich an jenem Ort aufhielten."

„Hören Sie, Freeman. Dieser Club war eine Fassade. Kinder gehen dorthin, um zu spielen, junge Leute, um sich zu vergnügen, Frauen gehen dorthin, um zu reden, um eine gute Zeit zu haben. Aber einige Männer, die sich für unantastbar halten, weil sie es zum Teil auch sind, haben unter dem Deckmantel der Diskretion des von ihnen kontrollierten Verwaltungsrats schreckliche Dinge getan."

„Welche Männer?"

„Otto Dupont und Gerard Bau. Sie stellten sehr junge Mädchen an, um mit ihnen gewalttätige sexuelle Praktiken auszuführen. Sie taten es einmal im fünften Stock, der zu dieser Zeit als privater Bereich für sie und ihre Verkommenheiten diente. Ich habe eine junge Frau gesehen, die schwer verletzt herauskam. Also half ich ihr, schickte sie zur Behandlung in das Haus eines guten Freundes und sprach mit dem Vorsitzenden des Clubvorstands. Nicht mit ihnen, denn das wäre sinnlos gewesen. Aber es war auch sinnlos, mit John Sayer zu sprechen, der damals für die Präsidentschaft zuständig war. Seine Frau war die Cousine von Dupont. Sie baten mich freundlich, den Arbeitsplatz zu verlassen und niemandem zu erzählen, was ich gesehen hatte. Das tat ich auch nicht, aus Angst vor Repressalien. Sie gaben mir gute Referenzen, so dass ich schnell eine Stelle finden konnte. Viele Menschen, die zivilisiert aussehen, sind es nicht wirklich. Die Leute in diesem Club zum Beispiel. Später verlassen sie ihn, gehen in ihre schönen Hütten und ihre bunten Häuser am Strand, aber ihre Hände sind blutbefleckt, und nicht einmal ihre Kinder wissen es."

„Ich bewundere ihre Ehrlichkeit. In meinem Beruf ist es nicht üblich, darauf zu stoßen."

„Ich wusste, dass dort etwas vor sich ging, bevor ich es sah. Nicht aus einem bestimmten Grund, sondern wegen einer Reihe von Kleinigkeiten, die mich misstrauisch gemacht hatten und die ich Ihnen nicht mit Sicherheit beschreiben kann. Ich beziehe mich auf den Schleier der Komplizenschaft, den ich zwischen diesen beiden Jungs wahrgenommen habe. Lächeln und unausgesprochene Worte, mit denen sie sich ihrer Aktivitäten mit den Mädchen rühmten. Ich fand auch heraus, dass sie regelmäßig in einem geheimen Kampfplatz in der 26th Street waren, weil einer der Boxer in meiner Straße wohnte. Er war ein gesunder Junge, der durch die Kämpfe und die Wetten Schaden nahm."

„Wissen Sie etwas über einen Katalog mit dem Kürzel VP?"

„Nein, tut mir leid."

„Ich möchte gerne, dass Sie sich diese Fotos ansehen." Er reichte ihm Bilder, die er mit dem Handy aufgenommen hatte. „Sagen Sie mir, ob Sie einem dieser Mädchen geholfen haben."

Der Mann nahm sich ein paar Minuten Zeit, um sich anzusehen, was Hans in dem Katalog fotografiert hatte, der in dem Kohlegemälde in Gails Zimmer versteckt war.

„Ich bin sicher, dass es dieses arme Mädchen hier ist. Das ist es, ja, mein Herr. Ich dachte nicht, dass ich sie wiedersehen würde …"

„Ich muss Sie bitten, in die Mordkommission zu kommen, um eine Aussage aufzunehmen. Wenn Sie es wünschen, kann es auch anonym sein."

„Es ist in Ordnung. Ich werde das tun. Es ist an der Zeit, dass etwas passiert …", antwortete Gary, als ob er Gott dafür danken würde, dass Hans gekommen war. Es war, als ob eine Last von seinen Schultern genommen wurde.

Hans konnte sich gut in den Zeugen einfühlen, weil er wusste, wie es ist, Schuldgefühle zu haben. Die Überzeugung, dass man irgendwann nicht das Richtige tat und dass jemand dadurch verletzt wurde. Er erkannte dieses schlummernde Verlangen, diesen unstillbaren Wunsch, Menschen für ihre Taten bezahlen zu lassen. Es war in diesem weißhaarigen Mann mit den tief liegenden, olivfarbenen Augen vorhanden.

„Wissen Sie, ob jemand anderes sie bei diesen Aktivitäten begleitet hat? Nicht als stumme Insider, sondern als Komplizen oder aktivere Teilnehmer?"

„Niemand sonst aus dem Club, soweit ich weiß. Allerdings gab es einen Mann. Als ich herausfand, dass sie regelmäßig in diesem illegalen Kampfplatz im Norden der Stadt waren, wusste ich, dass sie einen Verbündeten hatten, der es ihnen erleichterte, die Jungen für die Boxkämpfe zu finden, und ich glaube, es war derselbe, der auch die Mädchen suchte. Es handelte sich um einen Mann, der immer in den Diensten eines der beiden stand und irgendwann einmal ihr Fahrer war. Ich kannte den Namen des Kerls nicht, aber ich wusste, dass er ein altes graues Auto hatte, in das die Mädchen ein- und ausstiegen. Der Junge, von dem ich Ihnen erzählte, dass er geboxt hat, dachte, dass dieser Mann ein Mechaniker sei. Er war derjenige, der mir das alles erzählt hat."

„Und hat dieser Junge noch Kontakt zu Ihnen?"

„Er ist tot und auf dem Calvary begraben. Er starb an den schweren Verletzungen, die er sich bei einem dieser verdammten Kämpfe zugezogen hatte. Sein Vater ist immer noch unser Nachbar."

Hans fuhr sich mit der Hand über sein Gesicht. Dann dachte er, dass er Fortschritte machte, wenn auch nicht in dem Tempo, das er sich wünschte. Er erinnerte sich an die prunkvolle Fassade des City Club und verspürte den Wunsch, die Vitrine mit den Sporttrophäen zu zerstören. Wieder die Schläge auf Menschen, die Schläge, die einer dem anderen versetzt und die tödlich sein können, wieder der Schatten von Terence …

8

„Die Jungs sind mit den Fingerabdrücken auf dem Katalog zugange. Cotten beschäftigt sich mit dem Verlag, der ihn herausgegeben hat. Es scheint jemanden zu geben, der in einem Geschäft für Erwachsenenfilme in der Nähe der Crawford Street arbeitet", sagte Anne Ashton.

„Ich komme gerade von einem Gespräch mit einem guten Informanten, der im City Club gearbeitet hat und der bestätigt, dass Dupont und Bau mindestens einmal ein Mädchen in einer Art Privatsuite verprügelten, die sie nach eigenem Ermessen in diesem Club benutzt haben. Er hat mir auch andere Dinge erzählt. Vielleicht können wir uns treffen, um dich auf den neuesten Stand zu bringen", antwortete Hans, der kaum den Petroleum Club verlassen hatte, als er sie anrief. „Kommst du zum Department?", fragte Anne und war sich sicher, dass sie eine positive Antwort erhalten würde. „Nein. Ich wollte dich an einen Ort einladen, von dem ich weiß, dass er dir gefallen wird und wo wir in Ruhe reden können."

Anne war von dieser Antwort überrascht, akzeptierte sie

aber sofort. Sie wollte sich die Gelegenheit nicht entgehen lassen, zu sehen, was er für einen Ort hielt, der ihr gefallen könnte. Sie starb vor Neugier.

„Dann sag mir, wohin ich gehen soll", antwortete sie und versuchte, ihr Interesse zu verbergen.

„Ich schicke dir die Adresse in einer Nachricht", sagte er und legte auf.

Er hatte vor, sie in eine Kreativ-Bar mitzunehmen, die ein Freund von ihm eröffnet hatte. Es war ein außergewöhnlicher Ort, hatte man ihm gesagt. Sie war in einer Ecke in der Nähe des Marriott versteckt, nicht beworben, mit nur sechs Plätzen an der Bar und zwei Tischen und für Liebhaber von Gin, Malzdestillaten und von der Prohibition inspirierten Cocktails gedacht.

Anne ahnte nicht, dass Hans den Geruch von Gin am Morgen wahrgenommen hatte, und sie konnte sich nicht vorstellen, dass er sie an diesen Ort bringen würde. Anne wusste nicht einmal, dass es ihn gab. Es kam ihr in den Sinn, dass Hans sich an sie wenden wollte, um sie davon zu überzeugen, dass Gails Tod mit dem Serienmörderfall zusammenhing. Sie sagte sich, dass das nicht nötig wäre, denn sie war bereits mehr als überzeugt davon. Während sie noch nachdachte, ging die WhatsApp-Nachricht ein.

„Das gibt es doch nicht! Das ist gleich um die Ecke des Marriott. Dieser Freeman ist ein unberechenbarer Typ …", sagte Anne laut und Juliet Rice hörte sie und lächelte.

„Ich habe gehört, dass dort Gin-Cocktails ausgeschenkt werden", sagte Juliet.

Anne starrte sie an und fragte sich, woher Hans wohl ihre Schwäche für Gin kannte. Sie sagte sich, dass es keine gute Idee sei, Leute wie ihn, die alles über einen herausfinden könnten, zu nahe an sich heranzulassen.

Denn wir alle hatten das Recht, unsere Geheimnisse zu haben.

„Es wäre unerträglich, mit einem solchen Mann zusammenzuleben", sagte Anne kopfschüttelnd und schätzte Harry, ihren unbekümmerten Ehemann, umso mehr.

9

„WARUM EIN EICHHÖRNCHEN?", fragte Anne, als sie das fast leere Glas auf den Tresen stellte.

Sie hatten die Gin-Verkostung beendet.

„Ich saß eines Morgens auf einer Bank am Lafayette Square, und alle bewunderten das Weiße Haus, aber ich beobachtete ein Eichhörnchen in einem Baum. Ich bin mir sicher, dass es niemandem in der Reisegruppe aufgefallen ist. Was uns in diesem Beruf gut macht, ist die Fähigkeit, das zu sehen, was sonst kaum jemand sieht, weil die Aufmerksamkeit auf etwas Auffälligeres gerichtet ist. Deshalb ist das Eichhörnchen mein Symbol und mein Totem", schloss er, während er sich die Haare hinter die Ohren strich.

Anne lächelte und nahm ihr Getränk wieder in die Hand.

„Aber dies sollte ein *quid pro quo* sein, also musst du mir jetzt sagen, wie lange du schon Angst hast, in Flugzeuge zu steigen."

„Seit genau fünf Jahren. Es kam aus heiterem Himmel.

An einem Tag steigt man sorglos in ein Flugzeug, und am nächsten Tag, wenn man es wieder tut, überkommt einen eine irrationale Angst. Die Beine zittern, die Hände werden eiskalt, der Mund fühlt sich trocken an, und man glaubt, dass man in der geschlossenen Kabine unwillkürlich anfangen wird, wie verrückt zu schreien. So ist es mir ergangen, und ich verstehe es immer noch nicht. Das Einzige, was sich geändert hat, wenn überhaupt, war, dass wir in dieser Nacht in schwere Turbulenzen geraten sind. Aber ich hatte schon einige erlebt und bekam es nicht mit der Angst zu tun."

„Sicherlich ist dein Sohn Matthew fünf Jahre alt", sagte Hans und lehnte sich in seinem Stuhl zurück, dann sprach er weiter: „Siehst du nicht, dass das der Grund ist? Und außerdem ist es eine ganz gewöhnliche Sache. Nur eine sehr starke Bindung, in diesem Fall zu deinen Kindern, lässt dich Risiken sehen, wo du sie vorher nicht gesehen hast. Du hast Angst, sie im Stich zu lassen. Du willst, dass sie in einer geeigneten, sicheren und freundlichen Umgebung geboren werden, vor allem nach dem, was wir in diesem Beruf erleben müssen. Eigentlich hast du keine Angst vor Flugzeugen, sondern davor, nicht für deine Kinder da zu sein."

Anne starrte ihn an, ohne zu wissen, was sie sagen sollte, und spürte, wie ihr die Hitze ins Gesicht stieg. Sie bewunderte die Intelligenz und bedauerte es, Julia gesagt zu haben, dass es schrecklich wäre, jemanden wie Hans so nah bei sich zu haben.

„Woher wusstest du das? Das mit dem Flugzeug und dem Gin", sagte sie, tippte auf ihr Glas und lächelte.

„Das mit dem *Gin* war einfach. An dem Morgen, an dem Elaines Leiche gefunden wurde, kamst du auf mich zu und ich bemerkte einen schwachen süßen Geruch, der von dir ausging. Die Sache mit den Flugzeugen fand ich heraus, als du mich vom Flughafen abholtest. Ich erinnere mich an das Hellblau deiner Hose, das Beige deiner Bluse und an deine abwehrende Bewegung, als das Flugzeug dicht an uns vorbeikam, während wir den Parkplatz überquerten. Von diesem Moment an brachte ich deine Angst mit dieser hellblauen Farbe in Verbindung. Als ich den Geruch von Gin wahrnahm, stellte ich mir eine Flasche London One vor, die hellblaue Flasche. Zugegeben, der hat Stil, und mir persönlich gefällt er am besten. In meinem Kopf assoziiere ich dich also mit dieser hellblauen Farbe." Anne lächelte daraufhin und antwortete bereitwillig.

„Ich habe noch nie jemanden getroffen, bei dem die Legasthenie auch die Erinnerung an visuelle Bilder beeinträchtigt, also bist du wirklich eine Rarität. Ich habe noch nie eine hellblaue Hose getragen. Ich hatte genau das Gegenteil davon an: Eine hellblaue Bluse und eine beigefarbene Hose, die übrigens sehr bequem ist. Es ist die, die ich gerade trage."

Sie lachten beide und schwiegen dann einen Moment lang.

„Wovor hast du Angst?", fragte Anne.

„Inkompetent zu sein. Nicht in der Lage zu sein, einen Fall zu lösen. Bevor du kamst, ging ich zum Beispiel den Moment durch, als wir das Haus von Elaine Perales betraten. Ich erinnere mich an unseren Gang durch das Haus, an einige Dinge, die wir sagten, an den Tomatensaft auf dem Tisch, an die aufgeschnittenen Auberginen. Und ich weiß, dass mir beim Anblick des Glases und des Tellers etwas auffiel, aber ich kann nicht genau sagen, was es war. Vielleicht war es etwas, das du sagtest. Ich weiß, dass es wichtig ist, aber es entwischt mir! Und ich verzweifle daran, dass ich nicht herankomme. Ich weiß, dass wir damals über Megans Ordentlichkeit sprachen, über die unerwarteten Besucher …"

Er machte eine Geste, als ob er nach einer Zigarette in der Innentasche seines Jacketts greifen wollte, ließ dann aber davon ab und sprach weiter.

„Und ich habe auch Angst vor meiner Vergangenheit und vor dem, der ich war. Weißt du, eine Zeit lang war ich von der Macht um den Preis physischer Gewalt verführt. Ich hatte einen Freund in der Schule, Terence Goren. Mit unserer Bande schikanierten wir andere Kinder, und wenn wir konnten, verprügelten wir sie grundlos. Wir waren zu fünft: Ben, Joshua, Lawrence, Goren und ich. Ich weiß, wie es sich anfühlt, die Angst in den Augen anderer Menschen zu sehen, und wie dich der Genuss daran korrumpiert."

„Ich...weiß schon, wer Terence Goren ist. Wenn er derselbe ist, der wegen Mordes im Gefängnis sitzt."

„Ja, das ist er. Na ja, aber ich habe auch Angst vor Tiefkühlgemüse, weil es schrecklich ist", sagte er, um dem Gespräch den Ernst zu nehmen.

„Ich hasse es auch, und ich würde es nie im Leben für die Kinder kaufen", erwiderte Anne.

„Ich denke, es ist an der Zeit zu gehen. Es war ein sehr aufschlussreicher Abend in Bezug auf unsere verborgenen Ängste."

„Ich wollte dir sagen, dass ich dich in der Whitman-Sache unterstützen werde, denn ich halte sie für wichtig. Ich will den Bastard fangen. Wenn du glaubst, dass dieser Serienmörder etwas damit zu tun hat, muss es wahr sein."

„Das ist eine gute Nachricht. Ich bin sicher, dass das sein erstes Verbrechen war, aber ich was ich mir bisher nicht erklären konnte, ist, warum er so lange wartete, bis er wieder tötete."

Hans trank seinen Drink aus und stellte das Glas zufrieden auf den Tresen. Er hatte bei Anne erreicht, was er wollte. Er hatte sie davon überzeugt, ihn bei den Ermittlungen gegen Gail zu unterstützen, da dies die erste Tat des Mörders war, den sie jagten. Manchmal war er selbst erstaunt, wie kühl und manipulativ er mit Menschen umgehen konnte, die so anders waren als er: Anne war katholisch, familienorientiert, litt nicht an dem Getriebensein, das ihn erdrückte, und sie hatte sicher die beneidenswerte Fähigkeit, Stress abzubauen. Sie musste ein Hobby haben, das es ihr ermöglichte, abzuschalten und zu vergessen. Vielleicht spielte sie Poker bei ihr zu Hause oder bei Freunden. Er war kurz davor, sie danach zu fragen, als sie die Bar verließen.

10

ICH WAR ERSCHÜTTERT von dem Albtraum, den ich gerade hatte. Ich war rot gekleidet und Richard war hinter mir her. Ich schubste ihn die Dachbodentreppe hinunter, aber dann schubste mich Patrick und lachte sich halb tot. Ich stand auf, so gut ich konnte, und sah dann auch meine Mutter. Sie erschien und sagte mir, dass meine Brüder Recht hätten, wenn sie mich schlugen, weil ich so seltsam wäre, ein Freak.

Mit einem Schrei wachte ich auf. Ich dachte daran, Frank anzurufen, verwarf diese Idee aber sofort wieder, weil ich diejenige war, die beschlossen hatte, ihn an diesem Abend nicht zu sehen, und ich weiß, dass ihm das nicht gefallen hatte. Der Besuch von Madeleine und diese schrecklichen Fotos zerstörten im Moment meinen Wunsch, ihn zu sehen. Ich dachte daran, Schlaftabletten zu nehmen, aber dann erinnerte ich mich an mein letztes Gespräch mit Lipman. „Flucht oder Kampf", das war nach seiner Meinung mein Dilemma. Ich entschied mich schließlich für Letzteres. Es war halb elf Uhr abends, aber ich beschloss, aufzustehen, mich schnell anzuziehen, meine Haare zu einem Pferdeschwanz zu binden, die Autoschlüssel zu holen und nach Park City zu fahren, um Patrick herauszufordern.

Ich muss zugeben, dass ich fuhr, wie eine Verrückte. Als ich in Richards Haus ankam, fühlte ich mich bedroht, wieder einmal. Am schwierigsten war es, Mutter Hallo zu sagen. Sie würde es sehr seltsam finden, wenn ich um diese Zeit unangemeldet dort ankäme. Ich hatte nicht das Gefühl, dass es mein Haus war, so dass ich es jederzeit betreten könnte. Vor Maggie Olson musste ich alles rechtfertigen. Manchmal hatte ich sogar das Gefühl, mich dafür rechtfertigen zu müssen, dass ich lebte und mein Bruder Richard tot war.

Aber ich musste tun, was Lipman sagte, ich musste mich den Dingen stellen, vor denen ich Angst hatte, und damit aufhören, wegzulaufen. Ich ging den Weg hinunter zur Tür. Gerade, als ich den Schlüssel hineinstecken wollte, um sie zu öffnen, sah ich einen Schatten im Garten und hörte Schritte. Es war Patrick. Er hatte eine Bierflasche in der Hand. Ich sah das Mondlicht auf seinen Kopf scheinen und auch die Flasche glänzte.

„Hallo, ich bin gekommen, um mit dir über etwas Wichtiges zu sprechen", sagte ich.

„Sicher, wenn du um diese Zeit kommst, Julie. Komm, lass uns hier draußen sitzen, damit wir niemanden aufwecken."

Er zeigte auf eine kleine Holzbank, die Papa mit seinen eigenen Händen angefertigt hatte. Ich liebte es, dort zu sitzen.

„Willst du ein Bier mit mir trinken? Ich habe ein paar hier reingestellt." Er deutete auf den Boden, auf eine volle Kühlbox, aus der sechs Flaschen zum Teil herausschauten.

„Nein, mir geht's gut", sagte ich in ernstem Ton.

Er merkte, dass mit mir etwas nicht stimmte, und nahm eine Verteidigungshaltung an.

„Was ist das Geheimnis?", fragte er, als er sich auf Papas Bank lehnte.

„Das Geheimnis ist, dass Madeleine dies in deinen Sachen gefunden und nicht den Mut besessen hat, dich zu fragen, warum du dieses Grauen aufbewahrst. Ich aber schon", sagte ich, während ich ihm den verhassten Umschlag mit den Fotos zuwarf und mich neben ihn setzte.

Ich wartete auf seine Reaktion, ich wollte seinen Gesichtsausdruck und seine ersten Worte studieren, ich wollte die Zweifel loswerden, die sich in meinem Kopf eingenistet hatten.

Patrick stellte die Bierflasche neben die Bank auf den Boden und hob langsam den Umschlag auf. Es schien, als würde er den Moment hinauszögern. Dann wischte er sich die Hände an seiner Hose ab und öffnete den Umschlag. Als er das oberste Foto sah, neigte er den Kopf zur Seite, erstarrte für einige Sekunden und legte dann den Fotostapel auf die Bank, zwischen uns.

„Deshalb ist sie so distanziert. Jetzt verstehe ich. Weißt du was, Schwesterchen? Das Schlimmste am Verheiratet-sein ist, wenn man anfängt, Dinge zu denken und zu fühlen, die man nicht aussprechen kann. Eine unsichtbare aber starke Mauer baut sich zwischen zwei Menschen auf, und die Leute tun so, als gäbe es sie nicht. Aber sie ist da, und sie ist riesig. Tue mir einen Gefallen und heirate nicht."

„Kannst du mir erklären, warum du das hattest?"

„Ich wusste nichts! Margaret sagte es mir. Du hattest immer Recht mit ihr." Seine Augen füllten sich mit Tränen. „Ich kann immer noch nicht glauben, dass Gerard das tat.

Hast du die Rückseite gesehen? Es war, als ob er und Otto Dupont diese Frauen wie Karten unter sich aufteilen würden. Bei Gerards Beerdigung überreichte mir Margaret diesen Umschlag und sagte mir, sie wolle damit ihren Vater von dem Sockel herunterholen, auf dem er sein ganzes Leben lang gestanden hatte. Sie sagte mir lächelnd, dass ich schon immer ein Idiot gewesen sei."

Patrick war getroffen, und plötzlich kam er mir wie ein Kind vor. So wie damals, als ich ihn nach einem Sturz zurückkommen sah, mit blutenden Knien und einem Gesicht voller Tränen und Schmutz. Aber ich dankte Gott, dass mein Bruder nicht das Monster war, für das ich ihn gehalten hatte. Ich umarmte ihn und wir blieben eine Weile so. Dann fuhr ich mit meiner Hand durch sein Haar und es fühlte sich so weich an. Mir war zum Weinen zumute. Ich hatte solche Angst gehabt, denn ich hätte es nicht ertragen können, zu wissen, dass Patrick wie Richard war.

Ich versuchte, ihn so gut es ging zu trösten, und richtete meine Waffen auf Margaret. Es ist wunderbar, welche beruhigende Wirkung es hat, schlecht über Menschen zu sprechen, die wir nicht mögen. Wir kamen beide zu dem Schluss, dass sie einer der schlimmsten Menschen war, die wir kannten. Am Ende trank ich ein Bier mit ihm und ich glaube, ich liebte ihn noch mehr. Ich bat ihn, mit Madeleine zu sprechen, um die Sache zu klären. Er versprach es mir.

Dann begleitete er mich zum Auto. Es war eine heitere und ruhige Nacht, aber ich war so aufgeregt, dass ich das bis zu diesem Moment nicht bemerkt hatte. Es war, als ob ich plötzlich wieder atmen konnte, nachdem ich Patrick vom Verdacht befreit hatte. Ich roch sogar einen angenehmen Jasminduft, von dem ich nicht weiß, woher er kam.

Ich dachte nicht, dass es Patricks Eau de Cologne war. Aber vielleicht doch, denn er war die einzige Person, die zu dieser Zeit bei mir war, und es war definitiv kein Geruch aus Mamas Garten.

„Riechst du nach etwas Blumigem?", sagte ich, halb Frage, halb Feststellung.

„Du bist verrückt, Schwesterchen. Geh schlafen, denn morgen wirst du wohl arbeiten."

Es war wahr. Ich musste mich wieder an die Routine ketten, die für mich wie Blei im Flügel war. Als Patrick das sagte, schaute ich mechanisch auf mein Handy und stellte fest, dass ich schon seit mindestens vier Stunden keine Anrufe und Nachrichten mehr beachtet hatte. Diese Art der Gedankenverlorenheit, wenn mich etwas beunruhigte, wurde immer häufiger. Also überprüfte ich die Nachrichten, als ich zum Auto ging. Der Leiterin der Abteilung war wütend. Sie hatte von meinem Besuch bei der Dupont-Tochter erfahren, weil der Beauftragte für behördenübergreifende Beziehungen von Bruder Dupont sie kontaktiert hatte, um Informationen für eine Pressemitteilung über die neuen Verbindungen zu erhalten, die sie mit der Stadtverwaltung knüpfen würden. Ich dachte, das Beste, was mir passieren könnte, wäre, meinen verdammten Job zu verlieren. Dann müsste ich nicht wieder ständig mit Ratten zusammenkommen wie diesem Albert MacArthur, der mich zu Tode erschreckt hatte. Auch hatte ich eine Nachricht von Frank, in der er mich bat, ihn morgen zu treffen. Ich hatte bereits beschlossen, ihn über alles, was ich tat, zu informieren.

Ich küsste meinen kleinen Bruder zum Abschied und sagte ihm in dem Versuch, Autorität über ihn auszuüben, dass er verpflichtet sei, den Umschlag mit den Fotos zu

Agent Hans Freeman zu bringen. Ich sagte ihm auch, wo er ihn finden könne. Und auch, dass ich Patrick vertraute und dass ich niemals hätte damit aufhören sollen.

Er küsste mich und umarmte mich noch einmal zärtlich. Dann ging er weg und ich sah ihn ins Haus gehen. Es schien mir, als würde in einem der Zimmer ein Licht angehen und ich dachte, dass es vielleicht Madeleine wäre, die uns ausspionierte.

Als ich im Auto saß, schaute ich im Rückspiegel auf das Haus der Familie Bau und fand es grauenhaft. Ich weiß nicht, wie ich mir je habe wünschen können, dort zu leben, wenn ich fliehen wollte. Und ich erinnerte mich an Margarets Gesicht mit diesem ewigen Lächeln, das sie immer trug. Sie schien mir wie die Vögel, die Würmer jagten. Diese Tiere widerten mich an, seit ich als kleines Mädchen im Garten auf Papas Bank saß und sie beobachtete. Sie waren aggressive Raubtiere, getarnt als harmlose Vögel. So war Margaret Bau. Dann fragte ich mich, ob es Margaret war, die die Frauen tötete. Doch später sagte ich mir, dass alles darauf hindeutete, dass Otto Dupont für diese Todesfälle verantwortlich war. Jetzt, wo Patrick von meinen Zweifeln befreit war, begann ich klarer zu sehen. Oder zumindest dachte ich das. Ich blickte zurück zum Haus der Baus und glaubte, die Silhouette eines Mannes zu sehen, der auf der Straße darauf zuging. Doch dann verschwand dieses Bild.

11

„Wir haben ihn", sagte Anne erfreut, während sie in Richtung des Gebäudes der Gebrüder Dupont fuhr. Sie kümmerte sich nicht mehr um den Staub, den Otto Duponts Verwicklung in zwielichtige Geschäfte aufwirbeln würde. Das Vergnügen war größer, zu wissen, dass der Schuldige für die Gräueltaten, die auf den Fotos zu sehen waren, bestraft werden würde. Eine Stunde zuvor hatten sie im Department Besuch von Patrick Stein erhalten, und als sie zum ersten Mal einen Blick auf die Bilder warfen, wussten sie sofort, dass es sich um die gleichen Frauen handelte, die im Katalog abgebildet waren.

Hans sah sie an und nickte.

Nach kurzer Zeit erreichten sie das Gebäude und legten ihre Ausweise vor. Der Mann, der für die Sicherheit zuständig war, zeigte ihnen den Weg zur Präsidentschaft und Hans bemerkte eine gewisse Freude in ihm. Er schien den Mann, der das Imperium aufgebaut hatte, für das er arbeitete, im Stillen zu hassen. Er stellte sich vor, wie er an diesem Abend feierte und zu Hause freudig erzählte, dass Otto Dupont „Besuch" von der Polizei bekommen hatte.

Sie landeten in einem riesigen, schillernden, nach Holz riechenden Büro mit Marmorböden. Sobald sie eintraten, richteten sich ihre Blicke auf ein großes Aquarium, das den zentralen Bereich einnahm. Es war gigantisch und ein Hai schwamm darin. Mit dem Rücken zu ihnen stand ein kleiner, untersetzter Mann in einem braunen Anzug mit orangefarbenen Streifen, der Hans bizarr erschien. Er bewunderte die Bewegungen des Hais. Aufgrund der Größe des Hintergrundes wirkte er sogar noch kleiner, als er wirklich war. Hans sagte sich, dass dieses Bild Dupont gut repräsentierte: ein Wesen, das ein Tier bewunderte, das in der Lage war, so brutal anzugreifen. Zum ersten Mal stellte er sich vor, wie Otto Dupont es genoss, seinen Opfern die Füße abzuschneiden. Er war kein starker Mann, also würde er vielleicht einen Rollstuhl benutzen, aber wie würde er sie aufhängen? Dafür würde er Hilfe benötigen.

„Sie haben ihn aus Grönland zu mir gebracht. Er ist das am längsten lebende Tier der Erde. Als Rembrandt malte und Karl Marx seinen ganzen Unsinn schrieb, schwamm dieses Tierchen bereits im Meer herum. Ist das nicht außergewöhnlich?"

Die Frage wurde nur durch das Echo der Stimme des kleinen Mannes beantwortet, die sich in der Mitte des prächtigen, aber unangenehmen Raumes verlor.

„Sie wollten mit mir sprechen? Bitte, setzen Sie sich hierher."

Er führte sie in ein luxuriöses Foyer, von dem aus sie das Aquarium sehen konnten.

Anne wollte ihn schlagen, beherrschte sich aber.

„Agent Hans Freeman vom FBI und ich müssen Sie

bitten, uns Ihre Verbindung zu diesen Fotos zu erklären."
Sie reichte Dupont eine Mappe mit den Bildern der
geschlagenen Frauen, die mit Plastikfolie abgedeckt war, um
die bereits vorhandenen Abzüge nicht zu beeinträchtigen.
„Diese Unterschrift und diese und diese sind von Ihnen,
nicht wahr?", Anne wedelte mit dem Finger. Bevor Sie
antworten, sollten Sie wissen, dass wir Schriftsachverstän-
dige haben.

Dupont hob die Hand, um sie zum Schweigen zu
bringen.

„Sparen Sie sich diesen ganzen Fachjargon, Officer …"

„Ashton", ergänzte sie trocken.

„Bei mir brauchen Sie das nicht."

Hans hatte den Eindruck, dass Otto Dupont sich
amüsierte, und er war überzeugt davon, dass er ein grausamer Mensch war. Wenngleich vielleicht auch nicht der
Mörder. Was er bisher von Dupont gesehen hatte,
entsprach nicht der Theorie, die er über die Persönlichkeit
des Mörders entwickelt hatte.

„Ich werde es nicht leugnen, denn es hat keinen Sinn.
Sie werden die Fingerabdrücke auf den Fotos bereits regis-
triert haben, und, wie Sie sagen, wäre es sinnlos zu behaupten, dass dies nicht meine Handschrift sei. Sie können mir
sofort die Handschellen anlegen", sagte er, während er
seine Handgelenke zu einem X zusammenlegte, „aber Sie
haben sich schrecklich viel Zeit gelassen, um das herauszufinden."

„Sie meinen, Sie gestehen, die Frauen auf diesen Fotos
angegriffen zu haben?", fragte Hans unbeeindruckt.

Otto Dupont setzte sich in den Sessel, lehnte sich
zurück, legte den Kopf auf die Kante und schloss die
Augen.

„Zuerst haben wir Frauen angeheuert, um mit ihnen Sex zu haben und sie zu schlagen, im Anschluss machten wir diese Fotos. Dann brauchten wir mehr Reiz und gingen auf die Straßen, wo Männer und Frauen Sex verkauften, und verprügelten die. Gerard hatte viel mehr Spaß daran als ich, und er hatte die Idee, sie zu fotografieren."

„Haben Sie Gail Whitman etwas angetan?", fragte Hans.

„Dem Whitman-Mädchen, niemals. Das können sie mir nicht vorwerfen. Was ich ihnen zugegeben habe", sagte er und setzte sich wieder nach vorne, „war eine vorübergehende Praxis, und als das Gail-Mädchen starb, hörten wir auf, weil uns jemand hätte in ihren Mord verwickeln können. Möchten Sie eine Zigarette? Ich habe bemerkt, dass Sie mit Interesse auf meine Zigarrenkiste geschaut haben. Ich versichere Ihnen, dass sie nicht kubanisch sind oder direkt von El Laguito kommen, auch nicht von Cohiba oder Montecristo, denn das wäre ein Verbrechen, und ich achte auf die Gesetze."

Hans achtete darauf, dass der Mann nicht bemerkte, wie sehr ihn sein Kommentar abstieß, denn er wusste, dass es in seinem Beruf ein Fehler war, sich auf so durchsichtige Weise zu erkennen zu geben. Er wusste auch, dass seine Aussage über die Zigarren eine Lüge war und dass er mit seiner unnötigen Anspielung genau das Gegenteil bezwecken wollte. Dupont wollte deutlich machen, dass er ein Mann war, der in der Lage war, eine der vielen illegal eingeführten Zigarren zu rauchen, und dass er dies vor einem Vertreter des Gesetzes tat, weil es ihm Spaß machte, die Autorität herauszufordern, sich ihr zu entziehen und sie zu verspotten. Gleichzeitig dachte Hans, dass Otto Dupont wohl kaum der Serienmörder war, denn er hätte die

Leichen auf andere Weise hinterlassen, mit vulgäreren und gewalttätigeren Angriffen, um die Opfer und alle anderen zu verspotten.

„Fand sie heraus, was Sie taten?", fragte er.

„In der Tat, so war es. Eines Abends schlich sie sich bei Gerard ins Arbeitszimmer und stöberte ohne Scham herum. Sie war die Freundin von Elvin, dem Sohn von Gerard. Sie war auch eine Klassenkameradin meines Sohnes Klaus. Sie war frühreif und intelligent und verstand, dass sie daraus Profit schlagen könnte. Und sie ließ es Gerard auf sehr subtile Weise wissen. Früher oder später hätte dieses Mädchen versucht, Geld von uns zu nehmen." Er klatschte laut in die Hände und der Raum füllte sich mit Lärm. „Aber jemand hat sie vorher getötet."

„Wer war noch mit Ihnen in diese Sache mit den Mädchen verwickelt? Wer hat Sie mit ihnen in Kontakt gebracht?"

„Ich glaube, es ist an der Zeit, dass ich meinen Anwalt anrufe", war Duponts einzige Antwort auf Hans' Frage.

„Ich glaube, das ist es. Aber wir werden sie ins Department der Kriminalpolizei mitnehmen, um dort die Unterhaltung fortzuführen."

Dupont schien sich darauf zu freuen. Das war jedenfalls der Eindruck, den er Hans vermittelte, der seinerseits weiter versuchte, den unangenehmen Mann genau unter die Lupe zu nehmen. Er sah, wie er aufstand und zu einem kleinen Schrank ging, in dem einige Gläser und zahlreiche Flaschen Wasser standen. Er nahm eine davon und sah Anne mit einem spöttischen Blick an.

„Es wird sehr schön sein, wenn Sie diese Mädchen kontaktieren und die sagen, dass wir alles in beiderseitigem

Einverständnis getan haben. Ich glaube, mein Anwalt wird mich dieses Mal wirklich gerne vertreten."

Weder Anne noch Hans sagten etwas. Sie verließen das Büro mit Otto Dupont. Dann hörten sie, wie er darum bat, Aristides Sheldon zu rufen und in die Kriminalabteilung zu beordern.

Anne erkannte den Namen dieses Strafverteidigers, denn er war ziemlich berühmt. Der Krieg gegen einen der mächtigsten Männer der Stadt hatte begonnen.

12

„Jetzt muss ich etwas tun. Mach du allein weiter und koordiniere mit der Staatsanwaltschaft den Fall Dupont wegen der Angriffe auf die Frauen. Die Aussage von Gary O'Connor ist unwiderlegbar, außerdem hat diese Ratte die Tatsachen nicht geleugnet, sondern behauptet, alle angegriffenen Frauen hätten eine Vereinbarung unterschrieben, in der sie sich freiwillig der Gewalt unterworfen haben", sagte Hans zu Anne, in Gedanken versunken.

Er hatte den ganzen Weg von Brother Dupont zum Kriminaldezernat geschwiegen. Sie nickte, ohne Neugierde zu zeigen. Sie wusste, dass Hans diese „unerwarteten Abgänge" hatte.

„Glaubst du, Otto Dupont ist der Mörder?"

„Nein", antwortete Hans, „ich glaube leider, dass er die Wahrheit sagt. Auf dem Weg hierher habe ich darüber nachgedacht. Nichts würde mir mehr gefallen, aber ich glaube nicht. Ich denke sogar, er hat Spaß an der ganzen Sache."

Er verabschiedete sich von Anne, die ihn zum Auto gehen sah.

Hans nahm die Waco Avenue und bog dann in die Murdock Street ein, um zum Ascension Via Christi St. Francis Hospital zu gelangen. Er hatte herausgefunden, dass Melinda Bell dort war. Sie war eine der Frauen, die von Otto Dupont und Gerard Bau verprügelt wurden. Bis zu diesem Tag glaubte jeder, dass sie ein Opfer von Michael Lang und John Williams war, den Obdachlosen, die wegen der Überfälle und des Mordes an Gail Whitman verhaftet worden waren. Zumindest diese Verbrechen würden zu Recht bestraft werden, nicht aber die am Whitman-Mädchen, denn Hans war überzeugt davon, dass Otto Dupont die Wahrheit sagte: Weder er noch Gerard Bau hatten etwas mit dem Mord an Gail zu tun. Sie waren Kriminelle, aber von einer anderen Art. Der Mörder war also noch auf freiem Fuß. Er war sich sicher, dass Duponts Verhör zu guten Alibis für die Mordnächte von Alice, Megan und Elaine führen würde. Aber vielleicht wollte der Mörder Otto Dupont und Gerard Bau für Gails Tod verantwortlich machen.

„Das ist tatsächlich möglich", sagte Hans laut und fuhr fort, als spräche er mit einem imaginären Kopiloten. „Vielleicht wusste er, was sie taten, und tötete das Mädchen, damit sie, wenn man sie entdeckte, auch in diesen Mord verwickelt würden. Aber wer außer Gail wusste, was sie taten? Jemand ihres Vertrauens …" Er klopfte wütend auf das Lenkrad und spürte einen stechenden Schmerz in seinen Schläfen. Was bedeuten die Flecken auf Gails Kleidung? Und die gesegneten Zahlen auf den Seilen?

Das Hinweisschild auf das Ascension Via Christi St.

Francis Hospital blitzte vor seinen Augen auf und unterbrach seinen sorgenvollen Monolog.

Wenige Minuten darauf schritt er durch die Tür des weißen Gebäudes und konnte nicht verhindern, sich wie in einem Bienenstock zu fühlen. Das Summen, die Bewegung, die Abteilungen, die Gänge, alles zeugte von einer hochspezialisierten Technik, in der es um Leben und Tod ging, inmitten dieses unangenehmen chlor- und ätherähnlichen Geruchs. Er erinnerte sich an seine Mutter, und er sagte sich immer wieder, dass es ihr dank seiner Hilfe jetzt sehr gut gehe. Aber Krankenhäuser deprimierten ihn, beeinträchtigten seine Fähigkeit zu denken und zu argumentieren, kurz: brachten ihn ein wenig um. Er beschleunigte sein Tempo, um seine Mission hier zu erfüllen. Er ging zur Information. Fünf Minuten später erreichte er den dritten Stock und suchte nach Zimmer 356. Wäre das die numerische Reihenfolge der Seile? Ein Krankenhauszimmer oder ein Hotelzimmer? Möglicherweise, aber es könnten so viele Dinge sein …

Ein Mann ging an ihm vorbei und riss ihn aus seinen Überlegungen. Hans sah sein Gesicht nicht, weil er stattdessen auf die Hände des Mannes starrte: Er trug Latexhandschuhe. Wie eine scharfe Erinnerung kam ihm das Bild von Valerie Emma Crawford - Gails Mutter - mit dem in ihre Hand eingenähten Stück Luftballon in den Sinn. Die Handschuhe bedeuteten etwas, das wusste er, aber er konnte es nicht in sein Bewusstsein bringen. Es war etwas, das Anne gesagt hatte, oder vielleicht die schlaksige Juliet Rice. Er musste sich konzentrieren, um das herauszufinden, aber in diesem Krankenhaus war er dazu nicht in der Lage. Wenn er in sein Büro in Washington zurückkehren könnte und nicht in das, in das Anne ihn nach Wichita geschickt hatte, könnte er vielleicht besser denken. Aber er wusste, dass er in der Stadt bleiben musste, also würde er sich noch einmal die Durchsuchungsberichte der Wohnungen der Opfer ansehen und versuchen, sich genau an den Dialog zu erinnern, den er mit Anne geführt hatte, als sie das Haus von Elaine Perales betraten. Er wusste, dass dort der Schlüssel lag, genau dort in seinem überforderten, aber produktiven Kopf, auch wenn er noch nicht klar genug sah. Er dachte, er bräuchte ein Schmerzmittel, denn seine Schläfen drohten zu explodieren. Wie ein Blitz tauchte Fatima in seinem Gedächtnis auf und die Ruhe, die sie vermittelte, wenn auch nur kurz und sehr flüchtig.

Er ging noch ein paar Schritte weiter und betrat einen Raum, in dem sich nur die Frau im Wachkoma, Melinda Bell, befand. Sie schien zu schlafen. Hans setzte sich auf einen Stuhl neben sie. Er verspürte einen unkontrollierbaren Drang zu weinen und tat dies, wie es Kinder tun. Es war ein Segen, dass niemand da war, der auf die Frau aufpasste, die das Objekt von Duponts und Baus Schlägereien gewesen war. So konnten sie ihn nicht weinen sehen. Sicher war sie eine Person, die schon lange allein war. Er berührte ihre Hand und mochte die ungewöhnliche laue Wärme, die sie ausstrahlte. Er weinte weiter und spürte, wie ihm die Tränen unkontrolliert liefen. Er weinte um sie und um Ray, den Jungen, von dem er dachte, er hätte ihn an jenem Nachmittag getötet, als er sich endlich von Goren löste. Die Erinnerungen erstickten ihn ebenso wie die Tränen, die sein Gesicht und seine Nase überfluteten und ihm das Atmen erschwerten.

Wie lange würde er sich schuldig fühlen? Dann beneidete er die schlafende Frau, die er zärtlich ansah. Wenigstens jetzt konnte ihr niemand mehr etwas antun.

So intensiv von Gefühlen übermannt, begann seine Seite zu schmerzen, die Narbe wurde aktiv und juckte. Es war der Beweis für die Konsequenzen, die sich daraus ergaben, dass er die blinde Bewunderung, die er für Goren empfand, gebrochen hatte. Terence selbst hatte ihn dafür reichlich bezahlen lassen. Aber was ihn am meisten schmerzte, war nicht physisch, sondern die Erinnerung daran, dass er Terence einst bewundert hatte. Jeden Tag versuchte er, den Grund dafür zu verstehen.

Er blieb noch eine Weile im Zimmer von Melinda Bell, bis er sich beruhigt hatte. Als es Abend wurde, ließ er sie in ihrem Traum zurück und ging zu Harolds Haus, weil er jemanden brauchte, der ihm sagte, dass es an der Zeit wäre, sich selbst zu verzeihen.

13

ICH ERZÄHLTE FRANK ALLES. Was ich getan hatte, meine kurze Begegnung mit Hans Freeman, meine Zweifel an Patrick und die anschließende Klärung sowie die schrecklichen Fotos. Allerdings sagte ich ihm nicht, dass Albert MacArthur mich angegriffen hatte, denn ich wollte ihn nicht beunruhigen. Schließlich hatte der Mann mir nichts getan. Ich erzählte ihm auch, dass ich mit Mary Ann Dupont gesprochen hatte. Natürlich fragte ich ihn, was er von ihr hielt. Vielleicht hatte er eine bessere Idee, weil sie am selben Ort arbeiteten. Er sagte mir, sie sei „gut in ihrem Job", und sonst nichts. Ich begann, mich über sein Desinteresse zu ärgern. Wir saßen auf dem Bett und ich erinnere mich, dass ich mit einem Ruck aufstand. Ich war mürrisch und wusste, dass diese Abneigung umso größer würde, je weniger Frank mich beachtete. Vermutlich würde er jetzt die Brille nehmen und sie putzen, auch wenn sie so glänzend wie die Sonne war. Ich ging in die Ecke des Zimmers, wo Frank einen schönen dunkelroten Sessel aufgestellt hatte, und setzte mich, darauf vorbereitet, den Kampf fortzusetzen. Meine Interessen standen gegen seine Distanz zu den Dingen, die mir wichtig waren. Und auch wenn wir gerade erst für kaum drei Tage wieder zusammen waren, hatte ich das Gefühl, dass er mir mehr Aufmerksamkeit schenken sollte.

„Wusstest du von dem Club und den Aktivitäten des Dupont-Bau-Duos?", fragte ich trotzig.

„Liebling, ich hatte nicht die geringste Ahnung. Wie hätte ich das wissen können?"

„Ich weiß es nicht. Mein Bruder wusste es."

„Aber nach dem, was du mir erzählst, wusste er es, weil Margaret es ihm sagte, und ich habe weder eine Verbindung zu ihr, noch war ich mit Elvin befreundet."

„Niemand hat Elvin seit Monaten gesehen. Das ist seltsam. Was ist, wenn er in Wichita ist, und niemand weiß es?"

„Du glaubst also, dass Elvin Bau der Mörder dieser Frauen ist?" Er sah besorgt aus, als ob er dachte, ich würde den Verstand verlieren.

„Das sage ich nicht. Mir kam nur der Gedanke, dass sie vielleicht wissen, dass etwas mit seiner Psyche nicht stimmt und dass sie ihn dort, in diesem Haus, versteckt halten."

„Schatz, diese Christie-Bücher bringen dich um den Verstand. Man wird zu sehr in die Figuren hineingezogen und unterscheidet nicht mehr zwischen Fiktion und Realität. Und ich empfehle dir, das zu tun."

„Woher weißt du, dass ich es jetzt nicht tue? Ich mag es nicht, dass du mich wie ein Kind behandelst, als ob sich nichts geändert hätte", protestierte ich.

„Nun, meine Liebe, aber das ist doch egal. Der Punkt ist, dass man nicht nach Schuldigen suchen kann, geschweige denn glauben, dass der Serienmörder, der die

Stadt angreift, etwas mit Bekannten aus unserer Vergangenheit zu tun hat."

„Aber nicht ich glaube es, sondern er. Er ist vom FBI", argumentierte ich wütend.

„Er hat dir das gesagt? Dieser Agent Hans Freeman?", fragte er mich, als ob er sich etwas notiert hätte.

„Das hat er mir nicht genau gesagt, aber ich habe es gespürt", antwortete ich hochmütig.

Er warf mir einen sehr unfreundlichen Blick zu. Doch das Schlimmste war, was er als Nächstes tat: Er sagte mir, ich solle die Sache auf sich beruhen lassen und nicht weiter nachhaken. Das war wie ein großer Eimer mit kaltem Wasser, denn das Letzte, was ich wollte, war, die Dinge so zu lassen, wie sie waren. Ich spürte, wie mich die Wut auffraß, und er stand so unbeirrt da, so leidenschaftslos. Was in diesem Moment geschah, war der Beweis dafür, dass Frank sich ins Gegenteil verändert hatte. Jetzt war ich diejenige, die aufgewühlt war, und von dem gewalttätigen Mann, der mich vor acht Jahren angegriffen hatte, war nichts mehr übrig.

Ich ging spazieren. Ich musste müde werden, um nicht mehr mit Frank zu streiten. Das Schlimmste war, dass ich wusste, dass ich keinen Grund dazu hatte. Diese stechende Unhöflichkeit, die ich empfand, war nicht seine Schuld, sondern meine. Es war mein Leben, das nicht in Ordnung war, und so fühlte ich mich kindisch. Es stimmte, dass ich nur eine Angestellte des Sozialamts der Stadtverwaltung war und keine Kriminalbeamte. Ich fühlte mich so schlecht, weil ich den Eindruck hatte, dass ich Gails Unglück benutzte, um mich selbst aus dem Trott zu retten, zu dem mein Leben geworden war.

Ich ging in einem Park drei Blocks von Franks Haus

entfernt spazieren. Mehr als viermal umrundete ich ihn. Ich versuchte, meine Gedanken zu verdrängen, aber aus irgendeinem Grund erinnerte ich mich an Franks Angriff. Es war, als würde ich mich durch diese Erinnerung an dem sehr in seiner Mitte ruhenden und ausgeglichenen Frank rächen, der er jetzt war. Als ich schließlich nach Hause kam, wartete er auf mich mit einem Glas Wein in der Hand, bereit, Frieden zu schließen. Ich wusste, dass er das Abendessen vorbereitet hatte, denn sobald ich hereinkam, roch ich den angenehmen Geruch von Sauce Bolognese. Ich erinnerte mich daran, dass er gerne kochte und schon in jungen Jahren sehr gut darin war. Das war ein weiterer großer Unterschied zwischen ihm und den anderen Jungen.

Ich brauchte mich nicht bei ihm zu entschuldigen, denn er hatte auch nicht erwartet, dass ich das täte. Wir aßen gut zu Abend und setzten uns später auf das Sofa im Wohnzimmer.

„Julie, wir sind seelenverwandt. Es ist nicht so, dass es mich nicht interessieren würde, was du über Gail, den Club, Dupont, Bau und alles andere sagst. Ich habe nur das Gefühl, dass du nicht die Mittel hast, etwas zu beeinflussen, und du solltest besser nicht dein Leben damit verbringen, einer Fantasie nachzujagen. Ich möchte, dass du anfängst, uns zusammen als die beste aller Fantasien zu sehen, die du verwirklichen kannst. Ich muss gestehen, dass ich, seit das passiert ist, seit ich dich angegriffen habe, einige harte Dinge durchgemacht habe. Und weißt du, was mir geholfen hat? Klettern. Ich wurde ein hervorragender Kletterer, und das machte mich geduldig. Du konzentrierst dich auf den Gipfel und kletterst Schritt für Schritt und in einem sicheren Tempo. Es ist, als ob man ein höherentwickeltes Wesen würde, das dank des Gleichgewichts, das man für sich selbst entwickelt, allen Widrigkeiten gewachsen ist. Ich habe immer gehofft, dass wir wieder zusammenkommen würden, und ich habe mich darauf vorbereitet. Jetzt habe ich materiellen Erfolg und mache das, was ich gerne tue. Aber am wichtigsten ist, dass ich mich für dich und wegen dir verändert habe."

Wieder einmal wusste ich nicht, was ich zu Franks feierlicher und sogar ein wenig kitschiger Aussage sagen sollte. Ich glaube nicht, dass ich wirklich etwas fühlte. Vielleicht etwas Zärtlichkeit und Bewunderung. Aber ich wusste bereits alles, was er sagte. Ich weiß es, seit ich sieben Jahre alt bin.

„Die guten Dinge haben in mir über die schlechten gesiegt. Mein Vater endete als Verlierer, denn du weißt, dass er das Schlimmste bedeutete. Ich brauche dir nicht zu sagen, denn niemand kennt mich besser als du, dass meine Mutter seinetwegen Selbstmord beging. Ihr fehlte der Wille und die Kraft, den Missbrauch durch Vater zu beenden. Ich habe mich manchmal gefragt, wie es sich anfühlt, einen guten Vater zu haben."

„Es fühlt sich wunderbar an", unterbrach ich ihn, ohne nachzudenken.

„Meine Mutter erstattete einmal Anzeige, als er sie sehr hart geschlagen hatte. Ich weiß das, weil ich sie zum Bahnhof in der East Central Avenue begleitete, aber kannst du dir vorstellen, dass ich sie am nächsten Tag auch abgeholt habe? Das ist etwas, das ich selbst in diesem Moment nicht verstehen kann. Dieser Fatalismus in ihren Augen, als sei es ihr Schicksal, mit ihm zusammen zu sein und ihn zu ertragen. Deshalb stehe ich dir so nahe. Denn du warst mein Rettungsanker, als ich dachte, ich sei der Einzige, dem zu Hause diese schrecklichen Dinge widerfuhren. Du hast mir erzählt, was dein Bruder mit dir gemacht hat, und von diesem Moment an wusste ich, dass wir beide uns retten und anders sein würden, und jetzt liegt die ganze Welt noch vor uns. Meinst du nicht auch?", fragte er.

„Natürlich", antwortete der Teil von mir, der schnell so reagierte, wie man es von mir erwartete.

In diesem Moment hörten wir Franks Mobiltelefon. Ich kam aus dem schläfrigen Zustand der Ruhe heraus, in den ich geraten war, während ich ihm zuhörte und ihn so beruhigt sah. Denn durch den Anruf von Patty - Franks Sekretärin - erfuhren wir eine außergewöhnliche Neuigkeit.

Otto Dupont hatte Selbstmord begangen. Er war in die Mordkommission gebracht worden, wo er den Inhalt einer Flasche mit vergiftetem Wasser schluckte, die er selbst aus seinem Büro genommen hatte, bevor er mit der Polizei mitging. Brother Dupont würde das Gesprächsthema in der Stadt werden. In den sozialen Netzwerken wurde die Geschichte bereits aufgegriffen und war bald ein Trending auf Twitter.

„Er hat sich umgebracht?", fragte ich ungläubig.

„Ich weiß es nicht. Das ist es, was Patty sagt. Im Büro kursierten Gerüchte, dass er an einer schweren Krankheit litt und sich vielleicht deshalb das Leben nahm, als er verhaftet wurde. Das könnte bedeuten, dass …"

„Als sie die Fotos sahen, die Patrick mitbrachte, hatten sie genug, um ihn zu verhaften oder zu verhören, und deshalb ist er gestorben", sagte ich und dachte laut nach. „Mit anderen Worten: Ich bin schuld am Tod von Otto Dupont."

„Das war nicht das, was ich sagen wollte. Du musst aufhören, so tragisch zu sein. Könnte es bedeuten, dass er der Serienmörder war und Gail getötet hat, weil sie wusste, was er zuvor getan hatte?", fragte Frank und sah mich an, um meine Zustimmung zu erhalten.

Selbst Frank hatte gerade zugegeben, dass Gails Tod etwas mit dem Club und den ermordeten Frauen zu tun haben könnte. Damals schien mir seine Erkenntnis eine gute Nachricht zu sein, denn, wie Lipman sagt, bin ich zunächst nicht in der Lage, das volle Ausmaß der Gefahr, in der ich mich befinde, zu erkennen, bis ich sie nicht mehr vermeiden kann.

„Auf jeden Fall weiß ich nicht, ob wir die Wahrheit jemals erfahren werden. Diese Familie ist sehr gut darin, Dinge zu verbergen", sagte er.

„Alle Familien tun das", antwortete ich und stürzte meinen Drink hinunter, während ich darüber nachdachte, was gerade mit Dupont passiert war.

Was auch immer Frank sagte, ich würde mit Margaret Bau sprechen. Sie musste viel mehr wissen, als sie Patrick erzählt hatte. Also begab ich mich, ohne es zu wissen, noch tiefer in die Höhle des Löwen.

14

„Zyanid in aromatisiertem Wasser", sagte Cotten. Er nahm es zu sich, während er hier in der Dienststelle darauf wartete, dass man seinen Fall bearbeitete.

„Ich bedaure zutiefst, dass er ein so leichtes Ende gefunden hat. Ich wollte ihn hinter Gittern sehen, besiegt und verachtet. Feige Ratte! Sie wittern Gefahr und verlassen immer das Schiff", sagte Anne mit Verachtung.

„Nun, jetzt heißt es in den Nachrichten, dass Dupont der Serienmörder war. Mit diesen Schundreportern ist nichts zu machen. Niemand hier hat ihnen etwas dergleichen gesagt. Wenigstens geben sie zu, dass das FBI und die Mordkommission ‚hermetisch abgeschlossen sind'", sagte Juliet, die Hans blasser vorkam als sonst.

„Ich habe einen guten Agenten beauftragt, die gewalttätigen Aktivitäten von Otto Dupont und Gerard Bau gründlich zu untersuchen. In Anbetracht der Bedeutung dieser Familie muss ich selbst an vorderster Front stehen", fuhr Anne fort, „aber ihr wisst, was ihr zu tun habt: Verfolgt den

220

Serienmörder gemäß den Anweisungen von Agent Free-man", sagte sie und sah Cotten und Rice an.

Hans war still. Er betrachtete immer noch die Bilder der Nummern auf den Seilen und die Stellen, an denen der Mörder die Löcher in die Leichen gebohrt hatte. Als er bemerkte, dass drei Augenpaare auf ihn gerichtet waren, sah er sich genötigt, das Wort zu ergreifen.

„Das mit Dupont ist mir unverständlich. Ein solcher Mann und Selbstmord - ich weiß nicht. Er war fest davon überzeugt, dass wir ihn nicht fangen konnten. Ich glaube, er hatte Spaß mit uns, und es scheint, als hätte er schon lange keinen Spaß mehr gehabt."

„Du meinst, du glaubst, er wurde getötet? Aber wir haben doch selbst gesehen, wie er die Flasche Wasser aus dem Büro mitgenommen hat. Und was für ein Zufall, dass er hierherkam, um es vor unseren Augen zu trinken, wie der Kriegsverbrecher, der nach seiner Verurteilung das Gift vor den Kameras der ganzen Welt zu sich nahm", argumentierte Anne.

„Ich weiß, aber das macht die Sache nicht klarer. Jemand könnte das Gift in diese Flasche getan haben. Aber das ist nicht das, was mich im Moment interessiert. Wie du sagst, er war eine Ratte, und es ist bedauerlich, dass er sein Leben nicht hinter Gittern beendete. Was mich viel mehr interessiert, ist, dass wir alle wissen, dass Otto Dupont nicht der Serienmörder gewesen sein kann. Die Alibis waren stichhaltig, und seine Persönlichkeit passt nicht zu der des Mörders. Unabhängig davon, was die Stadt glaubt, wissen wir, dass der Mörder frei ist und im Begriff sein muss, wieder jemanden zu töten. Außerdem gibt es einen noch nicht identifizierten Mann, der die Frauen zu Dupont und Bau gebracht und die illegalen Kämpfe organisiert hat, wie der Zeuge im Club sagte. Vielleicht kannte dieser Kerl auch Gail. Vielleicht ist er unser Mann, und das ist es, was ich bedaure! Ich konnte den Namen von Dupont nicht herausbekommen."

„Was wissen wir über ihn?", fragte Juliet.

„Dass er ein graues Auto fuhr, dass er vielleicht ein Mechaniker war, bei einem von ihnen angestellt und sonst nichts. Duponts Persönlichkeit stimmte nicht mit der des Serienmörders überein, wie wir dank der von ihm nachgestellten Szenen, in denen er die Leichen zurücklässt, analysiert haben. Aber wir wissen nicht, ob die Persönlichkeit dieses Komplizen auf ihn passt. Und das ärgert mich zu Tode!", rief Hans und schlug auf den Tisch. Dann stand er auf, fasste sich mit der linken Hand an den Bart, rieb sich die Augen, stellte sich vor das Fenster und fuhr fort: „Aber ich werde ihn bald zur Strecke bringen. Ich verlasse Wichita nicht, bevor ich es geschafft habe."

Er schaute auf die flache Stadt voller Bäume, mit dieser Helligkeit, an die er sich erinnerte. Die Stadt von Goren, Dupont und Bau, die er vorhatte, zu besiegen.

„Wir stehen wieder am Anfang", klagte Anne.

„Valerie Crawford ist nicht stabil und wir können uns nicht darauf verlassen, dass sie uns von den Menschen erzählt, die Gail kannte. Dorothea Bau und ihre Tochter können uns vielleicht mehr über diesen unbekannten Mann erzählen, als sie bisher getan haben."

„Dann lass uns gehen und mit mehr Druck mit ihnen reden. Kannst du dich darum kümmern, Juliet? Kannst du selbst gehen?", fragte Anne.

„Richtig. Es ist gut, wenn sie sehen, dass wir immer wieder darauf bestehen, dass sie mehr wissen", beeilte sich Hans zu sagen, drehte sich um und kehrte zum Tisch zurück. „Das Wichtigste ist, den Namen eines Mitarbeiters oder Angestellten von Gerard Bau zu erfahren, der der sein könnte, den wir einmal den ‚dritten Mann' nennen wollen. Ich glaube, er war näher an Bau als an Dupont. Auf jeden Fall müssen wir auch Duponts Kinder, seine Frau und seine Partner befragen. Wir müssen diesen Kerl finden. Cotten, haben wir immer noch nichts über die Zahlen in den Seilen?"

„Nichts", bekannte der Agent.

„Was ist mit dem Verbleib von Elvin Bau?"

„Wie vom Erdboden verschluckt", sagte Anne.

„Haben Sie mit den Lehrerinnen gesprochen, die Gail Whitman kannten? Haben wir etwas?"

„Sie erinnern sich an sie, aber sie sagten nichts Nützliches", antwortete Rice.

Hans ließ sich auf dem Stuhl zurücksinken, auf dem er vorhin gesessen hatte, und suchte instinktiv nach einer Zigarette, wobei er die Schachtel in der Innentasche seines Jacketts berührte, ließ dann aber die Hand sinken und legte sie auf den Tisch.

In diesem Moment klopfte es an der Tür. Anne ging hin, um zu öffnen, und erhielt einige Papiere von einem Agenten ausgehändigt, die sie schnell las.

„Jobs hat Kohle in winzigen Mengen zusammen mit Salzpartikeln gefunden. Er fährt mit der Analyse fort, daher ist dies nur ein vorläufiger Bericht", sagte sie und legte das Blatt Papier auf den Schreibtisch.

Dann sah Hans auf Juliets Hände, die auf dem Holz ruhten, und erinnerte sich an die Latexhandschuhe im Krankenhaus.

„Hattest du gesagt, dass außer Elaines Fingerabdrücken keine weiteren in ihrem Haus gefunden wurden?", fragte er

Juliet unerwartet.

„Das stimmt", erwiderte sie und starrte ihn an. „Aber auch keinem der anderen Häuser. Nur in dem von Alice, und die gehörten einem Bruder, der sich schon nicht mehr in der Stadt aufhielt."

„Keine, und das ist bemerkenswert. Megan war ordentlich und aufgeräumt, Alice schätzte Intelligenz, Elaine strich die Wände ihres Zimmers in einer hellen Farbe und dachte, dass weniger mehr ist. Es waren Frauen, die die Einsamkeit schätzten. Sie empfingen keinerlei Besuch, entweder weil sie außerhalb ihres Hauses soziale Kontakte pflegten, oder weil sie sich einfach nicht dafür interessierten. Aber das Wichtigste ist, dass sie diesen Mann für vertrauenswürdig hielten, ihn hereinließen und sich bei ihm sicher fühlten. Er musste ein Mann mit Handschuhen sein! Was für ein Mensch macht einen solchen Eindruck und hat gleichzeitig Freunde wie Gerard Bau und Otto Dupont? Was für ein Mensch erweckt das Vertrauen eines Mädchens wie Elaine, die erst kurz in der Stadt war? Und wie hat Gail so jemanden kennen gelernt?" Hans dachte laut und legte alle Fragen offen, die ihm in diesem Moment einfielen.

Die drei sahen ihn fassungslos an. Anne glaubte nicht, dass sie mit einem so komplizierten Kerl wie ihm pokern wollte, und Juliet sah ihn verzückt an und war begierig, seine Gedankengänge zu verstehen.

„Juliet, du musst dich auf Elaine Perales konzentrieren. Vergiss für einen Moment die anderen. Sie war nur sechs Monate in der Stadt, nicht länger, also ist es für uns einfacher, ihre Zeit in Wichita zu rekonstruieren und uns etwas einfallen zu lassen. Beende bald die Analyse der sozialen Medien und die der Personen, die sie bei Easy Panam

kannte", sagte Hans, wurde aber von der Agentin unterbrochen.

„Wir haben das getan, aber es hat uns nirgendwo
hingeführt."

„Und der Müll?", fragte er.

„Der Müll?", wiederholte Juliet und sah dabei aus wie
ein erstauntes Kind.

„Ja, Elaines Haus befindet sich direkt gegenüber einer
Mülldeponie mit vier Halden. Vielleicht hat jemand auf
der Straße einen Mann im Rollstuhl gesehen, der Müll
entsorgt hat. Denk daran, dass er vielleicht nicht einmal ein
Nachbar ist, sondern aus einer der umliegenden Straßen
kommt. Erweitere deinen Untersuchungsradius. Außerdem
war das Mädchen Veganerin - hast du nachgesehen, ob sie
einen bestimmten Caterer hatte? Gleich um die Ecke gibt
es einen Supermarkt, aber dort sollte sie die Produkte, die
ich auf ihrem Tisch und im Kühlschrank sah, nicht
gefunden haben."

Plötzlich schwieg er, als würde er an etwas anderes
denken, stand auf und lief zu dem Ort, an dem er seine
alte Aktentasche auf dem Stuhl abgestellt hatte. Direkt
neben einem Ordner. Hans wusste, dass er irgendwo die
Protokolle der Zeugenbefragungen zu den Fällen Megan
und Alice hatte. Er zog ein Dossier heraus und ließ die
Aktentasche auf den Stuhl fallen. Sie fiel zu Boden, aber
Hans machte keinen Versuch, sie aufzuheben. Er blätterte
zügig in den Papieren, die in einer dünnen Mappe
enthalten waren, räusperte sich dann und las laut vor.

„Als ich sie fand, Megan Zing, schien sie zu fliegen …"

„Sie schien zu fliegen", wiederholte Hans, und dann
erinnerte er sich an die Seevögel, die er im Hotelflur so
gern mochte. Das war es! Deshalb löste er ihre Füße von

den Körpern! Er streckte die Hände aus und bewegte ihre Köpfe nach oben und hob ihr Kinn an, als ob sie fliegen würden! Für den Mörder war es wichtig, diesen Eindruck des Schwebens deutlich zu machen, wie ein Chagall-Gemälde. Wo hatte er ein solches Gemälde gesehen?

Die Holzkohlezeichnung im Zimmer von Gail Whitman ...

15

Iсн кündigte meine Stelle beim Sozialamt. Ich konnte
mir nichts mehr vormachen, ich erstickte dort. Es tat mir
leid um Madi, denn es würde mir fehlen, sie jeden Tag zu
sehen. Jedenfalls tröstete ich mich, indem ich mir sagte, dass
wir in Kontakt bleiben würden und dass ich versuchen
würde, sie zu einem Treffen mit Frank zu bewegen. Es war
kaum zu glauben, aber ich hatte sie noch nicht miteinander
bekannt gemacht. Ich brauchte keine zwanzig Minuten, um
meine Sachen auf dem ehemaligen Schreibtisch zusam-
menzupacken. Ich war nicht traurig. Im Gegenteil, ich war
verrückt danach, da rauszukommen und zum Haus von
Margaret Bau zu gehen. Ich trank meine letzte Tasse
Kaffee im Büro, wie bei einem Abschiedsritus. Dann
schnippte ich mit den Fingern, verabschiedete mich von
allen mit einem netten Lächeln und als ich zu meinem Auto
kam, fühlte ich mich frei. Ich wusste genau, dass ich das
Richtige tat.

Während ich nach Park City fuhr, schaltete ich das
Radio ein. Ich sang mit und wollte mich erinnern, aber ich

konnte es nicht. Wer von den Leuten, die ich kannte, summte diesen *Sam-Smith*-Song gerne? Vielleicht hatte ich ihn kürzlich mit Madi gehört. Vom ersten Moment an schien er mir göttlich melancholisch und geeignet, von sehr unterschiedlichen Menschen gemocht zu werden. Und dann sagte ich mir, dass ich bereits wie Papa würde, da er traurige Lieder mochte.

Als ich am Haus von Gerard Bau ankam, sah ich aus dem Augenwinkel die Terrasse meiner Mutter. Tatsächlich sorgte sie dafür, dass sie sehr schön blieb. Ich hätte sie gerne begrüßt, aber ich war noch nicht bereit, ihr vollständig zu verzeihen. Ich setzte meinen Weg fort und meldete mich am Tor durch eine Sprechanlage an, die wie aus dem letzten Jahrhundert klang. Die Tür wurde sofort geöffnet. Ich ging hinein und nach ein paar Schritten hörte ich, wie Margaret mich rief. Sie saß auf einem der weißen Eisenstühle, die einen kleinen Tisch umgaben, an dem sie wohl manchmal frühstückten.

Ich dankte Gott, dass ich nur sie vorfand. Dorothea musste ihre Unfreundlichkeit irgendwo anders, weit weg von hier, versprühen.

„Hallo, Julia. Was für ein Zufall, dass ich erst vor kurzem von dir gesprochen habe", sagte sie mit dieser unverwechselbaren Stimme, die sich nicht verändert hatte.

„Hallo, Margaret, mit wem hast du über mich gesprochen?", fragte ich.

„Mit nichts Geringerem als dem FBI. Und das muss dich wirklich begeistern, wenn du deinen Hang zu kriminalistischen Ermittlungen beibehalten hast", sagte sie und winkte mich herüber, damit ich mich neben sie setzte.

In Wahrheit war Margaret eine der unangenehmsten Personen, die ich kannte. Aber ich könnte sogar Dracula treffen, wenn es nötig wäre, um Informationen zu bekommen, also setzte ich mich neben sie.

„Weshalb bist du hier? Sparen wir uns unnötiges Vorgeplänkel …"

Es war das gleiche gepflegte Gesicht ohne einen Tropfen Make-up, das gleiche markante Kinn, die kleinen Augen und die Stupsnase. Seit ihrer Studienzeit hatte sie ein paar Pfunde zugelegt. Nach der Beerdigung von Gail hatte ich sie nicht mehr gesehen. Ich glaube, Gails Tod war der wichtigste Meilenstein in meinem Leben, und wenn ich jetzt auf alles zurückblicke, was mir nach dem Besuch bei der unausstehlichen Margaret widerfahren war, bestätigt sich das.

Meine Gesprächspartnerin verlangte Klarheit, und ich war bereit, sie ihr zu geben.

„Warum hast du nichts gesagt, wenn du wusstest, was dein Vater und Dupont taten?". Ich griff sie an, als ob ich eine atomare Ladung freisetzen würde.

„Nun, mein Vater ist vor einiger Zeit gestorben, und wie du weißt, war die gute alte Gail bei der Beerdigung dabei, aber du nicht. Das hat meine Mutter sehr verärgert. Und jetzt stellt sich heraus, dass der alte Otto auch tot ist", sagte sie und wedelte mit beiden Händen hinter ihrem Rücken, „also macht deine Frage keinen Sinn mehr."

Ich wusste nicht, was ich ihr sagen sollte, und wartete darauf, dass sie weitersprach.

„Der arme alte Mann scheint am Ende ein echter Feigling gewesen zu sein", sagte sie.

Ich starrte sie an, und sie lächelte und zeigte einige schneeweiße Zähne.

„Schau mich nicht so an. Wenn mein Vater ein Monster war, dann ist es der deines Freundes auch. Oder was glaubst du, wer sie in dieser Welt der Frauen und des Boxens miteinander verbunden hat?"

Ich spürte, wie mein Kopf explodierte, und sah sie angewidert an. Die tödliche Bösartigkeit, die sie an den Tag legte, machte sie eher zu einer Kobra als zu einem menschlichen Wesen.

„Arme Julia! Das wusstest du nicht. Es gibt so viele Dinge über die Menschen, die uns nahestehen, die wir nicht einmal vermuten."

Ich verspürte ein großes Verlangen, allein zu sein, von dort wegzukommen. Margarets Gift hatte die gewünschte Wirkung. Ich sagte ihr, dass ich ihr nicht glaubte, stand auf und lief hinaus. Als ich die Ausgangstür erreichte, stiegen mir die Tränen in die Augen. Ich ging hindurch und knallte sie wütend zu. Das mit Franks Vater konnte ich nicht glauben, obwohl ich es sofort zu verstehen begann. Wenn er zu Hause ein gewalttätiger Mann war, konnte er auch draußen ein Sadist sein. Dann erinnerte ich mich daran, dass meine Mutter an Weihnachten erzählt hatte, dass Alan Gunn seine zweite Frau beerdigt hatte, die an Krebs gestorben war, und dass der arme Mann alles getan hatte, um sie zu retten, und sogar eine teure experimentelle Behandlung bezahlt hatte. Woher hatte Franks Vater das Geld dafür? Vielleicht hatte er von dem gelebt, was Otto Dupont und Gerard Bau ihm für die Kenntnis ihrer Geheimnisse gaben.

Ich fühlte mich, als säße ich in der Falle. Erst die Zweifel an meinem kleinen Bruder und jetzt die Verwicklung von Franks Vater in solch zwielichtige Dinge. Warum konnte ich mich nicht für etwas interessieren, ohne dass sich dieses Etwas gegen mich erhob?

Weil ich noch fahren musste, versuchte ich mich zu beruhigen, und wischte mir wütend die Tränen weg. Ich stieg ins Auto, ließ den Motor an und fuhr aus dieser Straße, die immer eine Falle war, denn in allen schrecklichen Häusern in Park City geschah das Gleiche. Die Frauen wussten Bescheid und verschwiegen die Gräueltaten, und die schlimmsten von ihnen hatten sogar Spaß daran.

Als ich die Hydraulic Avenue nahm, beschloss ich, Alan Gunn zur Rede zu stellen. Ich würde so tun, als hätte ich eine zufällige Begegnung mit ihm und versuchen, etwas aus ihm herauszubekommen, aber ohne Frank etwas zu sagen. Der war nicht schuld daran, wie sein Vater war, genauso wenig wie es ich an dem war, was Richard darstellte. Vielleicht war Alan ein tödlich gefährlicher Mann, aber ich war bereit, das Risiko einzugehen, mit ihm zu sprechen. Ich war der Überzeugung, dass Agent Freeman glaubte, dass alles mit dem Serienmörder zu tun hatte. Und ich glaubte nicht, dass es Otto Dupont war, wie es in den Nachrichten hieß. Denn die Art und Weise, wie der Mörder seine Opfer aufhing, so als hätten sie sich selbst erhängt, jedoch in einer seltsamen Haltung und mit dem Blick nach oben, passte nicht zu der Brutalität von Otto Dupont und Co. Eine unerwartete Frage ging mir durch den Kopf: Wie hatte Franks Mutter Selbstmord begangen?

16

DER MANN WACHTE auf und spürte, wie seine Lippen aneinanderklebten. Er wollte schreien und konnte nicht. In seiner Verwirrung erinnerte er sich daran, dass ihm mit leiser Stimme gesagt wurde, er würde „so gut wie neu sein". Dann erinnerte er sich an die Szene, in der jemand, der ihm nahestand, diesen Ausdruck verwendet hatte. Er war sich sicher, dass sie ihn oft benutzte. Das erste Mal hörte er sie es in einer Hütte sagen, als er gestürzt war und sich beide Knie gebrochen hatte, die sich durch das reichlich fließende Blut in glänzende Köpfe verwandelten. Er durchlebte noch einmal den Moment, als sie zufrieden lachte. Es konnte nicht sein, dass sie Teil des Albtraums war, der ihn umbrachte! Aber wenn sie es war, dann machte das Auto Sinn. In seinen klareren Momenten hatte er sich gefragt, woher der Mörder wusste, dass er um diese Uhrzeit auf der Interstate unterwegs sein würde. Dann erinnerte er sich daran, dass sie es war, die seine Reise verzögert hatte, dass sie das Fahrzeug benutzt hatte, und er wusste, dass sie seine Komplizin war ... Und das war der Grund, warum seine

Mutter nicht nach ihm suchte, denn sie musste den Lügen, die sie ihr über seinen Aufenthaltsort erzählte, Glauben schenken.

Er weinte vor Verzweiflung, denn manchmal glaubte er, dass er zur Strafe für das, was er den Frauen im Club angetan hatte, dort war, denn sein Vater hatte ihn eingeweiht und es hatte ihm gefallen. Vielleicht war es ein makabrer und radikaler Auftrag von einem kriminellen Verwandten dieser Frauen, aber er hätte sich nie vorstellen können, dass eine ihm nahestehende Person ihm so viel Böses antun wollte. Mit diesen verletzenden Gedanken in seinem Inneren schlief er ein.

Als er aufwachte - er wusste nicht, ob Tage oder Stunden später - war er sich wieder bewusst, dass er auf dem Holzstuhl saß, am Rücken gefesselt. Es blieben ihm nur zwei Stümpfe als Arme und zwei als Beine. Er war nicht mehr er selbst, nur noch ein Wrack mit einem Bewusstsein, das er endlich loswerden musste, um für immer zu sterben. Wenn doch zumindest die Wunden von den Amputationen nicht heilen und er schneller an einer Sepsis sterben würde, als die Täter geplant hatten, ihn zu töten.

Draußen hörte er ein Geräusch und schöpfte unwillkürlich Hoffnung. War es möglich, dass sie kamen, um ihn zu retten? Wenigstens konnte er noch sehen, er hatte noch beide Augen, und vielleicht könnte er mit der richtigen Medizintechnik sprechen. Vielleicht war das alles ein langer Albtraum. So musste es sein ... Manchmal griff er auf die Fantasie zurück, als einzige Bewegung, die er machen konnte, und stellte sich vor, dass er sich in einer fiktiven Welt befand. Dass alles virtuelle Realität war, dass er sich erst vor zwei Stunden auf dem Weg zum Flughafen für das

Pokerturnier in Phoenix befunden hatte. Dass er der neue Star eines Projekts im Stil der ‚*Truman Show*‘ war und dass er der berühmteste Mann in Wichita sein würde, wenn es vorbei sei, weil er nicht völlig den Verstand verloren hatte. Erinnerungen und Träume vermischten sich in einer Flut von Wahnvorstellungen, aber dann gab es nur noch die Gefangenschaft, die Einsamkeit, die Stille und den Geruch von Kuh und Blut, vermischt mit seinem eigenen Dreck.

Vor der Einrichtung, in der sich der amputierte Mann befand, fuhren drei Kinder mit ihren Fahrrädern vorbei. Eines von ihnen sah die verlassene Hütte und schlug vor, zu ihr zu gehen.

„Vielleicht ist da etwas Wertvolles drin“, sagte der Junge mit einem unbekümmerten Schimmer in den Augen.

ALS DER MÖRDER bei der Scheune ankam, sah er sie. Er stand vollkommen still und versteckte sich in einem Gebüsch. Überlegte, was er tun sollte. Wenn sie hineingehen und ihn finden würden, wäre das eine Katastrophe. Er würde auch sie töten müssen. Aber er sollte noch keine voreiligen Schlüsse ziehen, denn es könnte sein, dass sie sich anders entscheiden würden. Immer könnte er ihr die Schuld zuschieben und sagen, es wäre ihre Idee gewesen. Er schaute nach unten, sah einen glänzenden schwarzen Käfer neben seinen Schuhen und zertrat ihn wütend. Ein unangenehmer Geruch sorgte dafür, dass sich ihm die Haare sträubten. An dieser Stelle konnten die Dinge doch nicht beginnen, aus dem Ruder zu laufen! Jetzt, wo er die maximale Kontrolle über sein Leben erlangt hatte. Er holte tief Luft und weinte, schaute immer wieder zu den Jungen.

Jetzt sah er nur noch zwei von ihnen. Wie sollte er sie töten? Er hatte nie schießen lernen wollen. Das erschien ihm politisch nicht korrekt, obwohl sein Großvater und sein Vater es taten. Und alles nur wegen dieser dummen Idee, dass Waffen falsch seien, dieser lächerlichen Idee, die ihm seine Mutter in den Kopf gesetzt hatte.

Diese teuflischen Kinder mussten bald verschwinden und durften ihn nicht finden. Denn er war nicht gut darin, Morde zu improvisieren.

TEIL IV

1

ICH RIEF FRANK AN, aber ich wusste nicht, wie ich ihn fragen sollte. Schließlich bat ich ihn, mir zu vertrauen, und sagte ihm, dass ich es ihm am Abend erklären würde. Er würde mir verzeihen, dass ich über etwas so Schmerzhaftes spräche, aber ich müsse wissen, wie seine Mutter gestorben sei. Ich wusste, dass sie Selbstmord begangen, aber nicht, wie sie es getan hatte. Man spricht nicht über die schrecklichen Dinge, die den Menschen, die man liebt, widerfahren.

Dann erzählte er mir, dass sie sich erhängt hatte, und ich konnte kaum atmen, als ich das hörte. Es konnte doch nicht sein, dass der Serienmörder die Frauen eine Erhängung darstellen ließ und Franks Mutter auf diese Weise gestorben war! Dieser Zufall ging mir an die Nieren. Ich hatte Angst, dass das, was Margaret mir erzählt hat, wahr und dass Franks Vater der Verrückte wäre, der in Wichita gemordet hat.

Ich beschloss, nach Hause zu gehen und ein Bad zu nehmen, um meine Gedanken zu ordnen. Im Bett ruhte ich mich ein wenig aus, auch wenn ich nicht schlafen konnte.

Ich bestellte einen einfachen Hamburger bei ‚Wine Dive Delivery', doch ich konnte nur ein Viertel davon essen. Wenn ich aufgeregt bin, kann ich nicht kochen, essen ebenso wenig, aber ich musste Kraft haben, um Alan Gunn zu folgen, denn das wollte ich in dieser Nacht tun.

Ich glaube, schließlich schlief ich kurz - ein paar Minuten - auf dem Sofa, während der Fernseher an blieb. Als ich aufwachte, schaute ich auf den Bildschirm und sah das Gesicht eines Tigers in einer dieser Sendungen, in denen gezeigt wird, wie sich Tiere gegenseitig verschlingen. Es war sechs Uhr abends.

Ich zog mich achtlos an, verließ das Haus und ging zu Alan Gunns Adresse. Mit der Ausrede, dass ich dachte, ich hätte ihn in der Huntington Street gesehen, hatte ich diese Information von Frank über WhatsApp erhalten. Ich dachte, er würde etwas sagen, wie: „Das ist unmöglich, das ist zu weit weg von seinem Haus" oder: „Natürlich, denn er wohnt in diesem und jenem Ort". Ich wusste, dass Alan nicht mehr in „Park City" lebte, denn das Haus, in dem Frank als Kind gewohnt hatte, war unbewohnt. Es war gar nicht nötig, diese Frage so direkt zu stellen. Die Einzelheiten über Alan Gunns neues Haus erfuhr ich leicht, denn in manchen Dingen fehlte es Frank an Fantasie. Ein neugierigerer Mensch hätte mich gefragt, warum ich mich so sehr für den Aufenthaltsort seines Vaters interessierte.

Ich kam in Courtland an. Dort wohnte er. Zunächst sah ich mich in der Gegend um und kam zu dem Schluss, dass diese melancholische Straße jeden abschrecken würde. Es war das gleiche Gefühl, als würde ich in eine Abteilung für Raumaustattungen gehen. Keine Ahnung, was mir diesen Eindruck vermittelte. Vor dem Haus Nr. 28 blieb ich stehen. Dort, wo ich das Wohnzimmer vermutete, brannte Licht, und man sah auch den flackernden Schein des Fernsehers. Ich war unschlüssig, ob ich an die Tür klopfen oder warten sollte, um zu sehen, ob er mit etwas Glück herauskommen würde. Es schien mir angemessener, ihn draußen „beiläufig" anzusprechen, denn so viel ich auch darüber nachdachte, mir fiel kein glaubwürdiger Vorwand ein, um bei ihm zu Hause aufzutauchen. Ich war mir nicht sicher, ob Alan Gunn sich an mich erinnerte. Ich jedoch erinnerte mich an ihn. Also erschien es mir vernünftig, zu warten. Außerdem war Alan Gunn vielleicht ein Mörder, und ich hatte kein Interesse daran, mit ihm allein zu sein. Die Wahrheit ist, ich hatte keine Ahnung, wie ich vorgehen sollte. Ich wusste nur, dass ich herausfinden musste, ob er der vom FBI gesuchte Mörder war. Über zwei Stunden saß ich im geparkten Auto, in einem dunklen Bereich, von dem aus ich die Vorderseite des Hauses sehen konnte. Wie lange ich mich dort aufgehalten hatte, weiß ich nicht genau, denn der Akku des Telefons war leer, und ich benutze keine Uhr. Zwar trage ich eine, aber die habe ich von meinem Vater, und sie funktioniert nicht. Ich habe sie nur bei mir, weil ich an dem Tag, als er sie mir geschenkt hat, so glücklich war. Und obwohl ich die Form meiner Arme hasse, finde ich, dass sie mir gut steht.

Endlich wurde meine Geduld belohnt: Alan Gunn kam heraus. Ich sah seine Silhouette. Er war ein großer, kräftiger Mann, dicker, als ich ihn in Erinnerung hatte, aber ich war mir fast sicher, dass er es war. Dann erinnerte ich mich an seine Art und Weise zu gehen, mit einer leichten Neigung nach rechts und sehr steifen Armen, als ob er ein Problem mit seinem Rücken hätte, und meine Vermutung bestätigte sich. Als Kind sah ich manchmal, wie er in der Schule nach

Frank suchte. Man erinnert sich an seltsame Dinge, wenn man sehr dafür interessiert.

Alan stieg in ein großes Auto aus den achtziger Jahren. Er fuhr auf der Douglas Avenue in Richtung Osten und ich tat es auch, allerdings in sicherem Abstand. Wir fuhren ein paar Blocks weiter und schließlich bog er an der Glendale Street rechts ab. Er parkte vor einer Bar namens Hill. Ich wartete, bis er sie betrat und parkte ebenfalls. Nach ein paar Minuten ging ich hinein und als ich sah, wo er war, setzte mich an einen strategisch günstigen Platz. Die Bar war dunkel und roch muffig. Nicht in tausend Jahren würde mir dieser Ort gefallen, aber trotz des Eindrucks, den er auf mich machte, war er voller Menschen. Die Einrichtung wirkte auf mich altmodisch, und vielleicht war die Bar deshalb bei einer bestimmten Altersgruppe so beliebt. Ein Van-Halen-Song, den ich kannte, begann aus den Lautsprechern zu klingen, und das bestätigte meine Vermutungen. Es handelte sich um einen beliebten Ort für Menschen, die einer Generation vor mir angehörten. Dennoch waren viele Mädchen meines Alters da. Ich bestellte einen Martini bei einem Kellner mit dem Gesicht eines Hirsches. Er erinnerte mich an das Tier, das in der Fernsehsendung zuvor von einem Tiger verschlungen worden war. Prompt brachte er mir einen lausigen Drink, der nicht die richtige Temperatur hatte und mit wer weiß was für einem Gin zubereitet war. Ich war mir nicht einmal sicher, ob es Gin war, aber ich trank ihn wie ein Lebenselixier, weil ich Kraft brauchte. Inmitten dieser Dunkelheit war ich mir sicher, dass Alan Gunn mich nicht erkennen würde, und dann würde ich so tun, als sei ich ein dummes Mädchen, das sich zu ihm hingezogen fühlt. Schwer vorstellbar, aber den wirklichen Eindruck, den dieser Mann auf mich machte, konnte ich verbergen. Ich musste die Tatsache ausnutzen, dass er offensichtlich zum „Angeln" dorthin gegangen war.

Er saß mit dem Rücken zur Wand an der Theke und trank Bier. Als ich aufstand und den ersten Schritt machen wollte, erstarrte ich. Ein rothaariges Mädchen saß neben ihm, lachte und redete sehr angeregt auf ihn ein. Sie sah ein ganzes Stück jünger aus als er. Vielleicht war sie zwei oder drei Jahre älter als ich, groß und attraktiv, und sie trug einen hellen Anzug in Elektrisch-Blau.

Sofort setzte ich mich wieder hin und überlegte, was ich nun tun sollte. Ich ließ sie nicht aus den Augen und bestellte bei „Hirschgesicht" einen weiteren Drink. Es kam mir ungewöhnlich vor, dass eine so schöne Frau sich mit einem solchen Mann einließ, zumal der Ort voller Männer war, und einige von ihnen wesentlich attraktiver aussahen als Alan. Aber vielleicht dachte ich das auch nur, weil ich ihn kannte und wusste, was für ein Typ er war. Ich starrte sie einfach an. So wie jemand ins Kino geht und benommen sitzen bleibt, während auf der Leinwand ein schlechter Film gezeigt wird. Plötzlich fühlte ich mich sehr schläfrig und ich fragte mich, ob mir die Getränke vielleicht nicht bekommen würden. Ich weiß noch, dass ich mir sagte, ich hätte großes Glück, denn Frank war ganz anders als der Troglodyt, den ich beobachtete. Dann aber stellte sich mir eine quälende und entmutigende Frage: Würde mich diese Verfolgungsjagd weiterbringen? Möglicherweise hatte mich die unausstehliche Margaret Bau angelogen und die Sache mit dem Club war nur eine Sache zwischen Dupont und seinem Vater. Gähnend setzte ich meine Beobachtung fort und fragte mich, was Agent Freeman wohl vorhatte. Dann erinnerte ich mich zum x-ten Mal an die Szene im Flugzeug. Ich war dumm gewesen, in diesem Moment kein

Gespräch zu beginnen, als ich sah, wie er Gail mit diesem Hippiegesicht ansah und sich so sehr für meine Freundin interessierte. Ich saß in dieser schrecklichen Bar und fühlte mich erbärmlich, weil ich eine der schlimmsten Phasen des psychologischen Kreislaufs durchlief, den Lipman beschrieben hatte: die, in der ich denke, dass nichts, was ich tue, einen Sinn hat und in der ich einer fieberhaften Fantasie gefangen bin, die mich ins Leere laufen lässt. Also beschloss ich, Alan nicht weiter zu verfolgen. Sicherlich würde er lediglich mit dem rothaarigen Mädchen weggehen, das so einen zweifelhaften Geschmack besaß. Außerdem holte der Mörder die Opfer nicht aus einer Bar. Das wäre bekannt geworden, und ich hatte stattdessen jemanden, sagen gehört, er habe sie aus ihren eigenen Wohnungen entführt. Aber wer das gesagt hatte, daran konnte ich mich nicht mehr erinnern. Mein Kopf begann zu schmerzen. Ich musste aufhören, mich mit dem Zeug, das ich trank, zu vergiften.

Geschlagen ging ich nach Hause und schlief ein. Der Traum, an etwas so Wichtigem wie der Jagd nach einem Serienmörder teilzunehmen, hatte sich für mich erledigt. Nach zwei Stunden wachte ich auf und nahm zwei Tylenol-Tabletten, die neben einem Glas Wasser auf dem Nachttisch auf mich warteten. Als ich mich wieder einrollen wollte, hörte ich ein Geräusch, als ob jemand ins Haus gekommen wäre. Ich erschrak gewaltig, das muss ich zugeben. Mein ganzer Körper war in Alarmbereitschaft. Ich sprang schnell aus dem Bett und stellte mich an die Tür, um besser hören zu können, aber es herrschte nur Stille. Bernarda schlief in einer Ecke des Bettes. So friedlich, dass ich mir sagte, es müsse eine Art Halluzination gewesen sein. Doch die Geräusche hielten an und wurden lauter. Deutlich hörte ich, wie ein Küchenschrank geöffnet und geschlossen wurde. Ich stellte mir ein scharfes, glänzendes Messer und Plastikfolie vor, mit der man mich ersticken wollte, und ich glaube, ich hielt den Atem an. Der Mörder schlich sich in die Häuser der Opfer … und jetzt suchte er vielleicht nach mir. Vielleicht war es Alan Gunn, der entdeckt hatte, dass ich ihm gefolgt war. Oder der Mann, der mir im Othello gefallen hatte. Oder Klaus Dupont, der herausgefunden hatte, dass ich dafür verantwortlich war, dass Patrick die Beweise gegen seinen Vater vorgelegt hatte. Absurderweise hatte ich in dem Raum nichts, um mich zu verteidigen. Ich war wie eine Närrin ins Netz gegangen. Doch jetzt war es zu spät, die Dinge zu bereuen, die ich getan hatte, weil ich mit dem Leben, das ich führte, nicht zufrieden war …

Dann löste ich mich von der Tür, denn ich hörte deutlich die Schritte, die immer näher kamen. Die Tür öffnete sich und ich war kurz davor zu schreien. Es war Frank. Fest umarmte ich ihn auf der Türschwelle. Ich weinte. Er fragte mich, was los sei, und ich sagte ihm, dass ich mich zu Tode erschreckt hatte. In seinen Händen hielt er einen Blumenstrauß, fröhlich, klein und schön. Ich hatte mich in meinem ganzen Leben noch nie sicherer gefühlt.

„Du hast die Tür offengelassen, Julie. Sei vorsichtig. Irgendetwas sagte mir, dass ich zu dir kommen muss", meinte er liebevoll. Dann küsste er mich.

2

„DIE MUTTER WEIß NICHT, wer es ihr geschenkt hat", sagte Hans verärgert.

„Das Gemälde?", fragte Anne. „Ja. Bitte sage Rice, dass sie es holen soll. Ich hätte es mitnehmen sollen, als ich dort war, aber ich habe es nicht getan. Du wirst sehen: Es ist eine Frau, die fliegt, und zwar auf eine seltsame Art und Weise. Jetzt weiß ich, dass das mit den Inszenierungen zusammenhängt. Ich weiß nicht, warum ich nicht früher daran dachte. So etwas passiert mir, wenn ich mich auf eine Sache konzentriere und wichtige Punkte ausblende."

„Mach dich nicht verrückt. Du hast den Katalog gefunden und dadurch bist du darauf aufmerksam geworden. Und das war ziemlich klug von dir", versuchte Anne ihn zu beruhigen und wechselte dann das Thema. „Ich wollte dir sagen, dass wir auf deine Bitte hin die Alibis des Sohnes und der Tochter von Otto Dupont überprüft haben. Sie behaupten, dass sie in den drei Mordnächten zusammen waren. Nur sie, niemand sonst."

Aber Hans schien ihr keine Beachtung zu schenken und fuhr fort, sich in Gedanken zu zerfleischen. Anne hatte Mitleid mit ihm, denn er schien sich immer mehr zu quälen.

„Sie muss es wissen. Julia Stein kennt vielleicht die Herkunft dieses Bildes", sagte er und verließ das Büro.

Hans machte sich auf den Weg zum Aufzug und beschloss plötzlich, auf das Dach zu fahren. Er wollte die Luft in seinem Gesicht spüren, doch vor allem wünschte er sich, allein sein. Er musste seine Gedanken ordnen. Außerdem hatte er beschlossen, langsam und ohne schlechtes Gewissen eine Zigarette zu rauchen. Das würde ihm sicher helfen, klare Gedanken zu fassen. Er wusste von Anfang an, dass der Schlüssel in der Art und Weise lag, wie der Mörder die Leichen hinterließ, denn damit wollte er etwas sagen. Das Gleiche, was er zuvor mit den kreisförmigen Flecken auf Gail Whitmans Kleidung zum Ausdruck brachte.

Hans erreichte das Dach und blickte auf die Stadt hinunter. Er fragte sich, ob der Mörder in dieser Nacht wieder bei einem Haus zuschlagen und dann die Tote auf einer der vielen einsamen Straßen liegen lassen würde, die wie die Adern eines Lebewesens wirkten. Vielleicht hatte er bereits beschlossen, eine weitere Leiche an einem Baum aufzuhängen.

„Was war dein Motiv vor einem Monat? Warum müssen die Frauen fliegen? Das ist der Respekt, den ihnen gezollt hast. Sie müssen dieser stürmischen Welt entfliehen, die vielleicht voll von Männern ist, die sich wie Monster verhalten. Wer ist das Opfer für dich? Eine Schwester, eine Mutter, eine Freundin?", fragte Hans, und dann blickte er nach oben in dünne Wolken, die sich am Himmel aufzulösen schienen und einem zarten Gesicht mit unbehaarten Augenbrauen ähnelten. Schon als Kind hatte er gern nach Figuren am Himmel von Wichita Ausschau gehalten.

Er verlor die Zeit aus den Augen, und plötzlich legte sich die sanfte Dunkelheit der Dämmerung auf seine Schultern. Er zündete sich eine letzte Zigarette an, aber wie aus einer Trance erwachend, beschloss er, sie mit den Fingerspitzen auszudrücken. Erneut blieb die Asche zwischen ihnen haften. Dieser Fleck sollte ihm etwas sagen, und er erinnerte sich wieder an das Blut auf Gails Kleidung und die dunklen Löcher in Elaines Körper. Den steifen Körper des armen Mädchens auf dem Tisch des Leichenschauhauses …

Er setzte sich auf den Boden und rollte sich über seinen Knien zusammen. Er vermutete, dass er vor Erschöpfung ein paar Sekunden eingenickt war und beschloss darauf, ins Hotel zu gehen. Im Zimmer bestellte er ein Stück Fleisch, kurz durchgebraten, und legte sich zum Schlafen hin. Er musste Kräfte sammeln, um den Kopf freizubekommen. Nach dem, was mit Dupont geschehen war, musste er sich mehr Mühe geben, Gails Umfeld zu untersuchen. So konnte er zum einen herausfinden, wer wusste, dass das Mädchen die Aktivitäten des Clubs kannte, und andererseits, wer daran beteiligt gewesen sein könnte. Wieder dachte er an Julia Stein. Sie schien ihm so viel Intuition und Unvernunft zu besitzen, dass sie sich auf so ungewöhnliche Unternehmungen einließ, wie ihn im Department zu besuchen, nur weil sie ihn mit dem Bild von Gail gesehen hatte. Und ihren Bruder zu überreden, ihnen die Fotos von den misshandelten Frauen zu bringen. Sie schien gerne nach dem Haar in der Suppe zu suchen.

Er stand auf, klopfte seine Hose aus, und wurde sich in dem Moment bewusst, wie er aussah. Vielleicht wäre es eine gute Idee, sein Haar ein wenig zu schneiden. Schließlich war Wichita nicht Washington, das Land war voller konservativer Menschen, und er sah mit seinem schmuddeligen Monk-Look nicht wirklich wie ein FBI-Agent aus. Er lächelte, weil er sich an Fatimas Hände auf seinem Haar erinnerte, wie sie neben ihm lag und ihm sagte, dass sie es liebte, wenn er zerzaust wie ein Bettler aussah.

Er ging hinunter zu seinem Auto. Als er auf den Eingang des Gebäudes schaute, hörte er in der Ferne die Sirenen. Hoffentlich hatte Cotten einen Hinweis auf die Zahlenfolge und die Kameraaufzeichnungen gefunden. Vielleicht aber überraschte ihn Juliet auch mit der guten Nachricht, dass eine Nachbarin einen Mann mit Rollstuhl das Haus von Elaine umrunden oder den Müll herausbringen gesehen hatte. In diesem Moment rief Juliet Rice an, um ihm mitzuteilen, dass sie das Haus der Baus in „Park City" besucht und keinerlei Informationen von Margaret Bau erhalten habe. Sie sei nun auf dem Weg zu Valerie Crawfords Haus, um nach dem Gemälde zu suchen.

Nach zwölf Minuten ging Hans den Korridor mit den Fotos der Seevögel im siebten Stock des AVA-Hotels entlang. Er fühlte sich noch müder. Bald würde er das Steak essen müssen. Im Anschluss beschloss er, am nächsten Morgen Julia Stein anzurufen und sie zu fragen, ob sie wisse, wer ihrer Freundin Gail Whitman das Bild geschenkt habe. Tief in seinem Inneren beunruhigte ihn das Gefühl, dass das Mädchen in Gefahr war.

Als er im Bett lag, ließ er die Ereignisse des Tages Revue passieren und versuchte, die Gespräche mit dem

Team zu rekonstruieren. In dem Moment erinnerte er sich daran, dass es in Elaines Haus keine Fingerabdrücke gab. Er erinnerte sich auch an die Handschuhe auf dem Krankenhausflur, das Gespräch mit Anne in diesem Haus, an den „unerwarteten Besucher", und den Jungen, der Elaine gegen acht Uhr abends nach Hause fuhr. Das war es! Vielleicht hatte dieser Typ, John Skinner, jemanden warten sehen. Jemanden, der als selbstverständlich durchgehen würde. Das heißt, eine Person, die an sich nicht wichtig war, die Rolle, die sie spielte, hingegen schon: einen Handwerker, einen Klempner in Handschuhen, jemanden in Uniform, eine Krankenschwester in einem entsprechend gekennzeichneten Fahrzeug, das in der Nachbarschaft keinen Verdacht erregen würde.

Er sprang aus dem Bett und suchte nach seinem Mobiltelefon. Er brauchte ein paar Minuten, um es zu finden. Schließlich rief er Juliet an.

„Du musst sofort mit John Skinner Kontakt aufnehmen. Er fuhr Elaine Perales um sieben Uhr vierzig nach Hause. Wenn der Mörder sie gejagt hat und dabei organisiert vorgegangen ist, muss er bereits auf sie gewartet haben. Aber in Verkleidung. Ich dachte, er könnte sich als Angehöriger eines Haushaltsdienstleisters ausgewiesen haben. Niemand würde die Anwesenheit eines Firmenfahrzeuges oder einer uniformierten Person mit Handschuhen zu dieser Stunde in Frage stellen, wenn die Art der Arbeit, die sie verrichtete, mit einem Notfall in einem Haus in der Nähe zu tun hatte. Natürlich hätte er die Handschuhe auch drinnen überziehen können, sobald er seine Opfer gefesselt hatte. Aber es wäre einfacher für ihn gewesen, sie vorher anzuziehen, vor allem, wenn sie zur Arbeitskleidung von jemandem gehörten, der etwas reparieren wollte. Ich weiß, dass in Elaines Wohnung alles in einwandfreiem Zustand war, aber es ist möglich, dass dieser Mann schon einmal einen Dienst geleistet hatte, dass er ihr bekannt war und daher als zuverlässig galt. Für alle drei Opfer war es von Wert gewesen, das Haus in gutem Zustand zu halten und Dinge zu reparieren oder grundlegende Reparaturen vorwegzunehmen. Für Megan, weil sie ordentlich und sauber war; für Alice, weil sie intelligent und vorausschauend war und für Elaine, wegen ihres Mottos ‚weniger ist mehr‘. Und das Elementare, das Minimale, das Unersetzliche ist es, einen Unbekannten hereinzulassen, damit alles im Haus gut funktioniert. Es könnte sich um einen Klempner handeln, der einen sanitären Notfall behebt, den er selbst ausgelöst hatte. Oder um etwas, das mit der Gesundheit des Raumes zusammenhängt, wie zum Beispiel eine Insektenvernichtung. Das wäre der ‚unerwartete Besuch‘, über den ich mit Anne gesprochen und den Skinner gesehen haben könnte, wenn wir Glück haben. Ich weiß nicht, ob ich mich klar ausgedrückt habe."

Julia am anderen Ende der Leitung blieb stumm. Sie wusste nicht, was sie sagen sollte, denn es war zwei Uhr nachts. Dann erinnerte sie sich daran, dass Agent Hans Freeman ein ungewöhnlicher Mensch war, und antwortete ihm, so gut sie konnte.

„Gut. Wir haben bereits die Aussage von Skinner aufgenommen, weil er der Letzte war, der Elaine Perales lebend gesehen hat, aber ich gebe zu, dass wir ihn nicht ausdrücklich gefragt haben, ob er Fahrzeuge oder Arbeiter dieser Art von Dienstleistungsunternehmen in der Nähe gesehen hat, oder irgendeine Person, die etwas repariert hat. Ich rufe ihn an, sobald … die Sonne aufgeht."

In diesem Moment schaute Hans auf seine Armbanduhr.

„Entschuldigung, ich wusste nicht, dass es so spät oder so früh ist, je nachdem, wie man es betrachtet." Und er legte auf, überzeugt davon, dass der Mörder wieder zuschlagen würde, vielleicht noch in dieser Nacht, und dass sie sich in einem Wettlauf mit der Zeit befanden.

3

UM SIEBEN UHR morgens trafen sie sich im Büro. Hans
hatte nicht wieder einschlafen können und war bereits dort,
als der Morgen anbrach.

„John Skinner befindet sich im Moment im Flugzeug,
aber er wird in ein paar Minuten landen. Ich habe das Bild
aus dem Zimmer von Gail Whitman mitgebracht. Sie überprüfen die Abdrücke", sagte Juliet.

„Weißt du, ob Cotten etwas gefunden hat?", fragte
Hans.

„Ich habe gerade mit ihm gesprochen, und es gibt noch
nichts", antwortete Juliet. Ich habe ihm von dem Service-
oder Reparaturfahrzeug erzählt und ihn bereits darauf
hingewiesen, dass er dies als wichtigen Aspekt in die Untersuchung einbeziehen soll."

„Gute Arbeit", antwortete er.

Hans sah Anne ankommen und bemerkte gleichzeitig,
dass ein Officer, der wohl Nachtdienst hatte, zusammen mit
einer sehr attraktiven rothaarigen Frau hinter ihr
auftauchte.

Anne wechselte ein paar Worte mit dem Beamten, schaute durch die Glasscheiben zu Hans und ging zu ihm, um mit ihm zu sprechen. Als sie zur Tür hereinkam, wartete Hans schon erwartungsvoll.

„Diese Frau ist hier, um eine Anzeige zu machen. Ihr Name ist Miriam Clark. Sie sagt, dass sie in den frühen Morgenstunden von dem Serienmörder attackiert wurde. Und dass sie gerettet wurde, weil Leute durch die Straße kamen, auf der sie angegriffen wurde. Officer Ben Emmett brachte sie hierher, weil er wusste, dass jeder Fall von Übergriffen auf der Straße uns gemeldet werden sollte."

Das war nicht das, was Hans erwartet hatte. Der Mörder irrte sich nicht derartig. Wenn er diese Frau hätte töten wollen, wäre ihr Körper bereits verstümmelt und durchlöchert gewesen, und man hätte sie irgendwo in der Stadt an einem Baum hängen sehen.

„Ich bin sicher, er ist es nicht. Aber mal sehen, was Miss Clark uns zu sagen hat", flüsterte Hans.

Nach ein paar Minuten stand er mit Anne und Miriam im Zeugenvernehmungsraum, drei große Gläser mit dampfendem Kaffee auf dem Tisch.

„Ich verließ gerade das Haus meiner Freundin Arlene Preston in der Douglas Avenue, als ein Mann aus dem Nichts um die Ecke kam und mich von hinten an der Kehle packte. Ich konnte sein Gesicht nicht sehen, weil er eine schwarze Skimaske trug. Ich wurde gerettet, weil ein paar Jungs durch die Gasse kamen, und er deshalb flüchten musste.

Hans betrachtete die Frau und machte sich einen Eindruck von ihr: Sie war nicht so nervös, wie sie es nach einer solchen Erfahrung sein müsste, sehr attraktiv mit einer langen, lockigen, hellroten Mähne. Sie trug einen schönen hellblauen Anzug, der ihren göttlichen Körper zur Geltung brachte. Aber es schien ihm, als ob sie lügen würde.

„Was machen Sie beruflich?", … fragte er.

„Ich bin Krankenschwester im St. Francis Hospital und habe Bereitschaftsdienst im Clifford Clinical Center, wenn es der Krankenhausplan erlaubt."

Das fand er interessant, denn mit dieser Antwort hatte er nicht gerechnet. Er hielt Clark für eine moderne Version von Dr. Jekyll. Sie war definitiv eine Frau, die eine merkwürdige Spaltung ihrer Tages- und Nachtaktivitäten aufwies. Wenn er nicht so viel zu tun hätte, würde er sie gerne genauer unter die Lupe nehmen, denn er war der Meinung, dass Leute wie sie gute psychologische Informanten waren, auch wenn sie keine Mörderin wäre.

Er winkte Anne hinaus. Sie entschuldigten sich und verließen beide den Raum. Auf der anderen Seite der Tür zum Vernehmungsraum wies Hans Anne an, die Zeugin die Aussage schriftlich machen zu lassen und den Beamten, der sie zuvor hereingebracht hatte, zu bitten, sie sicher nach Hause oder ins Krankenhaus zu bringen. Sie waren sich beide darüber einig, dass dieser Fall nichts mit dem Serienmörder zu tun hatte, doch Anne hatte den beunruhigenden Gedanken, dass, nachdem Otto Dupont tot war, jemand die von ihm und Gerard Bau begangenen Anschläge nachahmen wollte.

„Ich werde nicht ruhen, bis die Frauen, die im Fall Dupont-Bau verprügelt wurden, alle mit einem guten Batzen Geld von der Familie Dupont entschädigt werden. Ich hoffe, dass es sich nicht um eine Nachahmung handelt, denn tatsächlich hat die Krankenschwester eine erotische Ausstrahlung, die man nicht leugnen kann", sagte Anne.

Sie drehte sich um, um wieder ins Vernehmungszimmer zu gehen, erinnerte sich aber an etwas und sagte es Hans.

„Ich habe mit Mary Ann Dupont gesprochen. Sie ist bereit zu helfen und hat sogar Melinda Bell besucht, eines der Opfer ihres Vaters."

Es tat Hans gut, sie das sagen zu hören, und er erinnerte sich an die friedlich im Bett liegende Melinda. Die Tochter von Dupont musste sich schämen, und das war auch gut so, denn ihr Vater hatte viel Schaden angerichtet. Mit diesem Gedanken machte sich Hans auf den Weg in sein Büro, doch etwas hielt ihn auf: Er sah Julia Stein kommen, gekleidet in eine schwarze Hose und eine Bluse mit ausgesprochen großen schwarzen und weißen Linien. Im Grunde war er erleichtert, denn es hatte sich der Gedanke in seinem Kopf festgesetzt, dass das Mädchen in Gefahr war. Er schaute auf ihre Füße herab und sah, dass sie schöne dunkle, glänzende Schuhe mit einer sehr schmalen Spitze trug. Er erinnerte sich an die Filme aus den fünfziger Jahren, und ein verstörendes Bild kam ihm in den Sinn: Er stellte sich Julia Stein ohne Füße vor. Während er den grotesken Gedanken abschüttelte, flog ein Vogel zufällig gegen ein Bürofenster. Aber Julia schaute nicht zu ihm, sondern hinter die Scheibe, genau dorthin, wo Miriam Clark im Zimmer saß. Hans erkannte einen Anflug von Panik in Julias Augen und sah, wie sie innehielt. Sie wirkte, als wolle sie weglaufen, doch dann bewegte sie sich weiter auf ihn zu.

„Ich weiß nicht, warum ich gekommen bin, wenn Sie es schon wissen", sagte sie.

„Guten Morgen. Wollten Sie uns noch etwas sagen?", fragte Hans und versuchte zu verbergen, dass er Angst in ihr entdeckt hatte.

„Diese Frau war gestern bei Alan Gunn, dem Vater meines Freundes, denn sie ist wahrscheinlich eine von Ihnen. Und ich war so besorgt, weil ich Informationen über ihn hatte und nicht gekommen war, um sie Ihnen zu geben. Madi hatte mich bereits darauf aufmerksam gemacht, dass es Leute gibt, die mit Ihnen zusammenarbeiten, von denen es man nicht erwartet. Vielleicht hat Margaret Bau Ihnen selbst gesagt, dass Franks Vater mit ihrem Vater und Otto Dupont bei den Übergriffen auf die Frauen mitgemacht hat, aber wenn Sie Margaret besser kennen würden, wüssten Sie, dass ihre Gedanken pervers sind und sie nicht unbedingt aufrichtig ist."

Hans wusste, dass Julia ihm soeben den Namen des Mannes genannt hatte, den er gesucht hatte und dass sie sich der Bedeutung dessen, was sie sagte, gar nicht bewusst war.

„Fahren Sie fort", sagte er und ermutigte sie zum Weiterreden.

„Der Vater meines Freundes ist nicht der Mörder, auch wenn er verachtenswert ist. Es ist besser, jetzt alles ans Licht zu bringen. So grausam es auch klingen mag. Wenn er mit Dupont und Bau wegen des Clubs unter einer Decke steckte, war er nur der Lieferant für ihre schrecklichen Süchte. Jetzt verstehe ich besser, warum diese derart die Aufmerksamkeit erregende Frau gestern in der Bar mit Alan Gunn gesprochen hat. Das war der Auftrag, den Sie ihr gegeben hatten.

4

„Juliet, komm bitte her", sagte Hans.

Während Juliet von ihrem Schreibtisch zu Hans und Julia Stein ging, richtete er das Wort an Julia.

„Miss Stein, gehen Sie bitte hier entlang." Er öffnete die Tür zu einem kleinen Büro, das sich ihnen direkt gegenüber befand. Setzen Sie sich dort hin und warten Sie ein paar Minuten auf mich. Beantworten Sie in der Zwischenzeit die Fragen von Agentin Juliet Rice.

Als er Julia losgeworden war und Juliet bei ihm ankam, sprach er leise zu ihr.

„Bring sie dazu, dir alles zu sagen, was sie über den Vater ihres Freundes weiß. Er könnte der Mann sein, der uns bei den Dupont-Bau-Aktivitäten fehlt. Sie sagt, dass sie gestern Abend die Frau, die von ihm angegriffen wurde, in einer Bar gesehen hat. Sie bildet sich ein, dass Miriam Clark für uns arbeitet." Juliets Augen weiteten sich und fast wäre ein Lächeln über ihre Lippen gekommen, aber Hans sprach weiter, bevor sie ihn unterbrach, denn er wollte so schnell wie möglich zu Clark zurückkehren. „Lass sie in ihrem Irrtum über Miriam Clark."

„In Ordnung", sagte Juliet und ging in das Zimmer, wo Julia auf sie wartete.

Hans kehrte in den Befragungsraum zurück, wo Anne gerade die Vernehmung beendete.

„Miss Clark, sagt Ihnen der Name Alan Gunn etwas?", fragte er, ohne dass ihm ein einziges Detail ihres Gesichtsausdrucks entwischt wäre, und er sah, wie sie blass wurde.

„Es ist wahr … Ich weiß nicht, wie Sie es haben wissen können. Ich habe gelogen, weil ich nicht wollte, dass sie denken, ich hätte mich freiwillig einer solchen Gefahr ausgesetzt", antwortete sie und schaute Anne an, die nicht verstand, was vor sich ging. „Ich kam nicht vom Haus meiner Freundin, sondern ich ging zu ihrem Haus. Ich traf einen unbekannten Mann im Hill und ging mit ihm mit. Ich meine, wir hatten uns nicht verabredet. Ich bin einfach in die Bar gegangen, und er war da. Er begann eine Unterhaltung mit mir und ich ging darauf ein. Ich hatte einiges getrunken. Nach zwei Uhr morgens verließ ich sein Haus, denn er gefiel mir wirklich nicht. Ich meine, am Anfang schon, aber später nicht mehr. Er ist einer dieser Menschen, zu denen man sich in einem Moment hingezogen fühlt und sich dann fragt, wie um alles in der Welt man auf so jemanden aufmerksam werden konnte", beendete sie, während ihr eine leichte Röte in die Wangen stieg.

„Niemand hier stellt Ihre Aktivitäten von gestern Abend in Frage oder verurteilt sie, aber wir müssen die wirklichen Ereignisse kennen, um sinnvolle Schlussfolgerungen ziehen zu können", sagte Anne in mütterlichem Ton.

„Ich weiß, und es tut mir leid, dass ich sie angelogen habe.

Das hätte ich nicht tun sollen. Ich weiß nicht, warum ich immer wieder denke, dass meine nächtlichen Eskapaden - um sie einmal so zu bezeichnen - etwas Schlimmes sind. Ich meine, man verbringt den ganzen Tag damit, todkranke Patienten zu betreuen, und man versucht, seine Arbeit professionell zu machen, aber wenn es Zeit ist, das Krankenhaus zu verlassen, möchte man das Leben genießen, die Traurigkeit und den Tod loswerden, die mit meiner Arbeit einhergehen. Es ist wie ein Urlaub. Das ist es, wonach ich suche, denn das ist es, was mich die Last ertragen lässt. Es war wirklich falsch, Ihnen zu sagen, dass ich aus Arlenes Haus kam. Es war das Erste, was mir in den Sinn kam. Ich hielt es nicht für wichtig, dass Sie wissen, dass ich einen Teil der Nacht mit einem Fremden verbracht habe. Wie auch immer, der Angriff war echt und fand dort statt, wo ich es Ihnen gesagt habe, in Courtland, in der Nähe der Kreuzung mit der Douglas Avenue.

„Manche Urlaube sind gefährlicher als andere", wagte Anne zu sagen, „und ich nehme an, Sie könnten sich auch mit bekannten und harmlosen Personen amüsieren, wenn man bedenkt, dass in Wichita ein Serienmörder sein Unwesen treibt", fügte sie hinzu, als wolle sie eine jüngere Schwester schelten.

Miriam Clark verstummte und sah sie an. Sie wusste nicht, wie sie ihr hätte erklären soll, dass es ein wichtiger Teil des Abenteuers war, dass es sich um absolut fremde Personen handelte.

„Was wissen Sie über Alan Gunn?", fragte Hans sie ernst, als er aus seinen Überlegungen auftauchte.

„Fast nichts. Dass er ein Royal-Fan ist, allein lebt und Witwer ist. Er ist nicht sehr gesprächig", antwortete Miriam.

„Kam er Ihnen wie ein gewalttätiger Mann vor?", fuhr er fort, „jemand, der Kämpfe attraktiv findet?"

„Ich weiß es nicht. Bei mir war er es nicht. Er machte auf mich den Eindruck eines egoistischen Mannes. Gewalttätig, vielleicht. Jetzt, wo Sie es erwähnen, ist das vielleicht der Grund, warum ich sein Haus auf diese Weise verlassen habe, aber es war nur ein unbegründeter Eindruck, denn er hat mir nicht wehgetan."

„Was würden Sie sagen, wenn ich sage, dass er Ihnen gefolgt ist und Sie auf der Straße angegriffen hat, als er merkte, dass Sie das Haus verlassen hatten, ohne es ihm zu sagen? Würden Sie diese Annahme für glaubwürdig halten?"

„Ich weiß es nicht", gab Miriam zu.

„Wie sieht Alan Gunns Auto aus?", sagte Hans.

„Es ist ein dunkelgrauer Fairlane. Ein bisschen altmodisch, aber er kümmert sich gut darum, soweit ich das sehen konnte."

„Wissen Sie, was er beruflich macht?"

„Es tut mir leid, aber ich habe keine Ahnung."

„Ich brauche von Ihnen die Adresse von Gunn."

„Courtland, Nummer 28."

„Sie können die Erklärung, die Sie abgegeben haben, unterschreiben und nach Hause gehen", sagte Hans zur Krankenschwester.

Dann sah er Anne an. Sie nickte. Er verließ das Zimmer und ging dahin zurück, wo er Julia Stein mit Juliet zurückgelassen hatte.

5

DIE AGENTIN GING für einen Moment hinaus. Ich hörte ein
Murmeln hinter der Tür, aber ich konnte kein Wort verstehen. Ich nahm an, dass sie Hans Freeman aufklären wollte. Er
hatte mich über Alan Gunn ausgefragt. Ich hatte ihm erzählt,
was ich über ihn wusste, und das war nicht viel. Nur, dass er
ein gewalttätiger Mann und ein schlechter Vater war. Vielleicht war er knapp bei Kasse, denn ich erinnerte mich daran,
wie Frank mir bei seinem Anruf sagte, dass jemand in seinem
Namen um Hilfe gebeten hatte. Dass er zweimal verwitwet
war, zuerst von Franks Mutter und dann von einer Frau, die
viel jünger war als er und an Krebs starb. Dass seine erste Frau
Selbstmord begangen hatte, indem sie sich erhängte. Ich
musste ihm das sagen, da er es sowieso herausfinden würde.
Die Agentin schrieb alles auf, was ich sagte, und achtete genau
auf meine Worte. Daher nahm ich an, dass das Gemurmel ihr
Bericht über die Informationen war, die ich ihr gegeben hatte.

Nach einigen Minuten kehrte eine andere Beamtin
zurück. Sie ließ die Tür weit offen und setzte sich auf einen

der Stühle mir gegenüber, auf der anderen Seite des kleinen Tisches. Ich schwieg und wartete darauf, dass sie etwas sagen würde, aber das tat sie nicht. Dann erschien Hans Freeman, und ich kann nicht leugnen, dass ich gespannt war. Er setzte sich mir gegenüber, neben die Agentin, und ergriff das Wort.

„Woher wussten Sie, dass Alan Gunn in dieser Bar mit dem rothaarigen Mädchen war?", fragte er mich, und ich glaube, er war sehr an meinen Reaktionen interessiert. Ich fühlte, dass er mich studierte, viel mehr als beim ersten Mal, als ich ihn sah.

„Weil ich ihm gefolgt war. Ich sprach mit Margaret Bau, so wie ich glaube, Sie auch, und sie sagte mir, dass der Vater meines Freundes in die gleiche Sache verwickelt war wie Dupont und Gerard."

„Was genau war es, das Margaret Bau Ihnen sagte? Bitte bemühen Sie sich, den Wortlaut wiederzugeben."

„Ich weiß es nicht mehr. Aber sie wollte sagen, dass Franks Vater mit ihnen unter einer Decke steckte, um Schaden anzurichten. Sie tat das, weil sie wusste, dass ich seinen Vater für ein Monster hielt. Sie wollte mich verletzen, denn so ist sie nun einmal. Ich weiß nicht, woher sie wusste, dass ich wieder mit Frank zusammen war, denn ich bin es erst seit dieser Woche. In dieser Straße in ‚Park City' findet jeder sofort alles heraus. Und könnten sie nicht diejenigen sein, die Elvin in diesem großen, hässlichen Haus verstecken und er derjenige sein, der Gail ermordet hat, und der jetzt drauflos Frauen tötet? Vielleicht war Elvin Bau selbst an den Gräueltaten seines Vaters beteiligt und sie hat mir nur von Alan erzählt, um mich zu verwirren. Elvin war ein introvertierter, mysteriöser Junge, und keiner von uns kannte ihn wirklich gut", sagte ich, mir alles von der Seele redend.

Dann ging Hans Freeman heraus, aber nicht außer Sichtweite, denn er blieb im Korridor stehen. Ich wollte nicht, dass er ginge. Ich hörte, wie er Juliet Rice anrief und sie bat, Margaret Bau als Zeugin zu zitieren. Dass sie ihn belogen hatte und dass er es nicht mochte, angelogen zu werden. Ich hörte, wie Agent Rice sagte, sie würde sich darum kümmern, und ich genoss diesen Moment. Denn es war eine wunderbare Rache, sich die verdrehte Margaret vorzustellen, die von der Polizei als Zeugin vorgeladen wurde.

Er kam zurück, schloss die Tür, setzte sich und bat mich, weiterzumachen.

„Zuerst wollte ich nicht glauben, was Margaret sagte, aber ich beschloss, Alan trotzdem anzusprechen und ihn zu fragen. Also folgte ich ihm. Ich ging zu seinem Haus und wartete eine Zeit lang. Ich wollte dort nicht mit ihm sprechen, weil ich dachte, es könnte gefährlich sein, und ich zog es vor, es an einem öffentlichen Ort zu tun."

Hans nickte.

„Dann sah ich ihn ausgehen. In eine furchtbare Bar namens ‚Hill' in der Glendale Street. Und bevor ich mich entschloss, mit ihm zu sprechen, sah ich ihn mit ihr zusammen. Dann fühlte ich mich kindisch und einfältig, leerte meine Drinks und ging direkt nach Hause. Ich konnte an diesem Abend nicht mit ihm reden, weil es klar war, dass er mit diesem Mädchen gehen würde", schloss ich.

„Weiß Ihr Freund, was Sie tun? Dass Sie seinem Vater folgen und dass Sie jetzt hier sind?", fragte er mich.

„Nein", antwortete ich und fühlte mich schrecklich.

Es stimmte, dass ich Frank außen vor gelassen hatte,

und das war nicht richtig, denn es war sein Vater, aber ich hielt es für besser, wenn das FBI gegen Alan ermittelte, damit sie ihn ein für alle Mal aus dem Verdacht ausschließen konnten. Schließlich glaubte ich nicht, dass Franks Vater der Serienmörder war.

Er redete weiter mit mir, während er sein Haar nach hinten strich, so als ob es ihn stören würde.

„Ich möchte die Gelegenheit nutzen, Ihnen dafür danken, dass Sie Ihren Bruder mit dem Umschlag zu uns geschickt haben. Er hat uns im Fall Dupont geholfen. Aber jetzt müssen Sie mir sagen, wer der Vater Ihres Freundes ist. Alles, was Sie über Alan Gunn wissen. Kannte er Ihre Freundin Gail Whitman?"

„Ja. Frank war ihr Freund, also musste er sie auch gekannt haben. Ich meine, er musste zumindest gewusst haben, wer sie war. Wir gehörten alle seit unserer Kindheit zur selben Gruppe. Ich erinnere mich, dass Professor Clifford früher Mathematik-Olympiaden organisierte und einige der Eltern sich zu diesen Aktivitäten trafen. Ich habe nie wirklich verstanden, warum Alan Gunn daran teilnahm. Ich glaube, dieser Lehrer und Franks Vater waren befreundet, obwohl ich mir nicht ganz sicher bin. Sicher bin ich mir jedoch darüber, dass Alan Gunn gewusst hat, wer Gail war", beendete ich verwirrt.

Da wurde mir klar, dass sie nicht mit Margaret darüber gesprochen hatten und dass ich es war, die Alan auf dem Silbertablett serviert hatte. Aber was hatte dann die Rothaarige aus der Bar dort zu suchen? Das ergab keinen Sinn und konnte kein Zufall sein. Ich erzählte ihm alles, was ich über Alan Gunn wusste, dasselbe, was ich auch Agent Rice erzählt hatte. Doch dabei hatte ich das Gefühl, dass ich Frank verraten würde. Was für mich eine wunderbare Situation hätte sein müssen, weil ich dem ‚Federal Bureau of Investigation‘ wertvolle Informationen gab, begann mich zu belasten, denn ich hatte das Gefühl, dass ich Frank in etwas Schlimmes verwickelte. Ich erinnerte mich blitzartig und mit Nostalgie an meine Reise nach Washington, als ich zu Jimmy fuhr, um Schluss zu machen und heimlich das FBI-Gebäude bewunderte. Ich fantasiere, ich fantasiere immer…, aber wie Dr. Lipman sagt, führen mich meine Fantasien an gefährliche Orte, und dieses Mal bestand die Gefahr darin, dass Frank denken würde, ich würde ihn betrügen, wenn ich mit Freeman über seinen Vater spräche. Ich wollte hier raus, die Klappe halten und ihnen erklären, dass ich ihnen nichts mehr sagen konnte. Aber ich tat es nicht.

Dann kam eine andere Beamtin, die mehr Autorität zu haben schien, und unterbrach uns. Sie war klein, hatte ein angenehmes Gesicht und hübsche asiatische Augen. Später erfuhr ich, dass ihr Name Anne Ashton war. Mir wurde klar, dass sie gekommen war, um Freeman wichtige Informationen zu übermitteln. Sie verließen den Raum, und nach ein paar Minuten öffnete er die Tür und sagte zu jemandem auf dem Flur, den ich nicht sehen konnte, dass sie sofort gehen würden. Dann drehte er sich zu mir um, und ich bemerkte, dass er aufgeregt war. Es schien, als sei er bei der Lösung des Mordfalls auf etwas Bedeutendes gestoßen, als wüssten sie, wer dafür verantwortlich war und würden ihn verhaften.

„Ich muss Sie bitten, Ihre Kontaktdaten zu hinterlassen, denn ich werde mich wieder bei Ihnen melden, um Ihnen einige Fragen über Ihre Freundin Gail Whitman zu stellen. Ich bin daran interessiert, alles zu erfahren, was Sie über sie wissen. Alles, woran Sie sich erinnern und was Sie uns noch nicht erzählt haben. Auch wenn Sie nicht glauben, dass es sich um wertvolle Informationen handelt, könnte alles, woran Sie sich erinnern können, für uns nützlich sein. In Gails Zimmer befand sich ein Gegenstand, den ich Ihnen gerne zeigen möchte. Vielleicht kennen Sie seine Herkunft. Im Moment muss ich mich um eine dringende Angelegenheit kümmern, aber ich werde mich im Laufe des Tages wieder melden."

Er wandte sich ab, aber ich hielt ihn an, um ihm eine Frage zu stellen und ihm etwas zu sagen.

„Sie meinen, der Mann, den Sie suchen, hat Gail getötet? Sie wollten es mir nicht bestätigen, aber ich weiß, dass es so ist."

Er antwortete mir nicht und ging.

Ich verließ das Gebäude am Boden zerstört. Ich war davon überzeugt, dass ich Franks Vater in große Schwierigkeiten gebracht hatte, und das alles nur wegen dieser Schlange Margaret Bau und meiner kindischen Ambitionen, einen Mordfall zu untersuchen. Schließlich konnte Alan Gunn nicht der Serienmörder aus Wichita sein, der Gail vor acht Jahren getötet hatte. Oder etwa doch?

6

„WIR HABEN IHN! Cotten hat Alan Gunns Arbeit in Erfahrung gebracht. Er hat eine kleine Firma für Insektenvernichtung. Und Juliet konnte endlich mit John Skinner sprechen, der sagt, er habe einen weißen Lieferwagen mit einem Schild gesehen, der einen Block vom Haus von Elaine Perales entfernt geparkt war. Dass er es uns vorher nicht gesagt hat, weil wir ihn nicht ausdrücklich danach fragten und er es vergaß. Für ihn sah es aus wie eine Insektenvernichtung, aber er kann sich nicht mehr an den Namen erinnern, und es etwas mit dem Wort ‚Termite‘ darauf war. Die Bänder zeigen uns immer noch nichts, aber Cotten hat ein größeres Team darauf angesetzt, um schneller arbeiten zu können. Erinnern Sie sich, dass Juliet uns erzählte, dass in Elaines Haus einer unserer Techniker krank wurde, weil er auf ein Produkt empfindlich reagierte, das bei Termitenausräucherungen verwendet wird? Und erinnern Sie sich, dass ich, als wir reingingen, die ordentlich sortierten Rechnungen durchgesehen habe, und es eine von einer Ausräucherungsfirma namens ‚Gunn Termite and

Pest Control' gab? Es ist schon ironisch, dass wir in den sozialen Medien in den E-Mails nichts ermitteln konnten und wir den entscheidenden Hinweis in einer einfachen Rechnung gefunden haben. Die Untersuchung der sozialen Netzwerke führte uns zu Justin Busch, und das erwies sich als nichts weiter als eine Sackgasse. Jetzt, lieber Hans, glaube ich, dass wir den Mörder haben." Sie beendete ihre Rede und zeigte ihm triumphierend die Kopie der Rechnung, die sie wie eine Trophäe in den Händen hielt.

Hans überflog sie. Es war wahr. Alan Gunn hatte eine Ausräucherung im Haus von Elaine Perales durchgeführt. Das brachte ihn mit ihr in Verbindung, und wenn sie herausfanden, dass er auch für Megan und Alice gearbeitet hatte, würde er erwischt werden. Er stand auch in Verbindung mit den Übergriffen auf die Frauen von Bau und Dupont und kannte Gail Whitman. Alan Gunn hatte alle Voraussetzungen, um der Mörder zu sein. Die Bemerkung, die Anne über Elaines Sauberkeit bis hin zu den Reparaturrechnungen im Haushalt gemacht hatte, während er das Glas Tomatensaft in ihrem Haus betrachtete, war das, was ihm immer wieder im Kopf herumging und was er nicht hatte entziffern können.

„Wir sollten mehrere Einheiten mitnehmen, sie sind schon vorbereitet", fügte Anne hinzu.

Wie aus dem Nichts tauchte Cotten auf, und Hans gab ihm neue Anweisungen.

„Schau dir die Aufzeichnungen auf den Strecken von Courtland 28 entlang der Douglas Avenue bis zur Straße von Elaine Perales an. Finde heraus, was die Zahl ‚427' für Alan Gunn bedeuten könnte. Vielleicht ist sie der Anfang oder das Ende einer längeren Ziffernfolge. Versuche, einen Zusammenhang zwischen dieser Zahl und irgendeinem

Aspekt seines Lebenslaufes herzustellen. Und bitte mach es bald", bat Hans.

„Ja, Chef. In diesem Zusammenhang ist mir eingefallen, dass das Mädchen Stein Juliet erzählt hat, dass Alan Gunn seine erste Frau, Nola Smith, misshandelte. Der Sohn hatte sie einmal begleitet, um eine Beschwerde einzureichen. Ich glaube, da muss es etwas geben. Mit einem Freund, der alles beschaffen kann, selbst wenn die Anzeigen zurückgezogen wurden, werde ich das überprüfen."

„Fantastisch, Cotten, Tu, was immer nötig ist, denn ich will alles über diesen Mann wissen." Mit diesen Worten entfernte sich Hans.

Rice hatte ihm gerade eine zweiminütige Zusammenfassung ihres Gespräches mit Julia gegeben, und Hans verglich es mit dem, was das Mädchen ihm gerade erzählt hatte: Der Kerl hatte zwei Frauen, beide tot. Die erste, Nola Smith, hatte sich vor vielen Jahren erhängt. Die zweite, viel jüngere, war weniger als ein Jahr zuvor an Krebs gestorben. Dieser kürzliche Tod könnte der Auslöser für den Mörder gewesen sein, falls es sich um Alan Gunn handelte.

„Machen wir uns sofort auf den Weg", sagte er zu Anne, als er die Tür zu dem Raum öffnete, in dem Julia Stein mit dem Agenten stand. Dann sprach er ein paar eilige Worte zu Julia und rannte hinaus.

7

DER MANN SAH einen Schatten durch das Glas. Hörte die Stimmen von Kindern. Sie lachten. Klopften an die Tür und drückten so lange, bis sie einen schmalen Spalt öffnen konnten, durch den ein heller Lichtstrahl drang. Er sah Staubpartikel über das dunkle Holz tanzen, das ihm so weit entfernt schien. Er wollte schreien, ihnen sagen, dass er da war, mitten in dieser schmutzigen Scheune, die ihm schon viel zu lange eine Hölle war, aber es war unmöglich. Es war eine verfluchte Illusion, die ihn im Griff hatte, ein aussichtsloser Kampf, den er weder aufgeben noch gewinnen konnte. Er war an den hölzernen Stuhl gefesselt, aber er versuchte, sich zu bewegen und mit ihm zu hüpfen. Mit dem Wenigen, was von seinem Körper übriggeblieben war.

Er wartete und weinte. Er versuchte, Geräusche zu machen, aber er schaffte es nicht. Nur ein Flüstern kam aus seinem Mund. Ein Flüstern voller Tränen und Wut. Sie durften nicht weggehen! Diese schwachsinnigen Kinder mussten ihn finden! Warum musste das noch immer durchleben? Er war nicht in der Lage, diese Enge noch länger zu ertragen. Die Freiheit war zum Greifen nah, sie mussten sich nur stärker drücken, sie mussten ihn nur sehen …

Die Jungen schauten durch ein Seitenfenster. Einer von ihnen schlug die Scheibe ein, um einen besseren Blick zu erhaschen. Er hörte die Jungen reden, und das Wort „hineingehen“ war sein Rettungsanker. Sie würden hineingehen! Sie würden es tun!

Doch dann hörte er die Stimmen nicht mehr und es herrschte eine Grabesstille. Und es war wie früher. Die gleiche Hölle, die zum Verzweifeln war.

DER MÖRDER BEOBACHTETE die Bewegungen der Kinder von draußen. Nach ein paar Minuten wurde er belohnt. Er sah die drei auf Fahrrädern von der Scheune wegfahren. Dann beschloss er, ihnen mit dem Auto zu folgen, sich ihnen zu nähern, anzuhalten und sich einen Eindruck von ihnen zu machen. Wenn sie ihn gesehen hatten, würden sie versuchen, um Hilfe zu rufen, und er würde sich als jemand ausgeben, der bereit wäre, ihnen zu helfen. Und wenn nicht, würde er trotzdem einiges über sie herausfinden, zum Beispiel wo sie wohnten, falls es notwendig sein sollte, sie aus dem Weg zu räumen.

Er kurbelte das Fenster herunter, als er neben ihnen stand, und er konnte es an ihren Gesichtern erkennen. Keiner von ihnen hatte Elvin Bau gesehen. Oder das, was von ihm übrig war. Er lächelte, als er darüber nachdachte. Die perfekte, lange, stille Rache würde weitergehen. Er glaubte, den kühnsten Jungen zu erkennen, denjenigen, der Elvin in der Scheune knapp verfehlt hatte, denjenigen, der sich für einen Moment von der Gruppe löste und ihn zu

Tode erschreckte. Elvin nicht gesehen zu haben, rettete sein Leben und das seiner Freunde. Letzten Endes war er ein wagemutiger Junge, der Glück gehabt hatte, und das Beste, was er tun konnte, war, nicht mehr dorthin zurückzukehren. Man sollte das Schicksal nicht mehr als einmal herausfordern.

„Es scheint hier nicht sehr sicher zu sein. Sehr einsam, meint ihr nicht auch?", fragte er sie.

Der mutigste Junge antwortete:

„Die Scheune ist nicht gefährlich, sie ist nur leer. Sie gehörte früher der Familie Bau. Papa hat für sie gearbeitet …"

„Und wie ist dein Vater mit den Baus zurechtgekommen?"

„Er sagt, sie waren Despoten und jetzt sind wir besser dran."

Der Mörder konnte sein Lachen nicht unterdrücken und hatte das Gefühl, dass alles, was er tat, einen Sinn hatte.

„Das ist sehr wahr. Pass auf deinen Vater auf, denn du kannst dich glücklich schätzen, ihn zu haben", sagte er, hob zum Abschied die Hand und ging.

Die drei Jungen standen da und sahen zu, wie das Auto wegfuhr.

8

ICH MUSSTE mit Frank sofort telefonieren, denn die Schuldgefühle brachten mich um. Kaum war ich aus dem Department heraus, rief ich ihn vom Auto aus an. Vorher kam mir die Idee, der Rothaarigen zu folgen, sie anzusprechen, sie zu fragen, warum sie mit der Polizei gesprochen hatte und ob sie eine von ihnen war. Aber ich verwarf den Gedanken sofort wieder. Das hätte die Sache noch komplizierter machen können, denn ich war mir sicher, dass ich diejenige war, die Officer Freeman über Alan Gunn informiert hatte. Aber meine Absicht war es nicht gewesen, Franks Vater in Schwierigkeiten zu verwickeln. Im Gegenteil, ich wollte ihn entlasten. Er war ein gehässiger Mann und ein miserabler Vater, aber er konnte nicht der Mörder sein! Ich konnte nicht glauben, dass Alan etwas damit zu tun hatte. Mir kam der rettende Gedanke, dass Klaus Dupont das Erbe seines abscheulichen Vaters fortsetzen wollte, indem er fortführte, was dieser getan hatte. Dass er nun einen neuen Verein leitete, der sich an Gewalt erfreute, und dass er der Mörder war. Das wäre das Beste für Frank und für mich.

Als Frank mich zurückrief, gestand ich ihm alles. Dass ich seinem Vater gefolgt und dass ich zur Polizei gegangen war, um ihn gegen die bösartigen Lügen von Margaret Bau zu verteidigen, dass ich aber befürchtete, das Gegenteil erreicht zu haben. Ich war mir fast sicher, dass sie in diesem Moment nach ihm suchen würden. Während ich ihn mehrfach um Entschuldigung bat, konnte ich am anderen Ende der Leitung nur sein Atmen hören. Ich befürchtete, er würde rabiat werden und mich anschreien. Um seine Reaktion abzuwarten, so erinnere ich mich, hielt ich das Auto an. Aber er sagte nichts. Als er schließlich das Wort ergriff, sprach er sanft und sehr ruhig. Er sagte mir, ich solle zu ihm nach Hause kommen und nicht mehr weggehen. Dass wir ein für alle Mal zusammenleben sollten, weil es keinen Sinn hatte, noch länger zu warten. Ich sagte, dass wir das auf jeden Fall tun würden. Dass ich in diesem Moment auf dem Weg zu ihm war und in weniger als zehn Minuten bei ihm eintreffen würde. Bewegt verstand ich, dass ich ihm vollkommen vertrauen konnte. Das, was zwischen uns bestand, war gut und schwer zu finden. Ich konnte es kaum erwarten, bei ihm anzukommen. Die Stadt schien sich gegen mich verschworen zu haben: die roten Ampeln, die anarchischen Fußgänger, die die Straße überquerten und mich aufhielten. Ich glaube, seit meiner Teenagerzeit hatte ich mich nicht so sehr nach einem Ort gesehnt.

Ich kam bei Franks Haus an, dem Haus, das er für uns beide haben wollte, und rannte über den Innenhof. Genau in dem Moment, als an die Tür klopfen wollte, öffnete er sie. Ich umarmte und küsste ihn, um ihm zu zeigen, wie leid es mir tat, seinen Vater heimlich belauert zu haben.

„Wenn du glaubst, dass die Frau nicht vom FBI war, warum ist sie dann zur Polizeiwache gegangen?", fragte mich Frank und streichelte meinen Rücken, einige Minuten nachdem ich ihm erzählt hatte, dass ich bei der Mordkommission war.

„Richtig. Das verstehe ich nicht. Vielleicht ist es ein Zufall. Denn ich schwöre dir, so wie sich die Agenten danach benommen haben, bin ich mir ziemlich sicher, dass das Mädchen nicht zur Polizei gehörte."

„Nun, Julie, aber wenn sie Dad aus irgendeinem Grund suchen, ist das vielleicht das Beste. Die Dinge müssen sofort geklärt werden", sagte er sehr ernst.

„Welche Dinge?", fragte ich und zog mich ein wenig zurück, weil mir sein Tonfall nicht gefiel.

„Ich muss etwas Ernstes mit dir besprechen. Komm mit mir." Er nahm mich am Arm und führte mich ins Wohnzimmer. Dort saßen wir, wie nur drei Tage zuvor zum ersten Mal, obwohl es schien, als wären seither Jahrhunderte vergangen.

Ich sah ihn an und bemerkte, dass es ihm schwerfiel, mit mir zu sprechen. Als ob das, was er mir sagen wollte, zu schrecklich wäre. Da stand er, mit seinem glänzenden goldenen Haar, seinen schönen dunkelblauen Augen, und hinter ihm, auf dem Tisch, lugten einige wunderschöne Dahlien hervor, die er wahrscheinlich gekauft hatte, weil er sich daran erinnerte, dass ich sie liebte.

„Ich glaube, mein Vater ist Gails Mörder. Und wenn du sagst, das FBI denkt, dass Gail etwas mit dem Serienmord zu tun hat, dann ist vielleicht mein Vater der Mörder dieser Frauen."

Ich hörte ihm verblüfft zu und hatte so viele Fragen an ihn, dass ich sprachlos wurde. Er redete weiter, aber ich weigerte mich, mir auch nur vorzustellen, dass das, was er sagte, wahr wäre.

„Er muss die Frau angegriffen haben, die du gesehen hast, und sie hat sich irgendwie davor gerettet, das neue Opfer zu sein. Vielleicht war sie deshalb auf dem Polizeirevier und sie wissen bereits, dass er es ist. Ich habe dir die Einzelheiten seiner Angriffe in meiner Kindheit lieber nicht erzählt, weil sie so furchtbar sind."

Ich umarmte ihn und spürte, dass ich ihn liebte wie nie zuvor. Er erwiderte meine Umarmung und küsste meinen Hals. Ich spürte seine warmen Lippen und die Berührung seiner Nasenspitze. Auch den kalten Metallrand seiner Brille. Dann gingen wir ein wenig auseinander und er fuhr mit seiner Erzählung fort.

„Gail fand heraus, was sie taten, und sie sagte es mir. Sie war damals mit Elvin befreundet und hörte eines Abends bei den Baus ein Telefongespräch zwischen Gerard und einer anderen Person. Sie war alarmiert. Und Gail war eine von denen, die, wenn sie eine Idee im Kopf haben, diese nicht mehr loslassen, bis sie sich als richtig erweist. So war sie zum Beispiel davon überzeugt, dass Clifford, der Mathelehrer, ein Perverser war, aber sie konnte es nie beweisen. Doch bei Dupont und Gerard Bau konnte sie das. Sie erzählte mir, dass sie Elvin an diesem Tag abgelenkt und sich in Gerards Büro geschlichen hatte, um Beweise dafür zu finden, dass sie im Geheimen scheußliche Dinge taten. Ich sagte ihr, sie solle es niemandem erzählen, nicht einmal ihrer Mutter, bis wir wüssten, was zu tun sei. Schon vorher wusste ich davon. Ich hatte die Machenschaften von Otto, Gerard und meinem Vater entdeckt und auch den Schaden, den sie den Frauen zufügten. Sie hatten sie schon seit langem unter Vertrag, aber ich erzählte niemandem davon, am wenigsten dir. Denn ich schämte mich und wollte nicht, dass es an die Öffentlichkeit geriete. Außerdem hätte es meinem Vater geschadet. Ich selbst habe Gail gesagt, dass mein Vater bei ihnen war, und vielleicht war das ihr Todesurteil. Denn ich bin sicher, dass er derjenige war, der sie tötete. Vielleicht hatte sie etwas getan, das sie auf die Spur gebracht hat, und mein Vater beschloss, sie zu erledigen. Als du anfingst, nachzuforschen, habe ich versucht, dich davon abzuhalten, indem ich heruntergespielt habe, was du mir erzählt hast. Ich wollte nicht, dass du herausfindest, was für ein abscheulicher Mann mein Vater ist. Männer wie er, wie Dupont und Bau, wissen, wie man ein Doppelleben führt, und der verborgene Teil ist in jedem Falle ekelerregend. Ich habe es früh herausgefunden. Aber aus Feigheit habe ich geschwiegen, und ich bin sicher, dass zumindest die Kinder von Dupont nicht wussten, was für ein Mann Otto war.

Aufmerksam hörte ich zu, während mein Gehirn raste. Bei seinen letzten Worten erschauderte ich. Ich hatte geglaubt, dass der Sohn von Otto Dupont wusste, was sein Vater für ein Mensch war, und dass er sich all die Jahre dafür geschämt hatte. Ich hatte gedacht, er wäre mir deshalb aus dem Gebäude gefolgt, weil er mir erklären wollte, dass Otto im Gegenzug zu ihm ein Monster war. Das ist möglich, denn mein Bruder Richard war ein verachtenswertes Wesen, aber weder Patrick noch ich sind es. All das dachte ich in Bruchteilen einer Sekunde, als Frank einen Moment der Stille nutzte und seine Brille abnahm, um sie durch das Licht zu betrachten.

„Aber du weißt nicht mit Sicherheit, dass dein Vater der Mörder ist. Es ist eine Sache, mit Bau und Dupont zusammenzuarbeiten, aber es ist eine andere, Gail zu töten", hielt ich entschlossen dagegen.

Tief im Inneren begann ich, mich verraten zu fühlen, denn Frank verdächtigte seinen Vater und hatte es mir nicht gesagt. Ich konnte nicht glauben, dass er Alan Gunn für den Serienmörder von Wichita hielt und mir diesen Verdacht nicht mitgeteilt hatte. Sollte ich Agent Freeman sagen, was Frank glaubte? Oder sollte ich schweigen, weil seine Vermutungen durch seine eigenen Missbrauchserfahrungen, die er zu Hause als Kind machen musste, gefärbt sein könnten? Solche Erinnerungen kann man nicht so leicht abschütteln. Schließlich entsprach es jedoch der Wahrheit, dass die hübsche Rothaarige zur Polizei gegangen war, weil jemand sie angegriffen hatte. Und leider könnte dieser Jemand kein anderer sein als Alan Gunn.

9

UNTERWEGS KONNTE ANNE NICHT AUFHÖREN, daran zu
denken, dass das sympathische Mädchen mit dem gefährlichen Mörder geschlafen haben könnte. Nur aus diesem
Zwang heraus, sich mit einem Fremden zu vergnügen. Sie
wollte es nicht verurteilen, aber sie konnte nicht verstehen,
warum es sich so unnötig in tödliche Gefahr begab. Allein
die Vorstellung, wie der Mann ausgesehen haben musste,
war ihr zuwider. Um für eine Frau wie Miriam attraktiv zu
sein, musste der Kerl sich gut in Form gehalten haben. Er
schien entschlossen zu sein, die Frauen herumzukriegen,
und das stimmte mit dem überein, was Margaret Bau zu
Julia Stein und der Zeuge des Clubs zu Hans gesagt hatte.
Mit Sicherheit sollte er die Mädchen im Katalog davon
überzeugen, an den Aktivitäten mit dem ekelhaften Duo
Bau-Dupont teilzunehmen.

Sie erreichten das Haus Nummer 28 in Courtland.

Anne und Hans stiegen aus dem Auto aus und schauten
hinter das Auto. Wenige Meter davon entfernt wurde ein

Streifenwagen geparkt, aus dem vier Agenten ausstiegen. In einiger Distanz befanden sich zwei Spezialeinheiten. Freeman und Ashton würden an die Tür klopfen und Alan Gunn bitten, sie hereinzulassen und mit ihnen zu sprechen. Wenn die Dinge aus dem Ruder liefen, würden die anderen Agenten mit Gewalt eingreifen. Sie suchten nach handfesten Beweisen gegen Alan Gunn und hofften, sie in diesem Haus zu finden.

Nachdem sie den kleinen Weg durch einen verwahrlosten, mit Unkraut überwucherten Hof gegangen waren, erreichten Anne und Hans den Eingang des Hauses. Sie klopften an die Tür und sahen sich an. Beide spürten, was den anderen gerade bewegte: Sie waren dabei, den größten mutmaßlichen Serienmörder von Wichita zu fassen.

Hinter der Tür hörten sie Schritte. Als sie sich öffnete, sahen sie ihn: Gunn trug ein Cap der Royals. Er war ein großer Mann, bekleidet mit einem enganliegenden schwarzen T-Shirt und Jeans. Anne betrachtete die starken, muskulösen Arme und war sich sicher, dass Gunn eine Menge Schaden anrichten konnte, wenn er es wollte. Sein Gesicht gefiel ihr nicht.

Hans zeigte ihm seinen Ausweis. Während Anne noch nach ihrem griff, hatte Hans sie bereits vorgestellt. Hans schaute die beiden verächtlich an und nahm eine Verteidigungshaltung ein.

„Wonach suchen Sie?" Seine Stimme war ausgesprochen heiser.

„Sind Sie Alan Gunn?", fragte Anne.

„Ja. Was wollen Sie?"

„Wir möchten Sie bitten, uns hereinzulassen, denn wir müssen Ihnen ein paar Fragen stellen," antwortete Hans.

Alan schaute über ihre Köpfe hinweg und hob das Kinn, als wollte er wissen, ob sie allein waren, oder ob noch weitere Männer gekommen waren. Aber weder hörte noch sah er etwas. Stattdessen hörten Hans und Anne den Fernseher in voller Lautstärke, und schon von der Türschwelle aus konnten sie einen sehr starken und unangenehmen würzigen Geruch wahrnehmen, der sich mit dem Gestank von Bier vermischte. Hans schaute sofort auf Alans Bauch. Dann betrachtete er den Rest seines Körpers und machte sich ein Bild von ihm. Auch wenn er jetzt sein Leben wohl eher sitzend verbrachte, so war er doch stark und mit Sicherheit gewalttätig. Vielleicht nahm er sogar an diesen heimlichen Kämpfen teil. Jetzt lebte er allein und in aller Bequemlichkeit. Vermutlich würde keine Frau seine schlechte Laune oder seine Gewohnheiten tolerieren. Er war sich sicher, dass sie im Inneren des Hauses jede Menge Unordnung und Schmutz vorfinden würden. Alice, Megan und Elaine hätten ihn nicht gemocht, aber vielleicht waren alle drei der Meinung, dass er seine Arbeit gut machen könnte. Genauso wie er es sich gedacht hatte, spielte Gunn die Rolle eines effizienten Kammerjägers.

Der ließ sie herein, schlug die Tür zu und führte sie ins Wohnzimmer. Der Fernseher war voll aufgedreht und zeigte ein Baseballspiel. Es war unmöglich, sich zu unterhalten, ohne zu schreien.

Auf dem Couchtisch, neben einer schäbigen, schwarz befleckten Couch, befanden sich eine halb volle Tüte Nachos und vier leere Budweiser-Flaschen.

„Könnten Sie die Lautstärke herunterdrehen? Wir werden einander nicht hören können", sagte Anne.

„Schlag zu! Idiot!", rief er aus und schaute auf den

Fernseher, dann nahm er die Fernbedienung und schaltete ihn stumm. „So finden Sie es in Ordnung? Setzen Sie sich, wohin Sie wollen", sagte er und deutete mit der linken Hand auf die fleckigen Sessel neben dem Sofa.

Hans nahm als Erster Platz, Anne tat es ihm gleich. Alan Gunn setzte sich Hans gegenüber. Anne war klar, dass der Kerl ein Macho war. Der größte Teil des Gesprächs würde nur zwischen den Männern stattfinden. Sie hatte bereits mit Hans abgesprochen, dass sie den Ort beobachten würde, während er die Fragen stellte. Irgendwann würden sie um Erlaubnis bitten, sich einmal umzusehen. Sie trugen Mikrofone, damit die Agenten wüssten, wann es Zeit zum Eingreifen war.

„Wir haben Zeugenaussagen, die Sie mit Otto Duponts und Gerard Baus gewalttätigen sexuellen Aktivitäten im City Club in Verbindung bringen. Mit Glücksspiel und illegalen Kämpfen ebenso."

„Ich weiß nicht, wovon Sie reden", antwortete Alan Gunn trotzig. Ich habe für Gerard Bau vor einigen Jahren eine Zeit lang als Fahrer und Mechaniker gearbeitet. Das ist alles."

„Betreiben Sie eine Kammerjägerfirma namens ‚Gunn Termite and Pest Control'?", fragte ihn Hans.

„Ja, seit Jahren. Und alles ist ordnungsgemäß."

„Wie viele Fahrzeuge besitzen Sie?"

„Den Fairlane, den Sie vor dem Haus gesehen haben, und einen weißen Ford-Transporter in der Garage."

„Kannten Sie Gail Whitman?"

„Das Mädchen, das vor acht Jahren in Platte City ermordet wurde. Selbstverständlich. Sie war eine Freundin meines Sohnes", antwortete er knapp, aber Hans bemerkte zum ersten Mal eine gewisse Besorgnis in seinem Gesichtsausdruck.

„Was haben Sie in der Nacht des 19. Oktober zwischen sieben Uhr abends und drei Uhr morgens gemacht?"

„Ich war hier, zu Hause."

„Kann das jemand bestätigen?"

„Nein, denn es war Sonntag und ich suche an diesem Tag normalerweise keine weibliche Gesellschaft. Ich schaue mir die Spiele an. In Ruhe." Er sah Anne zum ersten Mal an.

„Was ist mit den Nächten vom 5. Oktober und 21. September?"

„Keine Ahnung, ich müsste in meinem Kalender nachsehen", sagte er und lächelte spöttisch.

Hans antwortete verärgert:

„Ich könnte einem Zeugen im City Club ein Foto von Ihnen zeigen, er würde Sie erkennen. Sie sollten sich das Lügen genau überlegen, denn es wird gerade eine Zeugenaussage von Margaret Bau aufgenommen, die behauptet, Sie seien in die Gewalttaten ihres Vaters verwickelt gewesen."

Die Atmosphäre wurde noch angespannter, als der Mann sie ansah und erst nach einer Weile antwortete. Dann schien er eine Entscheidung getroffen zu haben.

„Okay. Ich gestehe, dass ich die Mädchen mitgenommen und zurückgebracht habe, aber ich habe sie nie angerührt. Ich hatte nichts mit dem Mord an der jungen Gail zu tun. Sie war eine Freundin meines Sohnes, und ich hatte keinen Grund, ihr etwas anzutun. Ich bin sicher, dass weder der Feigling Otto Dupont noch Gerard etwas damit zu tun hatten, auch wenn ihnen jemand etwas anhängen will. Sie verprügelten prostituierte Frauen, die für einen guten Haufen Geld ihre Einwilligung gegeben hatten. Und so war es bei den Jungs im Fight Club auch."

„Nehmen Sie an illegalen Kämpfen teil? Schlagen Sie gerne zu?", unterbrach ihn Hans.

„Jetzt nicht mehr. Was die andere Sache angeht, verschwenden Sie Ihre Zeit, denn wenn zwei Erwachsene sich freiwillig auf etwas einigen, hat sich niemand einzumischen. Nicht einmal das FBI."

Anne musste ihre aufsteigende Empörung im Zaum halten. Sie hörte ihren eigenen Atem.

„Menschen zu schlagen ist eine schwere Straftat". Voller Wut beschränkte sie sich auf diesen einen Satz.

Alan warf ihr einen verächtlichen Blick zu und erwiderte, er sei kein Feigling wie Otto Dupont. Sie werde ihn nicht einschüchtern.

Hans unterbrach ihn erneut.

„Ihr Sohn wohnt hier nicht?", fragte er, während er sich im Raum umsah.

„Dieser nutzlose Künstler ist nicht bei mir geblieben."

„Kennen Sie Miriam Clark?", fragte nun Anne.

Alan zündete sich eine Zigarette an, die er irgendwo zwischen den Bierflaschen hervorkramte, und stieß einen großen Zug Rauch aus. Es kam ihnen vor, als verspottete er sie erneut.

„Ja. Nur eine weitere Hure aus Hills Bar."

„Sie wurde gestern Abend angegriffen, als sie Ihr Haus verließ."

„Nun, davon weiß ich nichts. Sie ging, ohne es mir zu sagen, und das hat sie nun davon. Diese Straßen sind gefährlich. Sie sicher zu machen, ist Ihr Job. Und den machen Sie nicht besonders gut."

Auch wenn Alan versuchte, ruhig zu wirken, schien es

Hans, als würde ihm der Angriff auf Miriam Clark Sorgen bereiten.

„Können Sie bestätigen, dass Sie Elaine Perales, Megan Zing und Alice Copperfield noch nie begegnet sind?

„Ich weiß nicht, von wem Sie sprechen."

„Wie ist Ihre erste Frau gestorben?", fragte Hans, der Gunn ansah und versuchte, dessen Gedanken zu entziffern.

Alan Gunn zuckte mit den Schultern und sagte, er habe sie in einem der Zimmer erhängt gefunden.

Beide Agenten erinnerten sich unwillkürlich an das Bild der Leichen. Dann beschloss Anne ungeduldig, dass es an der Zeit sei, sich einmal im Haus umzusehen. Bislang konnte sie von ihrem Platz aus noch nichts Bemerkenswertes erkennen. Sie sah Hans an, und der verstand das Signal.

„Agent Ashton würde sich gerne ein wenig umsehen, wenn es Ihnen nichts ausmacht."

„Tun Sie das, denn ich habe nichts zu verbergen", sagte Gunn ohne zu zögern, was sie beide überraschte.

Es vergingen einige Minuten.

Die Männer blieben im Wohnzimmer sitzen. Hans wollte Gunn nicht aus den Augen lassen, während Anne nach Beweisen suchte, die dessen direkte Beteiligung an den Morden bestätigten. Und schon bald fand sie sie. Sie lagen in einer Mappe neben dem Telefon auf einem Tisch in der Nähe der Küche, der auch als Schreibtisch diente. Anne fand nicht nur die Quittung für den Service bei Elaine Perales, sondern auch bei Megan Zing und Alice Copperfield. Er kannte alle drei. Der verdammte Kerl war der Serienmörder!

Mit einem Lächeln gab Anne den Einheiten sofort den Befehl ins Haus zu kommen. Alan spürte, dass jemand eindringen wollte, und wurde gewalttätig. Er rang für einige Augenblicke mit Hans, aber der war besser trainiert, hatte die bessere Technik und Schnelligkeit. Er unterwarf Gunn ohne Schwierigkeiten. Danach legte Anne Ashton dem Mörder genussvoll die Handschellen an.

10

„Wir haben alles in seinem alten Haus in ‚Park City‘ gefunden. Die amputierten Gliedmaßen der drei Opfer, die Säge, die Metalltrage und die anderen Instrumente, mit denen die Frauen verstümmelt und durchbohrt wurden. Dazu kommen Nägel und Seile, die denen entsprechen, die wir gesucht haben“, sagte Anne.

„Alles außer den Plastik-Folien, dem Rollstuhl und den Mobiltelefonen“, bemerkte Hans.

Es herrschte Jubelatmosphäre im Department, weil der Fall des Serienmörders in Rekordzeit gelöst worden war. Anne wusste, dass dies einen großen Beitrag zu ihrer Karriere leisten würde, und sie konnte es kaum erwarten, zu Hause anzustoßen und sich den Rest der Flasche „London One“ zu gönnen, die ihr Schwager Tom ihr geschenkt hatte. Aber Hans war nicht überzeugt. In ihm hallten die Worte von Julia Stein nach: „Der Vater meines Freundes ist nicht der Mörder, auch wenn er verachtenswert ist.“

„Hans, wir warten auf dich, um mit dir anzustoßen.

Juliet hat eine schöne Flasche Sekt mitgebracht. Natürlich bekommst du die Anerkennung, die dir zusteht. Du hattest von Anfang an Recht, denn die Verbrechen hatten, so wie du dachtest, mit dem Tod von Gail Whitman zu tun."

„Er hat nicht gestanden?", fragte Hans, legte seine Hand an sein Ohrläppchen und spürte ein plötzliches Brennen in seinen Augen.

„Natürlich nicht, aber wir erwarten nicht, dass er es uns so einfach macht", antwortete Anne.

Sie wusste bereits, dass Hans nicht überzeugt war, aber sie wollte das nicht akzeptieren. Sie zog es vor, zu feiern und sich die Beschreibung des *Modus Operandi* in der Presse am nächsten Tag vorzustellen: Alan Gunn besuchte Frauen, die ihn um eine Insektenvernichtung gebeten hatten, narkotisierte sie, brachte sie in sein altes Haus in Park City und tötete sie dort durch Ersticken. Er verstümmelte die Frauen und durchlöcherte sie mit einem Bohrer. Später hängte er sie am Hals auf, wobei er nahe gelegene Baumstämme und ein dünnes, sehr widerstandsfähiges Seil benutzte. All das tat er, weil er die Art und Weise, auf die seine erste Frau gestorben war, nachstellen wollte. Die Kriminalpolizei entdeckte und verhaftete ihn in Rekordzeit, dank der Arbeit der Leiterin des Morddezernats, Anne Ashton, und ihrer effektiven Zusammenarbeit mit dem FBI.

Anne wollte den Ruhm, den sie sich vorstellte, nicht aufgeben, schon gar nicht für den besessenen Hans Freeman und seine seltsamen Zweifel. Er war exzentrisch, stur und hatte das Bedürfnis, Fälle übermäßig zu verkomplizieren. Vielleicht hatten die vielen Stunden, in denen er über dieselbe Sache nachgedacht hat, sein Genie durcheinandergebracht. Aus irgendeinem Grund kamen ihr die Zeichnung auf der Serviette, der Abend in der Bar und der

Schleier in seinen Augen wieder in den Sinn, und sie verstand, warum man ihr gesagt hatte, Agent Freeman sei sehr unverständlich und nicht normal.

„Wir haben das belastende Beweismaterial in seinem Besitz gefunden! Herrgott! Was willst du denn noch?", fragte sie verzweifelt.

Hans war immer noch in Gedanken, und obwohl er weder der süßen, starken Anne die Party verderben wollte, der guten Beamtin und liebenswerten Frau, noch den außergewöhnlichen Jungs im Department, konnte er nicht aufhören, über Julia Steins Worte nachzudenken. Und es hatte weder etwas mit dem Dilemma in seinem Kopf zu tun, das Harold manchmal als toxisch und selbstzerstörerisch bezeichnete, noch war es ein Produkt seiner übersteigerten und spekulativen Einbildungskraft. Es war auch nicht das übliche Bedürfnis, alles und jedem gegenüber misstrauisch zu sein. Es war einfach so, dass bei Alan Gunn nicht alles zusammenpasste! Warum ließ er die Ausweise neben den Leichen liegen und auch die Quittungen für die den Opfern geleisteten Dienste? Vor den Augen der Polizei in seinem eigenen Haus? Er schien ein unangenehmer Mann zu sein, aber kein Narr. Das Mindeste, was er hätte tun müssen, war, diese Papiere loszuwerden oder sie irgendwo zu verstecken. Für Hans machten viele Dinge keinen Sinn. Er erinnerte sich an das traurige Haus der blassen Valerie Crawford, an das Exemplar von ‚The Raven' neben dem unpassenden rosafarbenen Blumenkissen in Gails Zimmer, an die Worte seiner Mutter über Gails natürliche Schroffheit und an die Intelligenz, die der misstrauische Lehrer Clifford zum Vorschein brachte. Er kam zu dem Fazit, dass der Schlüssel zu Gails Tod, der wahre Grund für die Entscheidung des Mörders, sie zu töten, ihre brüske Intelligenz und eine subtile gespaltene Persönlichkeit war, die das Mädchen gehabt haben muss - voller Geheimnisse vor ihrer Mutter. Er wusste, dass der erste Mord der relevante war, derjenige, der die Persönlichkeit und das wahre Wesen des Mörders am meisten enthüllte. Denn mit Ausnahme von Gail demonstrierte der Mörder Respekt vor den Frauen ... Und das war nicht das, was Alan Gunn zeigte, der sie bis zum heutigen Tag herabsetzte und lächerlich machte. Hans hielt das mit Gail für einen Wutausbruch des Mörders, keinen Frauenhass, auch wenn der Mörder vielleicht Männer hassen mochte. All das passte nicht zu Alan Gunn.

Stechende Schmerzen durchzuckten seine Schläfen. Zu viele Dinge sprachen nicht für die Schuld des Verhafteten, auch wenn alle im Department feierten.

11

FRANK WURDE nach unserem langen Gespräch vom Schlaf übermannt. Ich ließ ihn schlafen, konnte es selbst aber nicht. Die Bilder der Vergangenheit vermischten sich und schlugen wie eine Flutwelle gegen das, was Frank heute war: ein attraktiver, ausgeglichener, wunderbarer Mann. Ich hoffte, dass er damit fertig werden würde, wenn etwas mit seinem Vater passierte, wenn bewiesen würde, dass dieser in schreckliche Ereignisse verwickelt war. Hatte Freeman Alan besucht und wurde er bereits entlastet? Ich fragte mich auch, ob Margaret schon als Zeugin vorgeladen wurde. Ich hoffte, sie hatten ihr das Leben dabei schwer gemacht.

Leise stand ich auf und machte mich auf den Weg in die Schneiderei. Dort erinnerte ich mich an den Montagabend, an dem wir wieder zusammengekommen waren, und wie beeindruckt ich war, als ich die schönen Kleider sah, die er für mich genäht hatte. Ich ging zum Kleiderschrank und öffnete ihn. Eins nach dem anderen schaute ich mir noch einmal an, und achte jetzt stärker auf die

Details. Frank war tatsächlich ein Genie und hatte eine große Zukunft bei ‚Brother Dupont'. Ich spürte eine leichte Freude, so wie einen Funken: Jetzt, da der Unhold tot war, würde vielleicht Mary Ann die Verantwortung übernehmen, und ich war sicher, sie würde es besser machen. Es war ein Glück für diese Familie, dass Otto gestorben war.

Nach einer Weile setzte ich mich in den Sessel neben dem Buntglasfenster, in dem Frank mich gezeichnet hatte, und ich erinnerte mich an seinen ersten Kuss. Wir versteckten uns im Park am Fluss und er erzählte mir von einem wunderschönen Sonnenbarsch. Ich sah ihn nie. Ich glaube auch nicht, dass er existierte, sondern dass Frank nur wollte, dass ich mich der versteckten Biegung in den Bäumen näherte und von den anderen wegginge, damit er mich küssen konnte.

Dann war ich neugierig auf die Skizze, die er gemacht hatte. Ich wollte wissen, was Frank zum Zeichnen motivierte. Was schrieb er noch in das Notizbuch, außer Dingen über mich? Ich erinnerte mich daran, dass er das Skizzenbuch aus einer Schublade in der Nähe des Kleiderschranks genommen hatte, also ging ich dorthin. Ich hatte das Gefühl, sie einmal durchsuchen zu sollen, ohne genau zu wissen, warum. Vielleicht, weil ich mich bereits entschlossen hatte, ihm den Gefallen zu tun und mit ihm zusammenzuziehen. Die Einsamkeit lastete auf mir, und niemand konnte mich mehr lieben als Frank.

Ich fand das Notizbuch und blätterte es durch. Auf einigen Seiten entdeckte ich mich selbst, und auf anderen sah ich Skizzen von schönen Kleidern, die dem Buntglasfenster entsprungen zu sein schienen. Ich wusste, dass es ihm dort neben der Wand zur Inspiration diente. Als ich das Notizbuch zurücklegen wollte, bemerkte ich, dass es noch andere gab. Sie sahen aus, als wären sie viele Jahre alt, denn die Bezüge waren abgenutzt. Ich wurde noch neugieriger. So nahm ich die drei Hefte heraus, blätterte sie durch und setzte mich auf den Boden. Ich begann, Bilder zu sehen, die mich verstörten, und von denen ich nicht glauben konnte, dass er sie gezeichnet hatte. Sie waren schlicht unheimlich. Erhängte Frauen ohne Füße. Alle mit Holzkohle gezeichnet. Sofort musste ich die Bilder fallen lassen. So wie ich es mit den Fotos von Dupont und Bau getan hatte. Ich versuchte, eine harmlose Erklärung dafür zu finden. Dann erinnerte ich mich an einen Gesprächsfetzen im Department, als die Theorien diskutiert wurden, wer der Serienmörder sein könnte. Jemand sagte, dass dieser Sadist die Frauen nicht hinterließ, als wären sie erhängt worden, sondern in einer fliegenden Haltung. Und das war auf den Zeichnungen dargestellt! Das Gleiche! Schwebende Frauen mit Blick nach oben, ohne Füße und mit ausgestreckten Händen.

Eine enorme Angst überkam mich. Ich nahm alle Hefte und legte sie zurück. Ich redete mir ein, dass Frank in der Lage war, die dunklen Wünsche seines Vaters zu entschlüsseln, und deshalb diese Dinge zeichnete. Vergeblich versuchte ich, mich davon zu überzeugen, dass alles in Ordnung wäre. Als ich mich umdrehte, sicher, dass ich vergessen sollte, was ich gesehen hatte, bemerkte ich neben der Stelle, an der ich saß, ein Blatt, das sich offensichtlich gelöst hatte. Sein Aussehen kam mir bekannt vor. Es war die Kopie eines Berichts, wie wir sie bei der Sozialbehörde aufbewahren. Die Anzeige von Franks Mutter. Er enthielt ein Schaubild des Körpers, auf dem die Stellen der durch die Schläge verursachten Knochenbrüche zu sehen waren. Ich kannte diese Art von Bericht, denn ich hatte einen ähnlichen für den Fall MacArthur weniger als zwei Wochen zuvor eingereicht. Ich erinnerte mich an Gails zusammengeschlagene Leiche und an das publizierte Foto, das sie angezogen und mit kreisförmigen Flecken auf ihrer Kleidung zeigte. Sie waren mir damals seltsam erschienen. Es war nicht zu leugnen. Diese Flecken befanden sich in denselben Bereichen, die in dem Bericht eingekreist waren, dem Arztbrief, der der Anzeige beigefügt war, die ich in den Händen hielt. Es war, als würde Gail mich vor der Gefahr warnen, in der ich mich befand. Als würde sie mir, seit ich ihr Bild im Flugzeug gesehen hatte, sagen wollen, dass Frank gefährlich war.

Ich musste hier raus! Später würde ich darüber nachdenken, aber jetzt musste ich erst einmal fliehen. Ich packte den Berichtsbogen in die Schublade, aber, da ich nicht wollte, dass er oben lag, unter die alten Hefte. Und sah ich sie. Drei ausgeschaltete Mobiltelefone. Und einige zusammengefaltete Kunststoffstücke, die mit Make-up verschmutzt waren. Ich erinnerte mich daran, dass die Opfer des Serienmörders erstickt wurden, indem man ihnen Plastikfolie über den Kopf zog. Und auch daran, dass man sagte, Serienmörder würden Souvenirs mitnehmen, um sich den Genuss zu erhalten, den sie mit ihren Opfern empfanden und die sie nicht loslassen können.

Ich fand keine Entschuldigungen mehr. Dies war der Moment, in dem ich wusste, dass Frank, mein Freund, der Mann, der mich seit meiner Kindheit liebte, der Mörder war und dass ich ihn selbst in mein Leben zurückgeholt hatte. Wie sollte ich mir je verzeihen, dass ich selbst es war, die ihn aufgesucht hatte? „Doch noch immer kann ich entkommen, wenn ich leise hinausgehe", dachte ich noch. Aber in diesem Moment hörte ich ein Geräusch hinter mir.

„Julie, ich habe nie verstanden, warum du nicht schlafen kannst", sagte er, während er schnell auf mich zulief.

Instinktiv ging ich zwei Schritte zurück und stolperte über einen zusammengeklappten Rollstuhl. Er befand sich in der Nähe des Wiener Stuhls und des riesigen Buntglasfensters, das den Wichita-Mörder inspiriert hatte.

12

„Von nun an wirst du dich um deinen kleinen Bruder Elvin kümmern müssen. Um das, was getan werden muss, bis er tot ist. Ich kann nicht leugnen, dass ich es genossen habe. Aber jetzt ist Julia wieder bei mir und ich werde mich ihr widmen, kann ihn also nicht mehr „besuchen". Ich darf mich weder davon noch von irgendetwas anderem ablenken lassen", sagte Frank mit dem Handy in der Hand, während er sich im Spiegel betrachtete und einen kleinen dunklen Fussel von seinem hellgrauen Pullover abstreifte.

„Alles klar, mein Lieber, ich bin jetzt bereit. Das war unsere gemeinsame Idee, und da ich kein Feigling bin, nehme ich den Staffelstab mit Vergnügen", antwortete Margaret und liebäugelte mit der Idee, Frank auf diese Weise näher zu sein.

Sie liebte ihn insgeheim seit ihrer Kindheit und hasste Julia Stein auf eine herrische, aber stille Art. Sie hielt kurz inne und sprach dann weiter.

„Die Bilder, die du mir von ihm geschickt hast, haben mir sehr gut gefallen. Jetzt kann sich meine Mutter wohl oder übel nur noch auf mich verlassen, und du weißt nicht, was sie für ein Gesicht machen wird, wenn ich ihr sage, dass ihr ‚Lieblings-Elvin‘ zwar mit mir spricht aber nicht mit ihr. Das ist eine wunderbare Rache, die mich jeden Morgen aufmuntert“, sagte sie voll Vergnügen und fügte hinzu: „Aber an deiner Stelle würde ich deiner wunderschönen Julia nicht allzu sehr vertrauen. Nicht, dass sie dich nicht wieder verlässt.“

„Sprich nicht so von ihr!“, schrie Frank, in dem die Wut auflöderte. „Ich werde nicht zulassen, dass du schlecht über Julia sprichst.“

„Ich weiß, Frank. Ich weiß, wie es dir geht. Ich habe nicht vergessen, was du Gail angetan hast“, sagte sie mit selbstgefälliger Stimme.

„In Ordnung. Du bist jetzt mit Elvin dran“, sagte Frank und legte auf.

Er legte das Handy auf den Nachttisch, holte tief Luft, rückte seine Brille zurecht, schaute noch einmal in den Spiegel, lächelte und tat so, als würde er jemandem zuwinken. Dann ging er, um die Tür seines neuen Hauses zu öffnen. Aufgewühlt hatte er durch das Fenster gesehen, dass Julia wie erhofft durch den Garten hereinkam. Am Tag zuvor war sie in seinem Büro gewesen und hatte ihm von Gail und Agent Hans Freeman erzählt. Sie hatte Jimmy Randall verlassen.

Schließlich hatte sich Frank Gunn doppelt an seinem Vater gerächt: durch das, was er den Frauen angetan, und durch das, was er mit Elvin Bau gemacht hatte. Dieser war wie sein Vater, es war das gleiche Gift. Während des gesamten Jahres dachte er sich, dass das, was er mit Elvin tat, nur eine soziale Prophylaxe war. Ein notwendiger Akt der Vorbeugung vor größeren Übeln für die Stadt.

Doch Margaret pflegte ohne Franks Wissen weiterhin einen tödlichen Hass auf Julia Stein. Sie hatte beschlossen, Elvin zu erledigen, indem sie ihn in der Scheune verhungern und verdursten ließ. Dann wollte sie Julias Vernichtung planen.

An diesem Morgen, nachdem sie mit Frank Gunn gesprochen hatte, sagte sich Margaret lächelnd, dass der Mord an ihrem Bruder sie untrennbar an Frank binden würde. Niemand könnte dieses wunderbare Band lösen, am wenigsten die dumme Julia, die Frank glaubte zu lieben. Sie, Margaret, war es, die zu ihm passte, und sie würde alles tun, um ihm das in Zukunft zu beweisen, ohne Skrupel oder Maß. Sie vergötterte Frank, denn er war der einzige Mensch, für den sie je etwas empfunden hatte.

Dorothea unterbrach ihre Gedanken, als sie wie aus dem Nichts auftauchte.

„Hast du etwas von deinem Bruder gehört? Ich bin derartig enttäuscht von ihm. Ich weiß nicht, was für ihn so schwer daran sein soll, mir einmal zu schreiben, mich anzurufen...

13

HANS HÖRTE, wie Anne im Saal mit dem Team sprach und ihm gratulierte. Dann rief er Cotten zur Seite und fragte ihn nach der Anzeige von Gunns Frau, zu der er Ermittlungen anstellen wollte.

„Habe ich dir das nicht gesagt? In der ganzen Aufregung habe ich es vergessen. Die Anzeigennummer von Nora Smith lautet ‚427184‘.“

Hans schlug auf den Tisch und rannte los, um mit Alan Gunn zu sprechen. Er kam in den Vernehmungsraum.

„Sagten Sie, ihr Sohn ist Künstler?“, fragte er Alan.

Der Mann lachte laut auf und antwortete:

„Frank hält sich für einen Künstler, und jetzt verbringt er seine Zeit damit, Bilderchen für die Duponts zu malen. Was für ein Beruf. Schauen Sie, im Gegensatz zu mir hat er keinen großen Erfolg bei Frauen. Er hatte Freundinnen, aber er war seit seiner Kindheit immer in ein hochnäsiges, aufmüpfiges Mädchen namens Julia oder Sofia verliebt, und er malte nur sie. Ich glaube, er verfeindete sich mit dieser jungen Gail, als sie ihm sagte, er solle das Mädchen lassen, das ihm so gefiel, weil sie nicht zusammenpassten. Ich hörte, wie sie sich darüber stritten. Er regte sich über jede Kleinigkeit auf. Er war immer schon so durchgeknallt. Meine zweite Frau Amelie fand einmal einige schreckliche Zeichnungen von sich selbst. Sie – erhängt. Dieser Zurückgebliebene hat sie immer hängend und ohne Füße gezeichnet. Ich wusste immer, dass er ein Mistkerl ist."

„Hat er einige seiner Zeichnungen verschenkt?"

„Das weiß ich nicht. Er malte ekelhafte Frauen, die aussahen, als würden sie fliegen."

Für Hans war klar, dass nun alle Teile zusammenpassten. Denn es war nicht Alan Gunns Persönlichkeit, die auf den Mörder von Wichita passte. Alan verachtete Frauen, und Hans hingegen war überzeugt, dass der Mörder ihnen Tribut zollte. Außerdem würde nicht Alan Gunn die Nummer der Anzeige, die Nola Smith eingereicht hatte, für wichtig halten, sondern der kleine Sohn, der sie sicher begleitet hatte. Der sie liebte und der Tag für Tag mit der Grausamkeit seines Vaters leben musste. Der Mann, der vor ihm stand und des Mordes beschuldigt werden sollte, war in diesem Fall unschuldig. Denn diese Morde waren von seinem Sohn begangen worden. Es war Frank Gunn, der Freund des Whitman-Mädchens, der Frauen respektierte und die Männer hasste, die sie misshandelten. Der Gerard Bau und Otto Dupont die Schuld an Gails Tod geben wollte. Der seinen eigenen Vater hereingelegt hatte. Vielleicht hatte Gail Whitman ihn belästigt, und er hatte seine Beherrschung verloren, wegen etwas, das mit Julia Stein zu tun hatte. Das Einzige, was ihn nicht überzeugte, war, dass sich dieser Kerl so viele Jahre unter Kontrolle hatte und nicht angriff. Er würde das besser verstehen, wenn er ihn befragt hatte. Nach seiner Verhaftung.

„Würden Sie sagen, dass diese Zeichnung von Frank gemacht wurde?", fragte er und zeigte Gunn das Gemälde, das er in Gails Zimmer gesehen und das Rice ihm mitgebracht hatte.

„Genau das ist der Mist, den Frank zeichnet", antwortete er.

Hans stand auf und fragte Alan, wo sein Sohn wohnte.

„Woher zum Teufel soll ich das wissen? Habe ich Ihnen nicht gesagt, dass ich ihn schon lange nicht mehr sehe?"

Hans stürmte wie ein Besessener durch den Raum, wo das Team mit Anne immer noch feierte.

„Julia, die Kontaktinformationen von Julia Stein. Ihre Handynummer und ihre Privatadresse und ihre Arbeitsstelle", verlangte er mit höchster Dringlichkeit.

Juliet suchte sie auf dem Schreibtisch und reichte sie ihm, so schnell sie konnte.

14

JULIA GING NICHT ans Telefon und Hans machte sich Vorwürfe, weil er ihr das Bild aus Gails Zimmer nicht gezeigt hatte. Sie hätte gewusst, dass ihr Freund der Zeichner war. Und selbst wenn sie den Wert dieser Information damals nicht verstanden hätte, er hätte ihn vielleicht klar erkannt. Zumindest wäre ihm etwas verdächtig vorgekommen. Er glaubte, dass es um sie ging, dass Julia auf eine noch unverstandene Art und Weise der Auslöser für seine Gewalttätigkeit war. Aber jetzt war es wichtig, Frank Gunn aufzuhalten und ihren Tod zu verhindern.

Anne ging zu Hans und Julia, denn sie merkte, dass etwas Ernstes im Gange war. In der Hand noch immer das Einwegglas, in dem sich der Sekt befunden hatte, mit dem sie zuvor gefeiert hatten.

„Anne, der Mörder ist nicht Alan Gunn, es ist sein Sohn. Auf irgendeine Weise gab der ihm die Schuld und will nun, dass sein Vater für das, was er seiner Mutter angetan hat, bezahlt. Genauso wie er wahrscheinlich wollte, dass Gerard Bau und Otto Dupont für ihre Taten büßen.

Und das ist einer der Gründe, warum er Gail getötet hat, obwohl möglicherweise in diesem Fall noch etwas anderes dahintersteckt. Etwas, das sie sagte oder tat, hat ihn um den Verstand gebracht. Deshalb ist es so wichtig, das erste Verbrechen zu verstehen, und deshalb bin ich nicht müde geworden, es in allen Berichten und Seminaren zu sagen und zu schreiben. Ich kann es jetzt nicht besser erklären, aber du musst eine Einheit zum Haus von Julia Stein schicken. Du musst mir vertrauen."

„Gut, das mache ich sofort", sagte Anne, die zwischen Erstaunen und Gehorsam schwankte. Wenn jemand wie Hans Freeman mit einer solchen Überzeugung sprach, musste sie ihm Gehör schenken.

Aber Hans fand keine Ruhe, er musste wissen, dass es Julia Stein gut ging. Juliet hatte ihm die Telefonnummer des Sozialamtes der Stadtverwaltung gegeben. Dort arbeitete sie, und er beschloss, sofort anzurufen. Er musste sie so schnell wie möglich erreichen und warnen.

„Ich muss mit Julia Stein sprechen", sagte er zu der Person am anderen Ende der Leitung, als er durchkam.

Eine sehr schrille Stimme teilte ihm mit, dass Stein nicht mehr dort arbeite und sie trotz Kündigungsfrist seit gestern nicht mehr aufgetaucht sei. Er fragte nach einem Kollegen, der dem Mädchen nahestand und wurde mit Madison Cooper verbunden. Sie erzählte ihm, dass Julia mit „der Liebe ihres Lebens", ihrem Freund Frank Gunn, zusammengezogen sei und gab ihm ihre Adresse.

Er legte auf, da ihm die Zeit davonlief und er sofort zu Frank Gunn fahren sollte. Doch in diesem Moment kam Juliet mit einigen Papieren in der Hand auf ihn zu und teilte ihm mit, dass Jobs an einem der Seile DNA-Spuren gefunden habe, direkt neben den Holzkohleresten.

„Er sagt, er glaubt, dass jemand weinte und dass mit den Tränen Kohlenstoffpartikel mitgespült wurden. Sicher befanden sie sich auf seinem Gesicht und haben sich in einer ultrafeinen Falte vorne auf dem Seil abgelegt."

„Er war es! Warum konnte das nicht erkennen? Es muss für ihn ein Leichtes gewesen sein, den Vater reinzulegen, denn er musste nur bestimmte Opfer auswählen und sie nachts töten, wenn er wusste, dass sein Vater allein und ohne Alibi sein würde. Er wird sich in Alans Haus geschlichen haben und sich die Quittungen für den Kammerjäger-Service angesehen haben. Außerdem ließ er die Quittungen für unsere Besuche gut sichtbar in dem leeren Haus in Park City liegen, so dass wir keine Sekunde lang Zweifel daran hegen würden, dass er den Mord begangen hat. Die Frauen erinnerten ihn an seine Mutter, und deshalb weinte er. Deshalb wollte er sich ihre Gesichter nicht ansehen. Sie waren ein notwendiges Opfer, damit wir grausame Menschen wie seinen Vater fangen konnten. Er hielt sich immer für etwas Besseres, Sensibleres, von anderer Art. Und die Wahrheit ist, dass er alles sehr gut vorbereitet hat. Er musste sogar Miriam Clark verfolgen und angreifen, damit man sagte, man hätte sie schon einmal mit Gunn gesehen. Er muss mit Sicherheit gewusst haben, dass Julia seinen Vater beobachtete …", sagte er zu Juliet und begann zu rennen.

Als er durch die Ausgangstür der Abteilung lief, stieß er auf Cotten. Der kam voller Aufregung.

„Das müsst ihr sehen! Einige Kinder haben in einem der Nachbarhäuser von Elaine Perales ein Heimvideo gedreht, und in einem Ausschnitt sieht man einen jungen Mann, der eine Frau im Rollstuhl umherfährt. Ein Mann, der nicht Alan Gunn ist, obwohl er eine gewisse Ähnlichkeit mit ihm hat. Aber er ist jünger und geht anders. Sie hatten nichts gesagt, weil ihnen der Inhalt des Videos peinlich war."

Während Anne Hans begleitete, hörte sie die Worte von Cotten und reagierte sofort. Schnell ordnete sie an, dass ihr vier Agenten folgen sollten.

„Die Party ist vorbei, meine Herren."

Sie mussten Frank Gunn fassen. Es war kaum mehr von Bedeutung, was die Presse am nächsten Tag darüber sagen würde, dass sie zunächst den falschen Mann festgenommen hatten.

15

ALS ICH WIEDER ZU mir kam, war ich an das Bett gefesselt. Ich starb vor Angst. Er saß auf der roten Couch und sah mich an.

„Ich tötete Gail an dem Tag, an dem wir das Problem hatten. Als ich wusste, dass ich dich verloren hatte. Gail war sehr neugierig und machte mich rasend. An diesem Tag sagte sie mir, dass sie mit dir reden würde, weil sie sicher war, dass ich nicht gut für dich sei. Sie sagte mir, dass du nicht in der Lage sein würdest, die Realität, um dich herum zu erkennen, die Gefahr, die von meinem gewalttätigen Ich ausgeht. Ich konnte nicht zulassen, dass sie dich mir wegnimmt. Also verabredete ich mich mit ihr in dieser dunklen Straße und schlug sie zusammen. Das war, nachdem ich dich geschlagen hatte, aber du weißt, dass ich das nicht wollte. Ich glaube, du lagst eine Zeit lang bewusstlos da, dann bist du weggelaufen und ich habe dich nie wieder gesehen. Sicher erinnerst du dich vage an diese Nacht. Ich glaube auch, dass du ja gesagt hättest, wenn man dich gefragt hätte, ob ich bei dir war, als Gail getötet wurde, für den Fall, dass ich ein Alibi bräuchte. Und wenn die Polizisten nicht solche Idioten gewesen wären. Ich bin mir sicher, dass du dich nicht mehr genau an das Geschehen erinnern kannst, denn nachdem du gerannt warst, musst du ohnmächtig geworden sein. Nachdem ich Gail getötet hatte, dachte ich, ich könnte ihren Tod nutzen, um mich an meinem Vater zu rächen. Es war eine gute Idee, ihm die Schuld zu geben, denn er war derjenige, der wirklich dafür verantwortlich war, dass ich dich verloren hatte. Verantwortlich für diesen Teil des abstoßenden Alan Gunn in mir, der mich damals dazu brachte, dir die Flasche an den Kopf zu werfen."

Er nahm seine Brille ab und putzte sie, dann setzte er sie wieder auf, als wäre das, was er gestand, eine Kleinigkeit.

„Zusammen mit Otto Dupont, Gerard Bau und seinem verachtenswerten Sohn hat mein Vater schreckliche Taten begangen, aber sie wagten es nie, jemanden zu ermorden. Diese verdorbenen Gestalten. Ich dagegen bin ein echter Mann und habe die Schwelle überschritten. Ihre Strafe dafür, dass sie mich verachteten, war, dass sie für den Mord an Gail verantwortlich gemacht wurden", sagte er und redete sich mit seinen letzten Worten in Wut.

Ich begann zu denken, er würde mich schlagen, weil ich in diesem Moment nicht wusste, was er für mich empfand: Hass? Liebe? Besessenheit?

„Sieh mich nicht so an, als wäre ich ein Monster. Nicht du! Du weißt, dass ich das nicht bin", schrie er mich an und konnte die Tränen nicht zurückhalten.

Ich sagte mir, dass ich nicht in totale Panik verfallen dürfe, denn das würde die Situation nur noch schlimmer

machen. Aber der Anblick, wie er weinte wie ein Verrück-
ter, der zu allem fähig war, ließ mich in Angst versinken.

Dann wischte er sich die Tränen weg, die bereits sein
ganzes gerötetes Gesicht überschwemmten.

„Wie auch immer, Gail wollte Geld um jeden Preis, und
sie fand heraus, was Gerard, Otto und mein Vater taten.
Sie war sehr intelligent und ehrgeizig. Im nächsten Schritt
würde sie anfangen, sie um Dinge zu bitten, daraus Profit
schlagen. Gail war eine vulgäre Opportunistin, auch wenn
du sie nie so sahst. Zuerst dachte ich, sie sei meine Freundin, aber dann begann sie mich zu kritisieren, und ich hasse
es, kritisiert zu werden. Ich habe ihr sogar eine meiner
besten Zeichnungen geschenkt, weil ich wirklich dachte, sie
sei eine Verbündete. Aber sie wollte uns nur trennen, und
um das zu erreichen, gab sie vor, mir und dir nahe zu
stehen. Du stattdessen bist perfekt, so fantastisch und schön
…"

Als er das sagte, streichelte er meinen Arm und setzte
diese Liebkosung an meiner Hand fort. Ich spürte ein
beängstigendes Kitzeln und war kurz davor zu schreien,
aber ich dachte, dass er mich dann knebeln könnte.

„Mein Vater ist eine verkommene Kreatur, wie auch
Richard und so viele andere, aber ich habe mich mit
Geduld rächen können. Dass die dämliche Polizei nicht
darauf kam, ihn wegen des Todes von Gail zu verdächtigen
und die Fakten abtat, indem sie die Süchtigen in der
Gegend beschuldigte, das ist nicht meine Schuld, sondern
ihre. Sie sind Idioten."

Ich nahm meinen Mut zusammen und versuchte, mich
auf das zu konzentrieren, was ich tun musste, um mich zu
retten. So beschloss ich, mit ihm zu reden.

„Hast du die drei Frauen getötet? Warst du es?", fragte

ich ihn. Da konnte ich mich nicht länger zurückhalten und begann zu weinen.

Er antwortete, wie ich es erwartet hatte. Er bestätigte es und meinte, es wäre meinetwegen gewesen. Weil meine Beziehung zu Jimmy Randall schon so weit fortgeschritten war.

„Ich habe dich immer sehr genau beobachtet, Geliebte, und ich habe deine Affären toleriert, weil sie kurz waren und ich die Sicherheit besaß, dass du eines Tages zurückkommen würdest. Aber dann, als ich mir sicher war, dass du mit ‚deinem geliebten Jimmy‘ fertig bist, sah ich dich wieder mit ihm im Othello. Mit ihm hattest du alle deine Rekorde für das Zusammenbleiben mit irgendjemandem gebrochen. Und zu allem Überfluss wartete ich an diesem Abend auf dich, und du hast mich allein gelassen, um mit Randall zu gehen. Das hat mich wirklich verletzt, Julie. Irgendwann kommt der Zeitpunkt, an dem man nicht mehr warten will und anders handeln muss, um das zu bekommen, was man will, was einem wichtig ist. Ich musste drastische Maßnahmen ergreifen. Dann beschloss ich, mit meinem Vater ein für alle Mal fertig zu werden, denn er war der Einzige, der daran schuld war, dass ich dich verloren hatte. Ich hatte solche Angst, weil ich dachte, du würdest mit Jimmy gehen, und die Wut, Julie, die Wut auf meinen Vater war, brillant, enorm, und sie hat mich zu einem perfekten Killer gemacht. Es war die gleiche Wut, die ich empfand, als ich Gail schlug. Hast du das Bild im Wohnzimmer gesehen, das in Rot, Schwarz und Weiß? Es erinnert mich daran, wie Gails Körper aussah, als ich mit ihr fertig war. Wenn du darüber nachdenkst, sind das die Farben, die wir in uns tragen."

Meine Hände waren an das Kopfteil des Bettes gefesselt. Auch meine Füße waren es, einer an den anderen. Ich spürte nur, wie mir die Tränen heiß über das Gesicht liefen und einen starken Druck in meinem Kopf. Ich atmete tief ein, weil ich das Gefühl hatte, dass meinen Lungen die Luft ausging. Vielleicht lag es an der Position meiner Arme oder an der Verzweiflung, weil ich wusste, dass ich gefangen und einem mörderischen Verrückten ausgeliefert war, den ich geliebt hatte. Denn das war Frank in letzter Konsequenz. In Wahrheit war er immer der mörderische Sadist von Wichita gewesen.

Irgendetwas sagte mir, dass ich ruhig bleiben und weiterhin schweigen sollte, während ich ihm zuhörte.

„Dann tat ich etwas noch Radikaleres: Ich tötete mehrere Frauen, die zweifelsfrei mit meinem Vater in Verbindung gebracht werden konnten. Ich habe die Schlüssel zu Dads Lieferwagen, zu seinem alten Haus in Park City und zu dem schrecklichen, in dem er jetzt lebt. In manchen Nächten merkte er nicht einmal, dass ich seinen Wagen mitgenommen hatte. Ich hätte ihn selbst umbringen können, aber es schien mir passender, ihn bis ans Ende seiner Tage im Gefängnis zu sehen, seinen beschissenen Fairlane zu verkaufen und sein Leben Stück für Stück zu zerstören, so wie er es mit Mom gemacht hatte. Ich war überzeugt davon, dass er sich am Ende im Gefängnis bei der kleinsten Unachtsamkeit mit ein paar Laken erhängt hätte. Es war ein Glücksfall, dass du den Flug nach Wichita mit Freeman geteilt und Gails Bild in seinem Besitz gesehen hast. Das machte die Sache für mich einfacher und schneller. Ich muss zugeben, Freemans Intelligenz war der Schlüssel für meinen Plan. Denn ich wollte, dass die Ähnlichkeit zwischen den Flecken auf Gails Kleidung und den Einstichen auf den anderen Leichen bemerkt würde.

Ich brauchte jemand Kluges, der an den Ermittlungen beteiligt war, und das war Hans Freeman."

Als er das sagte, streichelte er mein Gesicht und küsste mich. Ich dachte daran, ihn zu beißen, aber das hätte nichts genützt, und es war besser, gefügig zu sein. Ich spürte seine Lippen und eine Nässe, die mir obszön vorkam. Dann zog er sich von mir zurück und setzte sich wieder auf die Couch.

„Ich tauchte bei Megan zu Hause in der Firmenuniform auf, die sie schon kannte, und überzeugte sie davon, dass auf der Quittung ein Fehler war. Dann bei Alice und zuletzt bei Elaine. Elaine war wunderschön, sie sah ein bisschen aus wie Mama. Fast perfekt, aber nicht so wie du. Wenn eine Frau allein lebte, hatte mein Vater die Geschmacklosigkeit, sich Notizen über sie auf die Kopien der Quittungen zu schreiben. Widerliche, meine ich. Er war immer sehr unhöflich und grob, ganz im Gegensatz zu mir. Diese Singlefrauen waren das perfekte Ziel. Waren sie kurz unaufmerksam, habe ich ihnen das hier injiziert", sagte er und zeigte mir eine Spritze und eine lange Nadel, die er vom Nachttisch nahm.

In diesem Moment begann ich an meinem Verstand zu zweifeln. Wann hatte er sie dort hingelegt? Vielleicht war ich in der Werkstatt ohnmächtig geworden, denn ich konnte mich auch nicht daran erinnern, dass er mich gefesselt hatte. In solchen Situationen vernebeln sich die Erinnerungen. Das Gleiche passierte mir in der Nacht, als er mich angriff und Gail tötete. Irgendwann werde ich mich wohl an alles erinnern.

Frank redete weiter. Ich hörte es inmitten einer Attacke von Übelkeit.

„Ich habe sie unter Drogen gesetzt, sie nach ‚Park City'

gebracht und sie erstickt. Ich konnte nicht anders, als sie an den Stellen zu durchbohren, an denen Papa Mama die Knochen gebrochen hatte, denn ich bin ein Künstler, das weißt du besser als jeder andere. Das Gleiche machte ich auch mit Gails Körper …"

Mit Heftigkeit begannen meine Arme zu schmerzen, und ich sah keine Möglichkeit, von Frank wegzukommen. Was mich am meisten zum Verzweifeln brachte, war, dass er nicht schwieg, sondern mir immer weiter im Detail erklärte, wie er diese abscheulichen Taten begangen hatte und was seine perversen Beweggründe waren. Und was hatte er mit dieser Nadel vor? In diesem Moment war ich mir sicher, dass er mich auf die gleiche Weise ermorden würde wie die anderen Mädchen. Vielleicht würde er mir dann in eines dieser Kleidungsstücke anziehen, die er mir auf den Leib geschneidert hatte, und mich auf seinem Bett liegen lassen. Ohne Füße, so dass auch ich fliegen würde.

„Es war kein Zufall, dass wir uns in jener Nacht in der Bar getroffen haben. Du bist nur so leichtgläubig und vertrauensselig. Ich weiß nicht, wieso du nicht gemerkt hast, dass ich dich jeden Tag verfolgt habe, dass ich jedes Mal, wenn du auf eine Party gegangen bist, jeden Freund, jede Nacht in deiner Wohnung in meinem Kopf gespeichert habe. Eines Nachmittags ging ich hinein und kopierte den Schlüssel für die Tür. Ich habe schon oft auf deiner Couch gesessen, so wie damals, als du mit der guten Madi und diesem Arschloch Jimmy unterwegs warst. Ich dachte daran, ihn zu erledigen, aber das war nicht nötig, denn nachdem ich Elaine Perales getötet und dich angerufen hatte, wusste ich Bescheid. Ich konnte an deinem Tonfall erkennen, dass ihr nicht mehr zusammen wart. Und dann hast du mich bei der Arbeit besucht, und ich hatte das

Gefühl, dass ich es endlich geschafft hatte: Du warst zu mir zurückgekehrt, und dieses Mal würde es halten. Ich habe dich immer im Auge behalten, auch als Albert MacArthur hinter dir her war."

Ich betete, dass das alles nur einer meiner Albträume war. Denn diese abartigen Dinge, die er sagte, waren das Schlimmste, was ich je in meinem Leben gehört hatte.

Er kam wieder auf mich zu und küsste mich, aber dieses Mal konnte ich nicht anders, als ihn abzuwehren. Ich erwartete einen Schlag als Reaktion, aber er stand ganz still, zog sich zurück, nahm seine Brille ab, wischte sie mit dem Rand seines Hemdes ab und setzte sie wieder auf. Und erst dann schrie er auf und schlug die Dinge zu Boden, die sich auf dem Nachttisch befanden. Seine Faust traf das Bett direkt neben meinem Gesicht. Er hob die Hand, um zuzuschlagen, und ich schloss die Augen, weil ich mich nicht wehren konnte. Ich wartete nur eine gefühlte Ewigkeit, doch ich spürte nichts. Dann öffnete ich die Augen und sah, wie er mich anschaute, den Arm auf halbem Wege innehaltend.

Ich wollte ihm zeigen, dass es mir egal war, was er getan hatte, dass ich es vollkommen verstand und dass ich an seiner Stelle dasselbe getan hätte, denn mehr als einmal wollte ich meinen Bruder und sogar meine Mutter töten. Also bat ich ihn, mich freizulassen. Ich sagte ihm, dass ich ihn umarmen und küssen wollte. Ich weiß nicht, woher ich die Kraft für all das hatte. Der Überlebenswillen bringt erstaunliche Fähigkeiten in uns zum Vorschein.

Frank zögerte, aber dann ging er mir in die Falle und löste die Fesseln.

Ich bekam eine neue Chance und konnte sie nicht vergeuden. Ich umarmte und küsste ihn innig und griff dann mit der rechten Hand nach der Messinglampe auf dem Nachttisch, die trotz seines Wutanfalls stehen geblieben war. Ich wollte nach der Spritze suchen, aber diese zu finden erschien mir noch schwieriger, und ich hatte keine Zeit. So fest ich konnte, schlug ich sie auf seinen Kopf. In Zeitlupe sah ich, wie das Blut einen Teil seines Gesichts und seiner Haare bedeckte, und ich sah auch seine leuchtenden Augen, die mich voller Wut anstarrten.

Er verlor nicht das Bewusstsein, und ich war immer noch nicht in der Lage gewesen, das Bett zu verlassen. Wir kämpften. Ich erinnere mich an Schläge und Kratzer und an die fixe Idee, dass ich ihn bezwingen musste. Er drückte mich nach unten und ich fiel ganz auf die Matratze. Er packte meine Handgelenke und drückte sie mit einer bestialischen Kraft, die ich ihm niemals zugetraut hätte. Ich schrie und flehte ihn an, mich loszulassen, doch ich wusste, er würde es nicht tun. Schließlich konnte er mich unterwerfen. Ich merkte, dass ich verloren hatte und wurde still. Frank sah mich an. Das Blut hatte die Brille verschmiert und sein Anblick war grauenerregend. Er hatte sich in eine andere Person verwandelt. Es war entsetzlich.

Er fesselte mich erneut und dieses Mal tat er mir weh. Er ging und kam schreiend mit einer Plastiktüte zurück. Ich versuchte noch einmal, es ihm auszureden, doch ohne Hoffnung, denn ich wusste, das würde mein Ende sein. Er zog mir die Tüte über den Kopf und am Hals zusammen. Und jetzt begann ich zu ersticken und das Gleiche zu fühlen, wie Megan, Alice und Elaine zuvor.

16

HANS FREEMAN STÜRMTE den Raum mit einer Glock in der Hand.

Er zielte auf Frank Gunn und bedeutete ihm innezuhalten. Der rührte sich nicht, sagte nichts und gab nur ein Geräusch von sich, das von einem Tier zu stammen schien.

Schnell versuchte Anne, die Plastiktüte zu lösen, die Julia erstickte. Doch es gelang ihr nicht. Sie griff nach einem Kugelschreiber, der zu Boden gefallen war, und schlug ihn durch die Folie, dort, wo sich Julias Mundhöhle befand. Zerrte und riss mit Gewalt. Bemerkte, dass Julia ein wenig Luft bekam und begann dann, den Beutel mit mehr Ruhe von ihrem Hals zu lösen.

„Schon vorbei. Atme, Julia, atme", sagte Agent Ashton zu ihr, während sie ihr half, sich im Bett aufzusetzen.

Julia hustete immer noch und litt Schmerzen, doch sie verstand, dass man sie gerettet hatte.

Sie erblickte einige uniformierte Männer im Raum. Frank sah sie nie wieder, doch sie hörte sein Schluchzen, das sich entfernte und schließlich ganz verschwand.

In diesem Moment erkannte sie Hans Freeman, und von da an wusste sie, dass er es war, dem sie ihr Leben verdankte. Jener ungekämmte Mann, der aussah wie ein Hippie, der ihr im Flugzeug aufgefallen war, am Anfang dieser Woche, die ihr Leben verändert hatte, der fragte sie etwas, womit sie nie gerechnet hätte:

„Was denken Sie? Wer vergiftete Otto Dupont?"

Julia Stein reagierte schnell. Sie fühlte, dass diese Frage eine Feuerprobe für etwas war, das sie noch nicht ganz verstand und nahm alle Kraft zusammen, um zu antworten:

„Klaus Dupont." Julia hörte nicht auf, zu husten. „Denn wir Opfer stehen wieder auf und stellen uns den Monstern, die wir kennen. Und dabei sind wir noch grausamer."

Da antwortete ihr Hans Freeman, ganz nah und leise, so als wollte er verhindern, dass Anne Ashton oder ein anderer Agent ihn hörten:

„Wenn Sie ruhiger und die Sanitäter mit der Behandlung fertig sind, und die Jungs Ihre Aussage aufnehmen, dann würde ich gerne mit Ihnen reden. Denn es würde mich sehr freuen, Ihnen einen Job anzubieten ..."

ENDE

ANMERKUNGEN DES AUTORS

Ich hoffe, Sie haben den Roman mit Vergnügen gelesen.

Wenn Ihnen meine Arbeit gefallen hat, hinterlassen Sie mir doch bitte eine Rezension auf Amazon. Wohlwollende Kritiken sind gut für Autoren und Leser, und eine aktuelle Studie (von mir selbst durchgeführt) zeigt auch, dass das Schreiben einer positiven Rezension gut für die Seele ist :)

Mit den besten Wünschen
Raúl Garbantes